山口雅也

YAMAGUCHI MASAYA

七曜文库

吉林出版集团有限责任公司

第十三位名侦探

杀楚 译

吉林省版权局著作权合同登记 图字：07-2010-2887号

图书在版编目(CIP)数据

第十三位名侦探 / (日) 山口雅也著；杀楚译. 一长春：吉林出版集团有限责任公司, 2012.9
(七曜文库)
ISBN 978-7-5534-0122-5

Ⅰ. ①第… Ⅱ. ①山… ②杀… Ⅲ. ①推理小说—日本—现代 Ⅳ. ①I313.45

中国版本图书馆CIP数据核字(2012)第190993号

第十三位名侦探

作　　者　[日]山口雅也
译　　者　杀　楚
出 品 人　刘丛星
创　　意　吉林出版集团・北京汉阅传播
策划编辑　渠　诚
责任编辑　顾学云　李瑞玲
封面设计　未　氓
开　　本　650mm×960mm　1/16
印　　张　19.75
版　　次　2013年2月第1版
印　　次　2017年6月第2次印刷

出　　版　吉林出版集团有限责任公司
发　　行　北京吉版图书有限责任公司
地　　址　北京市宣武区椿树园15－18号底商A222
　　　　　邮编：100052
电　　话　总编办：010－63109269
　　　　　发行部：010－63104979
网　　址　http://www.beijinghanyue.com/
邮　　箱　jlp2017@vip.sina.com
印　　刷　北京航天伟业印刷有限公司

ISBN　978-7-5534-0122-5　　定价　42.80元

投稿热线：010—63109462—1040

第十三位名侦探

13人目の探偵士……………

解决·冷笑的猫

解　决

“你——就是凶手吧？”

侦探似是有意看看这句话的作用如何，注视着对方的脸。

“嘿,你说我就是凶手？这倒是挺有意思的嘛——证据呢？”

“猫”对侦探报以闪烁不定的目光，那嗓音听不出男女老幼，只一味撩拨着侦探的心弦。

“证据可有的是哦。”侦探舔了舔干透的嘴唇，说道，“六月份的‘颠倒房间’事件中，死者艾瑞克·詹森勋爵身旁有一顶礼帽，上面涂着鲜奶油霜——这恰恰就说明了凶手是你！你必须设法遮住礼帽顶上沾到的番茄酱，所以就把餐桌上的鲜奶油一股脑儿抹了上去。

“接下来呢，八月份‘狂躁《圣经》’事件的死者所留下的遗言‘约翰头朝东’同样指的是你。当时,你再度使用了印章，留下比亚兹莱[①]给埃德加·爱伦·坡《莎乐美》初版所绘制的插画片段，却盖错了内容——莎乐美捧着的施洗者约翰的头颅，竟然是朝向东方！弥留之际，死者点破了这个问题……

“九月份的‘粉色幽灵’事件无须赘言,自然又是你的杰作。

① Aubrey Beardsley（1872—1898），新艺术运动时期的著名画家。

你那个电话诡计当真了得，仅仅是动了一下开关，居然就把死者给唤醒了。

“但若要评出你最高明的一招，那恐怕要数十月份的‘四面钟表’事件了。那个案子里，第二面表的指针被你……”

“行了！”

“猫”猛然大喝，止住了侦探的言语。四下里一时寂然，只听到侦探的喉头微微一响，吞下了一口唾液。

然而，“猫”很快便恢复了先前的态度，笑眯眯道:“你这家伙可真聪明，不愧是超一流的大侦探呀。从没有哪个侦探能把我逼到这般田地,连半个都不曾有过。和那个老废物相比，你确实算是很聪明了——我说的是歇洛克・福尔摩斯二世。”

“歇洛克・福尔摩斯二世？”侦探喃喃重复着“猫”所说的最后几个字，情绪不觉有些激动，“果然……你的黑名单上果然有福尔摩斯二世！先杀死十一个名侦探，再用继承了顶级侦探血脉的上一任‘侦探皇帝’祭旗，以此宣告落幕，这就是你邪恶的目标！”

“嘿嘿嘿，这种事嘛，委实难说得很呢……”

“猫”冷笑着抬起头来，假惺惺望向了天花板。侦探看准这个机会，甩出一记王牌——

“我知道你的真名实姓。”

“猫”的身体不禁一僵。

“哼，可不要信口开河啊，像这种胡说八道……”

“我这可不是胡说八道——你真正的姓氏是莫里亚蒂！”

“猫”不再言语了，只以锋利的目光注视着侦探。

侦探对“猫”的反应直如不屑一顾，径自说道：“我前阵子去了趟瑞士，彻底调查了莱辛巴赫瀑布的附近一带。近百年前，那里正是福尔摩斯和夙敌莫里亚蒂教授决一死战之地。几星期的调查之后，我注意到了一个地方，距离瀑布那里大概两小时的车程——罗森劳伊。我拜访那里的相关部门，亲眼见到了一件东西……”

“我的出生证明。”“猫”似乎颇不耐烦，主动接口说道，“没错，我就是莫里亚蒂教授的后人。”

“莫里亚蒂教授当时没死？”

“不，他确实死了。就像福尔摩斯事后说的那样，教授输给了他的东方柔道，沿着瀑布掉了下去，死了——但是，他有个儿子。一周后，教授的儿子来到瑞士，认领了被发现的遗体并悄悄将之埋葬，而后便在罗森劳伊这小镇上住了下来。全是拜福尔摩斯和华生医生所赐，莫里亚蒂这名字由此变成了‘罪犯’的别称，使得这个英国的大家族处境狼狈，甚至难以立足！事实上，这家族根本就没有滔天大罪，可大家对那两人偏听偏信，纷纷认定莫里亚蒂教授就是犯罪领域的拿破仑，主宰伦敦黑道，操控生杀大权，几乎所有悬案和半数罪案都是他精彩的创作——这才是胡说八道！从我事后的调查结果来看，当时跟教授有关的案件简直屈指可数，只是那些人非要把他当成史无前例的大恶棍……”

“那，跟莫里亚蒂教授有关的那几个案子是？”

“比如那个连续杀害妓女的……”

“他——莫里亚蒂教授就是开膛手杰克？”

“对啊。”“猫”说道，一派皮笑肉不笑的神情。

“对啊？——光是这个案子，这种大犯罪就足以让他遗臭万年了！”

然而，“猫”似乎根本不拿这当回事，反倒得意扬扬地继续说道：“对了，利物浦港口的埃及猫木乃伊失踪案[①]……”

“连那个都是莫里亚蒂教授干的好事？”

“不错。但是，那些木乃伊根本就不值钱啊！千辛万苦才搞到手的十八万具木乃伊，竟然就只能充当田地里的肥料！教授掉进了福尔摩斯的陷阱，那完全就是奸诈的福尔摩斯布下的圈套，是一次诱敌行动！”

“所以，你特别痛恨福尔摩斯，对吧？”

“特别？我们家族根本就是要报仇雪恨才一代代活下来的！每一对父母都会把这仇恨让子女牢记，我的双亲亦不例外，他们就是那样一边痛心疾首一边将我拉扯大的。我甚至去了莱辛巴赫瀑布，经受水流灌顶的洗礼，以这种东方的精神训练来唤醒快要消逝的复仇欲望。”

“经受水流灌顶的洗礼……”侦探茫然低语。

“你是不是觉得我们很有韧性？莱辛巴赫瀑布的事情堪堪百年，我们讨债的对象福尔摩斯更是早就死了……所以，踏足英国之前，我真的不确定到底要不要去寻仇。”

“但那时偏偏出了那件事，促使你下定了决心。”

---

① 1888年，埃及一村落附近发现巨大墓葬，里面埋的不是人类，而是数以万计被制成木乃伊的古代猫。后来曾有一艘装满木乃伊（十八万具）的货船开往利物浦，结果船上的木乃伊下落不明，一说是被拿去当了肥料。

“嘿，到底是名侦探啊，查得挺清楚嘛。不错，十年之前，我最爱的人被卷进一个小小的丑闻，她明明是无辜的，那个三流侦探却穷追不舍，硬把她逼上了自杀的绝路！”

“如此说来，那侦探就是歇洛克·福尔摩斯二世？”

“没错——命运真是讽刺死了，想不到他们父子两代竟都激怒了我们家族。总之，我复仇的意念因此坚定下来，而且我不想只报复那个福尔摩斯，我恨透了那些像猎犬一样只会没完没了欺辱无辜百姓的名侦探！”

“所以才有后来的十一人相继遇害，而且全部都是侦探……凶手仿照那个《鹅妈妈数数歌》的童谣，抱着戏谑的心态杀了他们。若我猜得不错，你仿照童谣来杀人的动机，一定是跟莫里亚蒂家族有关。”

“废话！既然你有了这种说法，那你肯定明白我不是疯子，不会做没有意义的事情。虽然都是四百年前的事了，但那首童谣确实跟莫里亚蒂家族有关。”

“都四百年了……为何竟又……”

“谁让今年刚好是‘侦探大师百年祭’呢？从世界各地赶来的名侦探们将会齐聚一堂，而这个国家的侦探大师同样会因此荣光。对侦探们来说，这可谓生命中最最璀璨的时刻。而我正是要把握住这精彩的刹那，让他们颜面尽失，对他们说上一句：‘怎样，本“猫”是不是远远比你们高明？’只有这样，我才会心满意足。等大家膜拜了第十三个牺牲者——福尔摩斯二世——的遗体之后，就算让我摘下‘猫’的面具，我都只会欣然从命。我只是想要向这世界高呼这一切都是我的杰作，我只是想要震惊这个世界！所以，那一刻来临之前……”

“第十三个牺牲者？童谣的最后一个牺牲者，就是歇洛克·福尔摩斯二世？”

“对啊。他在‘侦探皇帝’的位子上坐了那么多年，可谓侦探界实至名归的典范。倘若最后的高潮部分里没有最尊崇的名侦探，未免太无趣了。”

“这样的话……那之前必须再牺牲一个人才行啊……需要出现第十二个牺牲者才行……”

窗外残阳如血，室内黑暗将至。逐渐昏暗的小屋里面，唯有“猫”那满溢着奸笑的嘴角清晰可见，恰如《爱丽丝梦游仙境》里面的柴郡猫。一片熹微之中，只有那嘴角隐隐约约、若有若无，充盈着极度的恶意。

“嗯，你算得半点不错，我会按照童谣杀死十三个人，而且第十三具遗体注定将是福尔摩斯二世。所以，我必须再杀一个人来补足数目——嘿嘿，这光荣的第十二具遗体，干脆就麻烦你这位才华横溢的名侦探吧？啊哈哈哈……”

不知何时，“猫”的手中稳稳握住了凶器。

那凶器被淡淡的暮光一扫，顿时流动起不祥的光芒，仿佛是饮满了鲜血一样！

只听“猫”的喉间咕噜噜响着笑了几下，跟着便蓦然向侦探扑来——

平行英国概论

时值二十世纪之末，这里是平行世界中的英国。

我们的话题，不妨便从“猫”展开。一九七二年，德国物理学家海森伯[1]提出了震惊全球的“测不准原理”，随后又有“薛定谔之猫”[2]这种有趣的佯谬。既然这部小说并不是物理学的科普读物，所以本作者势必规避那些对量子力学的长篇大论，否则难免会惹得读者不快。因之，我们只简单讲讲这个新奇的理论是如何激起了千层浪，让全不相干的诗人和梦想家们获得了争奇斗艳的舞台。

有关那个“猫佯谬”的背景知识大略如下：一只猫被放进了箱子里面，其生死完全是由箱子中的放射性物质决定。一旦那物质衰变，猫就会中毒死去。直到观测者开箱确认之前，猫都是生死不明的状态。如此一来，便有了两个宇宙。一个宇宙里面是高兴的观测者，意味着活着的猫；另一个宇宙里面则是伤心的观测者，意味着死去的猫。

换言之，如果电子要跳到另一个能量层却失败了，一个

---

① Werner Heisenberg（1901—1976），主攻量子力学，曾获诺贝尔奖。

② 又名“猫佯谬”，是量子理论的概念之一，主要目的是解决相对论带来的平行宇宙之说。薛定谔（E. Schr dinger，1887—1961），奥地利物理学家，量子力学的创始人之一。佯谬，看似错误实则正确的概念。

新的宇宙便会随之而来。（读者能理解乎？）这个划时代的学说不仅让科学界异常惊叹，更让喜好幻想者欣喜若狂——虽然他们的理解未必正确。

那些躲躲藏藏、对现代科学避之唯恐不及的空想诗人所描绘的幻境——和“现实”不同的另一个“世界”——就这样被现代科学给证实了。最尖端科技的知识体系无法再否认世界经常存有分歧的可能。而且，除了我们所居住的这个世界，很可能还存有另一个平行的世界！

到底那个世界是随着悲观者的观测而出现，还是随着乐观者的观测而出现，此事尚无定论。我们唯一确知的是，接下来将要开始的故事，其舞台不是“此世”，而是和“此世”齐头并进的“彼世”——平行世界中的英国。如此绕来绕去，无非是希望读者理解，“彼世”中的英国，其历史沿革、科技进展，甚至文化风俗、人民生活等虽跟“此世”近似，却总归有些不同，颇有些镜像对称的意味——镜子里面的内容，毕竟总会有些扭曲。

拿文学方面来说，“彼世”中的莎翁名著《哈姆雷特》是个喜剧——哈姆雷特和弄臣郁利克的骷髅有来言有去语，那感觉酷似双簧，总是让观众们开怀大笑；而柯南·道尔勋爵则更是创作出了第五部长篇作品《福尔摩斯的冒渎》，留下那位大侦探的又一项丰功伟绩。

再说音乐界的差异，大概有以下几点：约翰·列侬[1]没有

---

① John Winston Lennon（1940—1980），英国摇滚音乐家，歌手，作曲家，演员，和平主义者，披头士乐队的创始人之一。

移民美国，所以当然就没遭到暗杀，时不时便有惊世骇俗的举动，大受群众热爱。同样，那个由四人组成的披头士乐队没有解散，而是继续以令人惊艳的姿态维持，随着时光的流逝而渐渐老去。又比如那位英年早逝的吉米·亨德里克斯[①]……唉，这简直说都说不完啊！反正，就流行音乐而言，那个世界的情况相对要更好一些。

接下来，我们再看看社会状况。

“彼世”中的英国，其经济长期萧条，失业率居高不下而且旷日持久，人人情绪低落，和“此世”相比无疑是惨淡更甚。工党虽然使出浑身解数，推行了各种福利政策，却只白白增添了懒汉和腹黑者的人数；而保守党的税制议案则直接促成了中下层人民的激烈抗议。不管是哪个政党执政，“彼世”的英国都只会日益让人觉得无药可救。

各地——尤其是首都地区——屡屡出现凶恶而巧妙的犯罪，这足以反映社会状况的极度不安定。然而，负责打击犯罪的警察机构竟然腐败至极，搜查部就只流行“一筹莫展”和“贪污受贿”这两种情况。面对持续增高的犯罪率和失业率，政府坐卧难安，恨不得将之一举解决，决定大幅增加警探的人数，放宽其录取标准，哪知事与愿违，结果大大不尽如人意。街头的不良青年、朋克族[②]，甚至有前科的失业者纷纷加盟了苏格兰场，使警风败坏得更加快了。

---

① Jimi Hendrix（1942—1970），美国歌手，作曲人，流行音乐史上最重要的电吉他演奏者。

② 随着“朋克摇滚”而出现的街头一族，是流行文化中的重要一环，其造型具有浓厚的叛逆味道。

顶替堕落的警察受到人民信赖的，是民间的私家侦探。就我们这个世界而言，“名侦探”云云都只居住在理想国里，但他们在平行世界的英国则是实际存在，而且非常活跃。不知从何时开始，这些侦探组建了一个协会，只要加盟便会受到英国皇室的特别优待，赐予终身贵族的身份和“侦探大师”这一荣誉称号。

久而久之，“侦探大师协会”就成了一个官方认可的组织，侦探大师的社会地位亦被牢牢地确立下来。市民们都喜欢拜托侦探大师来帮忙破案，不再理会那些只懂得屈打成招的无能警察。

平行世界的英国有这样一句流行语：“有钱的登门，没钱的上场。”这里“场”当然说的就是苏格兰场，而“门”则是指伦敦西北部的诺丁山大门——这里聚集着大量的侦探事务所。随着“爱德华法”被议会通过，侦探大师享有了七十二小时的侦办优先权，伦敦警察至此彻底变成了“侦探大师协会”的附庸机构。

这项奇特的特权法案会被批准，表面上是“当代第一名侦探”——侦探大师克里斯朵夫·布朗宁勋爵——侦破了攸关国家机密和皇室丑闻的“卡里奥斯特罗[①]之棺”一案，影响到了议会决策；然而，如果要由一位比较慎重的历史学家来论

① Count Alessandro di Cagliostro（1743—1795），意大利探险家、神秘学者Giuseppe Balsamo的化名，通晓炼金术、神学和魔术，曾靠卖药水的费用周游世界各地，一生经历甚奇，留下大量传说。和他有关的事件之中，最著名的要数钻石项链事件，该事件直接牵扯了路易十六的王后，从一定程度上使公众丧失了对君主政治的信心，是法国大革命的导火索之一。

述民间侦探和警察之间的关系的话，相信他一定会提到另一位无比尊崇的名人。

这个人不用猜了，当然就是爱德华七世，他的上台使空前繁荣的维多利亚王朝告一段落。虽然他执政的时间不长，但他很早就开始积极接触公务，四处奔走以维持欧洲的和平。其高明的政治手腕甚至受到了激进派的叹服，各国政要都盛赞他是“Peacemaker Edward”——调停者爱德华。而且，他爱民如子，各个阶层都一视同仁，本人又热爱运动，算是历届国王中最受好评的一位。

平行世界中的爱德华七世，跟我们这个世界的差别不大。但那个世界毕竟是由另一个选择所导致的，所以总归是有些区别。平行世界中的“调停者爱德华”对另一个“Peacemaker”——左轮手枪——的兴趣颇大。换言之，英国君王的“典雅爱好”被拓宽了，除了猎狐，搜捕犯人的“侦探工作”亦是其中之一。

后世的历史学家提到了一些爱德华七世的业余侦探成就，但我们没有富裕的时间和空间详说。唯一需要提到的是，这位国王呕心沥血所确立的制度，许多年后变成了该国司法系统的基础制度。

和“此世”如出一辙，平行英国的爱德华七世没有再提倡什么君权神授论，犯下忤逆时代的错误。而且，他也没有像乔治三世[①]那样控制议会，把议会变成帮腔。

---

① George III（1738—1820），英国和爱尔兰的国王，英国汉诺威王朝的第三任君主，执政期间曾击败大革命后的法国和拿破仑，使英国变成世界上首屈一指的强大国家。

但是，这位爱德华七世是一个玩物丧志的人，只要碰到了感兴趣的领域，便会忍不住迷失自我。平行英国的爱德华七世的寿命增加了一年时间，所以他赶上了一九一一年，见证了那项使下议院职权超过上议院职权的著名法案被议会通过。当时，他联合了平素交好的两院议员向议会商讨，要求以“咨询侦探制度”的通过来换取民主法案的通过，果然顺利如愿。根据“咨询侦探制度”的规定，一旦警方的调查遭遇困境，便要去咨询指定的民间侦探。这位爱德华七世深受当时名播四海的福尔摩斯的影响，而后者常以“咨询侦探”自诩，这便是这项制度的名称由来。

爱德华七世当政的时间很短，却一直殚精竭虑地提高民间侦探的地位。二十世纪六十年代，英国议会通过了以“咨询侦探制度”为蓝本且更具特权意味的“侦探大师”法案。需要特别指出的是，该法案后来没有被冠以起草者阿道夫·梅森勋爵的名字，而是使用了半世纪前的君王之名，称为“爱德华法”，以彰显那位侦探国王在英国史上的粲然光芒。

“侦探大师”制度正是由此而来，其中出类拔萃、臻至顶峰者便是“侦探皇帝”。“侦探皇帝”每三年评选一次，先由上议院的司法贵族委员会根据破案分数来进行提名，最后由国王亲自任命。

“侦探皇帝”从根本上掌握着“侦探大师协会”和司法、警察机构，拥有着至高无上的权力。这一要职最初是由福尔摩斯之子——尽管总有人怀疑其出身——来担任的，他退休后则由前文提到的克里斯朵夫·布朗宁勋爵续任。时至今年，又到了“侦探皇帝”的评选年度，几位破案分数略次于布朗宁勋爵的侦探大师都被列进了候选人的名单，引发热议。

有哪个侦探大师不想登上“侦探皇帝”的王座呢？不过，就算享有各种保障和特权的他们尚未登上王座，亦早已让那些低级别的警察眼热到不行。这些人表面上固然对侦探大师们服服帖帖，实则怕是恨得透了。

话说回来，这个不负“侦探王国”美名的平行英国，眼下正面临着一些状况，其中尤以两件和侦探相关的事情最受市民关注。

其中之一当然就是“侦探大师百年祭”了。须知，今年乃是官方第一次公布福尔摩斯案件《血字的研究》一百周年，那个“侦探大师百年祭”纪念活动正是要赞颂以福尔摩斯为首的一众名侦探的赫赫功绩。该庆典的举办时间是十二月，不仅平行英国的侦探大师们会如期前来，全球各地的名侦探都会赶赴伦敦，出席会议和庆功酒宴。

而另一件事呢，则是一件令那些沾沾自喜其百年辉煌的侦探大师惊恐无比的惨剧——让人毛骨悚然的“猫”之连续杀人事件。

凶杀案自年初以来便陆续出现，死者无一例外都是侦探。有的侦探大师是从窗口跌下摔死的，有的是中毒身亡，有的则是中枪丧命，总之是各种手法、各种情况下遭到杀害。而且，仿佛是凶手的签名一般，死者身旁一定会留下和猫有关的东西。大家因此给那凶手想了一个名字：开膛猫，典出维多利亚时期名噪一时的妓女终结者“开膛手杰克”。

“猫”所犯下的凶案之中，有几点是颇让人疑惑的，譬如被杀害的都是侦探、行凶手法次次不同……由此衍生了大量的讨论，但调查始终没有进展，毕竟大家都没发现什么重大的线索。

这种情况之下，当然会有好几位侦探自告奋勇，想要查明“猫”的真实身份。倘若有谁当真破解了这一系列的事件，那自是当仁不让，成为下一任“侦探皇帝”的理想人选。结果，有些想要破案的侦探反倒被凶手给摆平了，导致目前遇害的侦探总数达到了十一名。

时间是二十世纪之末，地点是平行世界中的英国，而且是侦探王国的犯罪都市——伦敦。

凶悍狡猾的杀人魔王——“猫”，赌上特权阶级之名誉地位的侦探大师，粗暴而又腹黑的朋克刑警……这三方势力相互掣肘，混战不绝，恰如是玩着一个桌面游戏[①]。

恰恰是这个时候，媒体收到了“猫”寄来的一封信，但内容不再是一成不变的威胁，不再是炫耀及对警方的揶揄。信里面只有一首古老的童谣，这一点当真非常奇妙……

---

① Board Game，亦译“桌上游戏”，其中比较典型的是大富翁、麻将、扑克、棋类和万智牌。

十三个猎人之歌

十三个猎人呀，嘿哟嘿哟去猎猫。
第一个迷失雾中，
猫一忽儿就逃没影儿啦。

十二个猎人呀，嘿哟嘿哟去猎猫。
第二个石子来绊，
猫一忽儿就逃没影儿啦。

十一个猎人呀，嘿哟嘿哟去猎猫。
第三个有狼来咬，
猫一忽儿就逃没影儿啦。

十个猎人呀，嘿哟嘿哟去猎猫。
第四个小憩屋内，
猫一忽儿就逃没影儿啦。

九个猎人呀，嘿哟嘿哟去猎猫。
第五个溺毙河中，
猫一忽儿就逃没影儿啦。

八个猎人呀，嘿哟嘿哟去猎猫。
第六个胡吃海塞，
猫一忽儿就逃没影儿啦。

七个猎人呀，嘿哟嘿哟去猎猫。
第七个剃度出家，
猫一忽儿就逃没影儿啦。

六个猎人呀，嘿哟嘿哟去猎猫。
第八个被车一碾，
猫一忽儿就逃没影儿啦。

五个猎人呀，嘿哟嘿哟去猎猫。
第九个掉进洞里，
猫一忽儿就逃没影儿啦。

四个猎人呀，嘿哟嘿哟去猎猫。
第十个睡过了头，
猫一忽儿就逃没影儿啦。

三个猎人呀，嘿哟嘿哟去猎猫。
第十一个天雷来劈，
猫一忽儿就逃没影儿啦。

两个猎人呀，嘿哟嘿哟去猎猫。
第十二个满月辉映，
猫一忽儿就逃没影儿啦。

就剩下一个猎人呀，嘿哟嘿哟去猎猫。
第十三个雪崩活埋，
猫一忽儿就逃没影儿啦。

BBC《搜查焦点》电视栏目

出席者名单：

克里斯朵夫·布朗宁勋爵（“侦探皇帝”）

阿道夫·盖尔德夫（伦敦警察总探长）

卡特·胡伯（牛津剑桥旧童谣研究所所长）

艾琳·胡伯（牛津剑桥旧童谣研究所副所长）

盖尔德夫总探长：日前，几度惊扰社会的杀人犯“猫”给各大媒体寄去了一封不知所云的信。我们今晚特意请来了著名的童谣研究大师胡伯夫妇来谈谈那封信的内容。首先，有请“侦探皇帝”克里斯朵夫·布朗宁勋爵就此说几句话。

布朗宁勋爵：大家都知道“猫”每次作案的构思和手法均不相同，据我研究，其手法实是出自信中那首童谣。我们先看看第一名牺牲者——侦探大师罗伯特·菲利普先生，他被害的那天大雾迷茫，跟童谣的内容如出一辙。而第三名牺牲者身上则确实留有形如“有狼来咬”的齿痕，失血而死……

盖尔德夫总探长：第四名牺牲者艾瑞克·詹森勋爵被枪杀的地点，是游乐园中的小屋密室。正如童谣说的那样——小憩屋内。而且，遇害者不仅仅是我国的侦探，那些来自异国的宾客都难逃一劫，不幸被“猫”的利爪挠中。譬如第七名牺牲者墨丘里·保禄，他是从瑞士远道而来参加百年庆典的，就像童谣里面那句“第七个剃度出家”一样，他死在了修道院里，头发被剃得一干二净……

布朗宁勋爵：看来，“猫”是把《鹅妈妈数数歌》那个童谣给现实化了，变成具体的谋杀。到底凶手的动机如何，有人怀疑只是寻求乐趣，有人则觉得这就是一场表演秀，大家各执一词，种种说法甚嚣尘上，所以我们打算请两位童谣学家就“猫”的那首奇怪童谣谈谈他们的观点。我们大家都知道《十个印第安小黑孩之歌》和《三个威尔士猎人之歌》，却未曾听闻《十三个猎人之歌》……

卡特：嗯，不知道才正常嘛，谁让这是一首非常古老，古老得几乎被忘却了的英格兰童谣呢。就我个人看来，您刚刚提到的那两首妇孺皆知的童谣，其实曾受到这首童谣的影响。

艾琳：英国的大部分旧童谣，都可以上溯到斯堪的纳维亚的摇篮曲。十九世纪的《十个印第安小黑孩之歌》作者明确，算是《鹅妈妈数数歌》之中比较晚近的作品；而《三个威尔士猎人之歌》则相对早些，具体的证据可以参见莎士比亚没有完成的戏曲和十八世纪的猎狐歌。

盖尔德夫总探长（有些不耐烦）：小黑鬼和那些威尔士垃圾的童谣怎样都好，反正只是些无关紧要的事！我想知道……

卡特：先生，您可别乱说话呀！

盖尔德夫总探长：话当然是这样说，但是呢，从优生学的观点来看，我觉得非日耳曼民族的人根本就不能相信……

艾琳：你这个法西斯！你说话太过分了！怪不得大家都说你这个总探长是新纳粹！

盖尔德夫总探长：你这个八婆，我呸！我早就查清楚了，你们夫妇俩根本就是一对喜欢卖弄学问的 ×××……（电视上没声音了）

滚动字幕：本台就适才出现的不当言辞向观众致歉。

布朗宁勋爵：喂，我们好像是跑题了吧？嗯……刚刚是不是讲到了猎人之歌的最初形态？所长刚才提到猎狐，让我想到了一个问题——这首童谣里面说的猎猫，是否真有其事？

卡特：对，虽然时间不长，但这样的活动确实有过。实际上，猎猫的历史比猎狐久远。我们所说的猎狐活动是从十七世纪的查理二世时期才开始的，而猎猫活动的出现则比那个还要早出百年，大致是亨利七世执政时期，玫瑰战争[①]刚刚结束的时候吧。从这个角度来讲，猎狐说不定是对从前的猎猫进行了部分性的继承。

布朗宁勋爵：想不到竟然有这样一段历史……

卡特：如果你对英国接纳宠物猫的那段历史没有了解的话，估计你很难相信猎猫这种事情。然而，英国的猫咪确实是有过这样一段苦难的日子，是不是呀，艾琳？

艾琳：是啊，家猫的历史就是光荣和苦难交错而成的结果。对了，你肯定知道古埃及人对猫奉若神明这件事吧？

布朗宁勋爵：我印象里是当成女神来崇拜……

---

① Wars of the Roses，亦译“蔷薇战争”，指1455年至1487年间英国两大王朝争夺英格兰王位的内战。这两个王朝家族（兰开斯特王朝、约克王朝）都是金雀花王朝皇族的分支，其家徽分别是红玫瑰和白玫瑰。

艾琳：对，就是那位猫头人身的贝斯特[①]女神。家猫死去之后，埃及人会将猫的遗体装饰一番，制作成木乃伊埋进墓地。猫的主人一家会悲伤地敲钟，甚至剃眉服丧。当时的埃及人对猫是如此重视……

盖尔德夫总探长：照你这样说来，《圣经》里对猫没有只言片语，莫非就是犹太人要嘲讽他们最讨厌的埃及佬？

艾琳：住口！你个纳粹！

滚动字幕：本台就适才出现的不当言辞向观众致歉。

布朗宁勋爵：我亲爱的总探长，麻烦你克制些吧！抱歉，胡伯夫人，我保证他暂时不会再开口了，您继续往下说吧。

艾琳：你早该这样做！啊，亲爱的，我的头……好痛……

卡特：振作些，亲爱的！千万别输给那种没事找事的打压！

艾琳：嗯，我知道，我会努力尽我学者的义务。英国的家猫似乎是来自罗马军队，刚开始时，英国的猫和古埃及的猫一样受到优待——它们能确保谷物没有鼠患，所以都是可靠的守卫。公元九三九年，威尔士古德家的霍华颁布了爱猫令，其目的当然是要保证猫的安全……

布朗宁勋爵："猫类怜悯令"[②]呀……

---

① Bastet，主掌家庭的女神，象征着爱情和月亮——猫的瞳孔会随着光亮变大变小，犹如月之阴晴圆缺。

② 日本德川幕府的第五任幕府将军德川纲吉（1646—1709）曾发布"生类怜悯令"，禁止百姓滥杀狗类，搞得大家出门时甚至要给狗让路，一时民怨沸腾。

艾琳：猫的悲剧和中世纪同时来临。当时的德国流行一种怪异的芙蕾雅①女神祭典，其中一环是让猫拉车。所以，一四八四年时，教皇英诺森八世②批评了所有的猫和所有的养猫人，导致光是德国就……唉，那是何等可恨的大屠杀啊！区区一个德国，就有无数人——尤其是女人——只因家中有猫便被处以死刑！不仅德国如此，法国也有同样的酷刑，好几万只猫就在祭司的仪式中被杀死了。而我国则……

布朗宁勋爵：而我国则形成了猎猫的风俗？

卡特：对。亨利七世控制了当时反抗的封建贵族和议会，决定了都铎王朝的独裁作风，却没有干预天主教会的改革。那些唯教皇马首是瞻的封建贵族遂以猎猫来嘲讽国王，使这种活动一时大大流行。

艾琳：相当长的一段时间里，这些恶趣味的贵族只要没事了就会去猎猫，直到十七世纪才换成猎狐。要说这里面的缘由嘛，就是黑死病的盛行。想要控制老鼠这种传染途径，当然就需要猫了——人类就是这样凡事都从自身着想！总之，所谓的《十三个猎人之歌》就是当时那些跟猎猫无关的平民编出来的一首童谣，用来揶揄那些封建贵族的蠢行。

盖尔德夫总探长：这种和大学授课一样无聊的事，到底跟“猫”的案件……

布朗宁勋爵：你给我闭嘴！

卡特：很遗憾，说来真会让总探长大人失望，但这里面确实是有关系的。

---

① Freya，北欧神话中“爱”和“美”（阳刚之美）的女神。

② Pope Innocent VIII（1432—1492），意大利籍教皇，靠行贿上台，昏庸无道。

盖尔德夫总探长：哦？

卡特：斯托克战役[1]之后不久，某个被国王制裁得一塌糊涂的封建领主举办了大规模的猎猫活动，以发泄心头积愤，但其家臣中刚好有一个是威尔士古德家的后人……

盖尔德夫总探长：古德家？就是颁布“猫类怜悯令”的那个变态家族？

卡特：是啊，那个家臣出自爱猫的家族，当然会劝谏主君停止猎猫活动。结果呢，他因此惹恼主君，被处死了。这个可怜的家臣的名字就是——吉伯特·莫里亚蒂。

布朗宁勋爵：哎呀，一听你说到这个莫里亚蒂，我立刻就想到了跟福尔摩斯对决的那个犯罪之王……

卡特：这个死掉的吉伯特似乎就是莫里亚蒂教授的祖先。

盖尔德夫总探长：这太无聊了吧！照你的说法，那个以“猫”自称的现代猎人，那个专门杀害侦探的狂魔，其真正的身份就是莫里亚蒂家族的后裔？

布朗宁勋爵：总探长啊，你好好给我听着就行了！

艾琳：有些证据足以表明“猫”和莫里亚蒂有关，比如之前提到的埃及猫木乃伊一事。那时，亚历山大港[2]的投机者异想天开，把那些木乃伊挖出来送到英国变卖，光是一八九〇年就往利物浦送去了十八万具。但是，那些猫木乃伊后来竟消失得无影无踪了！尽管没留下正式的犯罪记录，但当时主

---

① Battle of Stoke，玫瑰战争结束后，有一个男孩冒充了约克家族的第一继承人，但该继承人当时正被亨利七世国王拘禁，所以无人相信其真实性，1748年，亨利七世挥兵扫平了这些约克家族的残党，史称“斯托克战役”。有部分史家认为这场战役才是玫瑰战争的最后一役。

② 地中海岸的埃及港口城市，亦译“亚历山卓”、“埃尔伊斯坎达里亚”，留有古城卡诺珀斯的遗迹。

持搜查的歇洛克·福尔摩斯认定这是莫里亚蒂教授的杰作。

盖尔德夫总探长：又是莫里亚蒂？这简直一派胡言！莫里亚蒂教授都死了一百年了，他的子孙这时候又跑了出来？可真是荒唐死了……

布朗宁勋爵：好了，好了，我的总探长，这样一来，事情不就更有趣啦。时值“侦探大师百年祭”将要召开，莫里亚蒂教授的子孙突然蹦出来向大家索命……这样的话，结合童谣里的数字来看，恐怕还会有两位侦探会被拿来血祭。

艾琳：如果“猫”坚持按照童谣的内容作案，第十二个人被杀时一定有“满月辉映”——所以是满月之夜？

卡特：而接下来的第十三个人呢——“雪崩活埋”，倘若“猫”真的会切合字面意思的话,那案件肯定不是伦敦室内……

布朗宁勋爵：嗯，凶手将会如何“仿照”童谣，我们事前根本就无从得知。我们能做的就是加强各个环节的警戒工作。

盖尔德夫总探长：“猫”选中的都是那些破案分数很高的侦探大师，眼下就有詹森勋爵等三名高分的侦探大师被杀掉了，所以我觉得你这个“侦探皇帝”是不是小心一些……

布朗宁勋爵：我？没事，“猫”的爪子挠不到我的。我不会辜负女王陛下和国民的深切期待，一定会全力以赴将“猫”擒拿归案，让那家伙的真面目暴露无遗！

栏目播完之后，电视台接到了一大堆投诉电话，分别来自欧洲犹太人协会、威尔士爱国同盟、动物保护协会等处，总计五十六次。

伦敦日报

London Daily

1999年12月
11
星期六

Cheshire & Grin Co. Ltd.
世界百味贺圣诞！
猫印糖特别奉献！
好吃到“猫”都咋舌！

杀人魔王“猫”身份仍未明

面对“猫”的威胁，女王破例进行公开回应

自今年一月以来，杀人魔“猫”横行伦敦市内，身份始终不明。市民们日渐升高的恐惧情绪让女王甚感忧虑。本月十日午后，女王史无前例地公开表示了对侦探大师协会和伦敦警方处理“猫”案件的失望。我们有理由相信该声明和六月份遇害的侦探大师艾瑞克·詹森勋爵有很大关系——他是女王的亲戚。

侦探大师协会的“侦探皇帝”克里斯朵夫·布朗宁勋爵得知这份声明后，表示：“我正在全力追查‘猫’的案件，也曾叮嘱伦敦警方的盖尔德夫总探长务必重视此案。我们保证会在‘侦探大师百年祭’举办之前解决这个案子，敬请市民安心。同时，我们由衷欢迎大家向侦探大师协会提供情报。”

“猫”之连续杀人事件
（侦探大师协会整理）

（一）“红雾”事件
时　间：一月十三日
被害者：罗伯特·菲利普博士（侦探大师）
状　况：在大学的机密实验室里被氰酸毒死
遗留物：古罗马的猫纪念章（仿制品）

（二）“墙垣说话”事件
时　间：二月一日
被害者：斯图尔特·温斯洛勋爵（侦探大师）
状　况：被克林波城墙上掉落的石头砸死
遗留物：笑脸猫插画卡（坦尼尔勋爵绘制）

（三）“刻耳柏洛斯[①]的陷阱”事件
时　间：四月十二日
被害者：詹姆士·李德（侦探大师）
状　况：被狩猎陷阱夹伤，颈部失血而亡
遗留物：猫项圈

（四）“颠倒房间”事件
时　间：六月十日
被害者：艾瑞克·詹森勋爵（侦探大师）
状　况：被射杀于游乐园的小屋里面
遗留物：猫眼石

（五）“消失的红鲱鱼”事件
时　间：六月十八日
被害者：玛格丽特·拉塞尔（侦探大师）
状　况：泰晤士河中溺毙
遗留物：招财猫（日本货）

（六）“苦苹果派”事件
时　间：七月十三日
被害者：依许卓·欧根布（阿根廷侦探）
状　况：食用了含氰化钾的苹果派，中毒身亡
遗留物：猫粮

（七）“狂躁《圣经》”事件
时　间：八月二日
被害者：墨丘里·保禄（瑞士侦探）
状　况：修道院被刺杀，头发被剃净
遗留物：猫形状的青铜香炉（波斯货）

（八）“迟来地铁”事件
时　间：九月七日
被害者：西蒙·盖瑞特（侦探大师）
状　况：地铁车站内被碾死
遗留物：1948年影片《人豹》的录像带

（九）“粉色幽灵”事件
时　间：九月二十九日
被害者：艾琳娜·卢比（侦探大师）
状　况：于大楼工地摔死
遗留物：猫邮票（南斯拉夫货）

（十）“四面钟表”事件
时　间：十月十三日
被害者：菲利斯·史尼兹勒（德国侦探）
状　况：饭店房间中的定时炸弹爆炸
遗留物：霍夫曼的著作《猫》（初版）

（十一）“空中吉他”事件
时　间：十月十三日
被害者：托马斯·柯撒迪（侦探大师）
状　况：录音棚内触电身亡
遗留物：《加斯巴之夜》[②]（密纹唱片[③]）

伦敦日报 | 12月11日 星期六

社会要闻

| A2

评论

著名犯罪学者朱利安·布彻先生就“猫”事件接受本报采访时称：“根据童谣内容陆续犯案的‘猫’的做法非常幼稚，凶手似乎很注重那种游戏般的乐趣，以疯狂犯罪来进行一场又一场模仿《鹅妈妈数数歌》的游戏，沉醉其中。再有，凶手不惜冒绝大风险兑现童谣内容，这种坚持同样值得重视。综合各种情况来看，‘猫’确实是个被童谣杀人附了身的偏执狂，因此肯定会在‘侦探大师百年祭’之前再犯下两次杀人罪行。”

哈洛德百货公司失火

十日下午二时前后，伦敦市哈洛德百货公司三层楼梯一带失火。当时，店内前来购物的顾客正是人满为患，大家相互推搡避难，致使一名顾客和员工轻微受伤。火势至下午二时三十分被扑灭，因着火点距离贩售猫粮的柜台很近，所以当局怀疑是故意纵火，目前正等待调查结果。

夜总会又遭打劫

十日晚八时前后，自称“该死团”的朋克五人组突袭了伦敦苏荷区的高档迪厅“小丑”。该店素以成熟、性感的时尚风情著称。这是本月的第三次类似事件。自夏季以来，朋克族屡屡大肆出击，善良市民们纷纷对此表示不满。更有甚者，王室的御用迪厅“黄金荷兰芹”本月都未逃一劫。

养猫女诗人惨遭枪杀

“猫”带来的混乱加剧

十日下午，以诗集《猫的忧郁午餐》闻名的女诗人伊丽莎白·汉普顿女士（享年五十九岁）在伦敦市康宁翰街的住所被人枪杀。其家人已于当天夜里一点向“侦探大师协会”和警方报案。

负责此案的侦探大师抵达现场，只见汉普顿女士浴血倒在一楼寝室里。根据其家人的目击证言，该侦探大师盘问了隔壁卖水果的约翰·欧布莱恩（63岁）并成功使之坦白罪行，于当夜一点半以现行犯罪名逮捕了杀人凶手。

死者家人称欧布莱恩是狂热的天主教徒，素来百般刁难爱猫出名的汉普顿女士，且曾散布“只有魔女才养猫”的流言，近来更到处宣扬“‘猫’其实是个魔女”这种论调。目前，“侦探大师协会”正设法根除因对“猫”过度恐惧而导致的犯罪行动，同时商讨是否要对欧布莱恩进行精神鉴定。

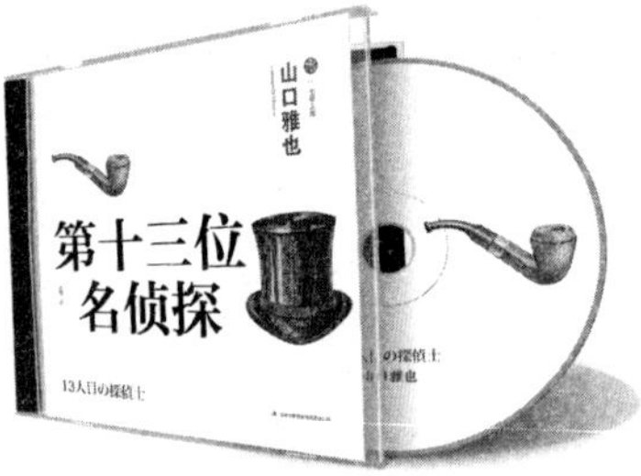

《第十三位名侦探》一路杀进热门金曲大榜

新成立的雷鬼乐团“所罗门破坏大王 & 小罪犯”的新歌《第十三位名侦探》最近急速走红，登上了“告示牌”和“钱柜”这两大榜单。这首流行歌曲是从“猫”寄给各大媒体的《十三个猎人之歌》脱胎而出的。团长所罗门破坏大王表示：“这首歌主要是讥刺本国的阶级矛盾，包括侦探大师制度在内。”

（接头版）

备忘（A）罗伯特·菲利普博士、艾瑞克·詹森勋爵和西蒙·盖瑞特是破案分数最高的三位侦探大师，他们全都有望出任下一届的“侦探皇帝”。（B）“四面钟表”事件后的十月十五日，“猫”将《鹅妈妈数数歌》的童谣寄给了各大媒体。

注释① Cerberus，希腊神话中的地狱看门犬，有三个脑袋。② Gaspard de la nuit，法国作曲家 Maurice Ravel 的名作，由三个乐章构成。“加斯巴”是法文中“魔鬼”的别称。③ Long Playing record，简称 LP，1948 年推出的唱片品种，以模拟方式录音，直至 1988 年 CD 被推出之前始终是唱片音乐的首选发行形式。

出席者之背景介绍
（第四期）

随着十二月十三日“侦探大师百年祭”的来临，各国名侦探纷纷抵达伦敦。本期要介绍的是其中三位。

来自那不勒斯的意大利代表法布利奇欧·巴迪斯蒂的经历非常特别，以前是个杂耍艺人，后来又当了十年的魔术师。一九七二年，他顺利解决“魔术之手”杀人事件，就此登上侦探的舞台，享誉全球。

日本代表近松林太郎先生的父亲是日本驻英国大使，他是在英国出生并长大的，直到高中毕业后才返回日本。侦破“歌舞伎凶杀案”使他一下子变成风头正劲的名侦探，受到各界注目。

中国代表刘弱福先生来自山东省，自一九八二年开始从事侦探工作，精通各路拳法，武艺很是高明，曾担任国家体育指导员，因去年的“十二生肖案”受到侦探界关注。刘氏曾一度旅居伦敦，时间长达两年。

（未完待续，下期更加精彩）

“侦探大师百年祭”就要来了！！！

一片黑暗之中，下弦月若隐若现。红色的液体自月亮的上缘处汩汩渗出，覆盖住月亮那苍白的表面。

黑暗中浮现着红色的月亮。

细看之下，那红月亮竟然正微微颤动！月亮的颤动渐渐加剧，到后来更犹如新生的婴儿一般，开始蠢蠢蠕动。

颤动之余，那月亮亦缓缓弄出了动静。乍听之下，那仿佛是沉闷的雷鸣，却又随着月亮的颤动而渐渐变响。

我突然惊觉那根本不是雷鸣，而是令人厌恶的笑。那来自咽喉深处的笑，恰如猫咪特有的“咕噜咕噜”……

没错，那分明就是猫的笑啊！而那黑暗中若隐若现的红月则是猫的嘴巴。那嘴巴噙着鲜血，微微颤动，充满讥讽之意。

我望着黑暗中那张令人毛骨悚然的猫嘴，不知为何竟隐隐觉得那就是我在镜子里的影子！

黑暗中，镜子里……“它”是不是看出了我的心思？否则怎么会那个样子一直笑？那笑容状若疯狂……啊，猫的那个笑容，渐渐将黑暗给撕裂了……

从黑暗的裂缝之中，溢出了雪白的世界。须臾，那世界沾满了整个画面。直到眨了好几次眼睛之后，我才恍然大悟——那白得像雪一样的一大片颜色，其实就是天花板。

如此说来，我已经从梦的世界里醒过来了。

但是……这里……这里究竟是哪里……

我似乎正仰面躺在哪里的地板上。之所以刚才做了那种奇怪的梦，肯定就是睡在这种地方所导致的。

屋子里很昏暗，颇有些冷。而且，我的身体僵硬得要命。我察觉脑袋附近有一张坚固的木桌，根据屋内的光线推测，桌子后面应该有扇窗户。我很想看看那边的情况，遂保持着仰躺的姿势，微微转动了头。

刹那间，我的后脑一阵剧痛，忍不住就要呕吐，一时间只觉得脑袋里的血管故意搞了场交响乐。我不觉皱眉闭上了眼。

昨晚肯定喝高了，真难受……咦？我是去哪里喝酒的？

本就断断续续的思维又被疼痛一扫而空。我就这样躺着，好一阵子之后才小心翼翼睁开了眼。痛苦稍稍有所缓和，所以我再度转头望向了窗户那边。

克里斯朵夫·布朗宁勋爵

侦探大师

窗玻璃上显现着对称相反的文字。天上的云彩像铅一样薄薄延展，充当了文字的背景。从内侧看去固然是对称相反，但若从另一侧往里面看来的话，说不定反而会觉得像是美国的那种廉价广告。

克里斯朵夫·布朗宁……这名字我曾有耳闻。我略一寻思，很快便省悟那是一位经常占据本国新闻栏目的贵族神探，而且是侦探大师中至高无上的“侦探皇帝”。

我用手缓缓撑起了上半身，感觉比适才好了一些，不禁动了看看整个房间的念头。

哪知一看之下，首先便看见了屋主克里斯朵夫·布朗宁勋爵的遗体！

我一眼就看出了那是遗体。那遗体当然不会跟我一样。遗体趴在地上，只有脖子转了过来，正对着我。遗体的脸色像蜡像一样死气沉沉，眼睛大睁着眨都不眨。然而，不管那脸上的表情何等怪异，都毕竟是我从电视上看到过的著名侦探的脸。

勋爵的遗体距离我的脚只有两英尺远。

惊骇之余，我缓缓站起身来。脑袋又开始作痛，就仿佛整间屋子正摇晃不休。我只得勉强忍住，争取站稳。直到站定了后，我才察觉我身上竟然穿着奇怪的白大褂工作服，还系了条粗粗的工作腰带——那上面别着的不是手枪，而是改锥和钳子。总而言之，这感觉极不对头。

我为何会是如此装扮？

我咬紧牙关，朝着遗体走近了两三步。凑到近前一看，他当真是没了呼吸。只见他的咽喉上附着一些干得都变黑了的血迹，嫩绿色的地毯上同样滴满了他身上的血，凡是染到血的地方全都变成了砖红色。

遗体附近翻倒着一张小茶儿，给客人坐的沙发亦被推到一旁，离开了正确的位置。一切都说明这房间内似曾有人搏斗。

沙发下面有个黑糊糊的东西，莫非竟是手枪？

安静的房间里只有遗体和我——不，还有一种有规律的轻微响动，就像是有人正用指甲刮着什么东西。我感觉那声音是来自房间一隅，遂回过头来循声一望——大概是桌子旁边的留声机播完了唱片之后，唱针继续摩擦着无声的唱片沟槽，所以才会出现那种响动。

反正，这事情挺让人纳闷。

我脑海里一片混乱，视线仿佛被魅惑住了似的，再度向遗体看去。遗体的姿势有些不大对头——左手被胸部压住了看不清楚，右手却直直伸了出来。其余四指攥成拳状，唯独食指立在了地毯上面。

那指尖似乎是用力抠着短毛的地毯，让我颇有些在意，顺着一看，发现那一小块地毯上竟然有用血写成的字迹。恐怕是死者没有墨水，只得用血留下死亡讯息。

CAT IS

应该就是这几个字母吧——猫？猫是什么意思？

突然，一个可怕的想法扫过了我混乱的脑袋。莫非是指今年轰动媒体，让世间为之战栗的那一系列事件——

杀人魔“猫”——

开膛猫！

这又是“猫”的事件？就算是布朗宁勋爵都逃不出那个痛恨名侦探的杀人魔的手心，变成了对方的牺牲品？一股难以言表的不安自我的腰腹部冲了上来，我不禁浑身一震。

案发现场示意图

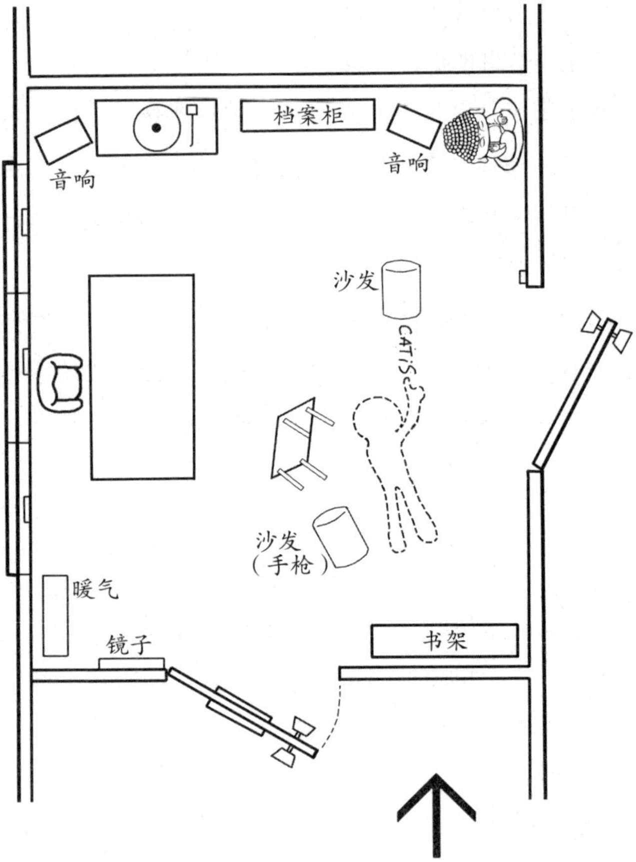

一瞬间，我暂时忘掉了的脑袋的疼痛再一次向我袭来。

要快些离开这里才行……能早一刻就早一刻！

房间有两扇门，其中一扇挨着遗体，另一扇则在窗户左边的墙上。我不想走近遗体，遂一点点靠向了另一扇门。

门旁的墙上挂着一面精致的银框镜子。伸手开门时，我顺便瞧了镜子一眼，一股新的恐惧顿时涌上心头。就某种意义而言，这比“猫”更要让我恐惧，真不知该如何形容……

镜子里赫然出现了一张清瘦的脸庞，垂下来的金发遮住了宽宽的额头，薄薄的嘴唇微微颤抖着，一对灰蓝色的眼珠正困惑地死死盯着镜子。

好一张陌生的脸。

我……我是谁啊？

突然间，我意识到有人正在急促地敲着我眼前的那扇门。

敲门者敲得更急促了，我的心跳不免随之加剧。

“布朗宁勋爵，没事吧？开门啊，喂，怎么了啊？”

听来，门后是一位年轻的男子。我该如何是好？这真是难以决定，一时间只得茫然呆立门前。

“浑蛋，我打开了啊！”

狠狠撞了三次之后，合叶被撞脱了。一声巨响之后，只见那门只靠剩下的一个合叶悬挂在门框上微微晃动，继而又被男子一推。

男子走进房间——真是个奇装异服的家伙。

他的鸡冠头极其惹眼，脑袋两侧的头发都被剃得很短，唯独头顶一带冲天直立，犹如南国的棕榈树叶。这无疑是朋克头型中最拉风的那种。而更让人目瞪口呆的则是他的鸡冠头竟然像彩虹一样有七种颜色。

而且，他的服装给人的冲击程度不会输给头发。黑色窄腿裤的膝盖处开了个大洞；腰上系的不是皮带，而是一条泛着寒光的银链；上身T恤的图案令人想到东方国家的太阳——是不是日本国旗？——但下摆部分被剪掉了，而且衣服上到处都开着破洞，有些地方甚至别了别针；T恤上面套的皮夹克不仅磨损很重，肩头和下摆的部分还钉了一排图钉。

这个造型怪异的男子往地毯上啐了一口，瞪着我问道：“怎么着？”

“啊？”

“啊？啊什么啊？我问你呢，你看什么呢？”

男子低喝着把屋内看了一遍，视线落到布朗宁勋爵的遗体之际，他立刻走去旁边察看，继而又看了一眼遗体后方的门，转头过来。

“嘿，这情况挺有趣的嘛，想不到刚一上来就破案了！布朗宁勋爵死了，这里是三楼，房间只有两扇门，遗体后面的那扇上着插销，另一扇则刚刚被我撞开。所以，这现场就是那些自高自大的名侦探最爱说的‘密室’了吧……快给我如实招来，是不是你杀的人？”

我慌忙澄清：“不是啊！跟我没关系的，不是我杀的，我只是……”

男子用食指指着结结巴巴的我，仿佛是拿着一把手枪，说道：“别糊弄人了，我可不是国王路[①]的那些朋克小鬼。”他边说边从夹克口袋里取出一样东西，拿到我的面前，“我可是有身份、有地位的人哦。”

男子拿着的是一个廉价的徽章，上面印的好像是朋克先驱“性手枪”[②]乐团的约翰尼·罗顿。

---

① 伦敦切尔西区的国王路是二十世纪六十年代英国乃至世界时尚文化的大本营，“嬉皮”和“朋克”都曾统治这里，而迷你裙亦是从这里风靡世界的。

② Sex Pistols，英国最有影响的朋克摇滚乐队之一。后文提到的约翰尼·罗顿（Johnny Rotten）是其主唱。

见我怔怔地看着那个徽章，男子这才惊觉拿错了东西。

“拿、拿错了啊——不，不对，我只是开个小玩笑嘛。”

他磕磕巴巴地想了个借口，跟着便从口袋里掏出了另一样东西，伸过手来。这次，是一个金色的徽章，威严肃穆，熠熠生辉。

“本大爷可是伦敦警方的刑警——基德·皮斯托。”

朋克刑警那剃刀形状的耳环微微晃动着。

“我着急买个喇叭，是 Music Man 的中古货呢，所以我正想辙让上头给我加薪……这次捉到了你，真是太顺利了！”

朋克刑警基德那细长的眼睛闪着亮光，脸形有些像是东方人，难以捉摸的扑克脸看上去就像面具一样。

“人不是我杀的！”我倾尽全力，反复念叨着这句话。

“哼，这种借口……一切不都明摆着了？你等下到了署里再蒙人吧。喂，你先报个名字上来！”

我登时蒙了：“这……我……我不知道啊……”

“哦？那你是打算装傻装到底了？好吧，你给我等着，我这就让你小子招供！”

基德再次俯身察看遗体，片刻后满面笑容地站了起来。

“真不愧是震古烁今的‘侦探皇帝’克里斯朵夫·布朗宁勋爵大人啊！就算死了都没忘记给我们留条线索。喂，你认不认识地板上的血字啊？‘CAT IS’——这一看就是说那个‘连续杀人猫’嘛。你这家伙虽然是一身管道工的打扮，但你其实就是‘猫’吧？”

糟了，这个基德竟然怀疑我就是“猫”那个杀人魔。倘若就此被他抓回警署，接下来一定会被那些粗暴的小刑警严刑拷打，搞不好真会被定案成凶手。

“我的基德大人呀，你有完没完？”

门口处冒出一个懒洋洋的女性嗓音，又有人来到这房间了。

她的穿着打扮足以和基德平分秋色，头发被染成三种颜色，红红的刘海一直耷拉到嘴唇边上，两鬓则是一紫一黄。一张俏脸尤其惹人回头——浓浓的眼线和蛛网般的眼影就不说了，嚼着口香糖的嘴上涂着没有光泽的褐色口红，随着咀嚼不断歪动。她穿着短裤和黑丝袜，夹克下面是褴褛的坦克背心，上面大书着笔法拙劣的“反核”字样。

“嘿，嫔克。”基德对女子使了个眼色，“你看，布朗宁勋爵死了，要是破了这个案子，我肯定会加薪的吧！”

“真的？太棒了！加了薪就可以买喇叭了，然后我们就可以成立一个乐团，用不着再当这又烦人又没谱的破警察了！”

被唤作“粉红佳人”[①]的女子兴高采烈，挨着遗体蹲下，开始掏摸死者的口袋。看来，这个像女扒手一样的家伙同样是个刑警。

“让我搜搜，让我搜搜……哎呀，有了有了！”

嫔克从勋爵的口袋里翻出了一个小小的人偶。

“这东西看着真怪，好像是只猫呢。”

“我靠，指纹会沾上去的！你这家伙，这种情况下你好歹用块布啊！”

嫔克被基德一训，忙把头上的包带取下，裹住了那个东西。

① Pink（1979—），美国著名女歌手，是一位奇装异服、性感劲酷的新晋辣妹，人称“下一个麦当娜”。但下文（尤其是对话中）若处处都是“粉红佳人”未免太怪，故采取“嫔克”这一音译。

“不好意思，我给忘了！但是，这东西的确很可爱呢。这样用包带一捧，更像是小猫了呀。”

基德猛一伸手，把嫔克手中的包带和里面的东西都抢了去。

“你又要犯那个臭毛病了啊——每次都把证据弄走，留给我一堆麻烦。”他看了看手中的人偶，又恨恨说道，“这个哪里像是小猫了啊？根本就是猫的木乃伊嘛，而且是蜡的。”

“对了，前天电视上的那个座谈会里，布朗宁勋爵他们不是还提到了猫的木乃伊来着。”

“嗯，他们当时好像是说一百年前的猫木乃伊失踪案件和莫里亚蒂教授有关……喂，嫔克，你拿着的那个是什么？不会又要把什么东西给偷偷带走吧！”

嫔克小嘴一撅，就像偷吃东西时被抓到的孩子一样，磨磨蹭蹭地交出来一件东西。那是一张印满了颜色的纸，跟明信片的尺寸接近。

“这个总没事吧？就是张明信片呀，到处都有的，只不过是放在了遗体上衣的口袋里嘛。”

她和基德一同看了看明信片，跟着又道：“这上面画的什么玩意啊，一只猫用前脚踩住了一条蛇，拿着菜刀要往下砍……”

基德微微点了点头，说道：“大概是古埃及的壁画吧，你看上面还有大英博物馆的落款呢。这只猫大概是贝斯特吧。”

“贝斯特？”

“古埃及的月亮女神，兼狩猎女神。我看了那个座谈，觉得挺有意思，就又翻了翻欧裴德·何伟的那本《神秘宗教和魔法中的猫》……”

“连这种怪书都有啊。”

“书里说，古埃及人相信夜间拜访冥界的太阳会通过猫的眼睛来观察黑暗的世界。其实啊，月亮就是反射了太阳的光，所以才会亮嘛。古埃及人觉得猫的眼睛会在黑暗中冒出磷火，所以认定太阳神‘拉’就存在于猫的眼中，结果就把月神贝斯特塑造成了猫的模样。”

“那蛇呢？”

“那是太阳神‘拉’的对头——黑暗之蛇。狩猎女神贝斯特有个别名：撕裂者。”

“撕裂？那不就是‘开膛猫’了？这不会就是凶手留下的跟猫有关的东西吧？哎呀，看来这案子真是‘猫’做的呢！”

基德的眼睛闪亮着，犹如暗中隐匿的猫。

“没错，这跟童谣的内容是相符合的——第十二个牺牲者出现了。侦探大师其实就是猎人，却被狩猎女神‘猫’给杀掉了。对了，那首童谣的第十二段内容是？”

“第十二个满月辉映，猫一忽儿就逃没影儿啦……但是没见到满月呀。‘猫’每次都是按照童谣内容来杀人吧？”

基德侧着脑袋：“不知道。看这样子，估计是昨晚动的手吧，但昨晚确实不是满月。别说满月，昨天那个大阴天，根本就没有月亮嘛。莫非是有别的东西来暗指……”

“哎呀，烦死了啦！”忍无可忍的嫔克突然大喊道，“你到底是不是朋克啊，竟然开始搞推理了！没事瞎卖弄个什么劲啊？又是‘不对’又是‘我知道了’——根本就是想炫耀学问。凶手明明就在眼前站着，你把他抓了让他招供不就行了？”

基德微微有些脸红："没办法，谁让推理是我的天性之一呢。朋克族搞推理很奇怪吗？不过，你说得确实挺有道理，赶紧把这家伙抓住，让他招供就行了嘛。"

嫔克更来劲了："对啊，这家伙简直可疑死了。你刚刚数落我指纹的事情，但这家伙还动过遗体呢！"

"啊？此话怎讲？"

"你看呀，血字是朝着走廊那边的，对吧？但是布朗宁勋爵的头和指尖都朝着窗户那边，这两个方向不是反着的吗？人都快要死了，哪有闲心用这种别扭的姿势写字？这未免太奇怪了——所以说，遗体本该是朝着走廊那边的，却被这个冒牌的水管工人给挪动过了！"

基德听嫔克如此一说，赶紧又看了看地毯上的血字。

"你说得还真有几分道理！但是，这样做的原因是什么呢？"

而后，他又转过来问我："喂，是不是你弄的？"

我不知道，而且就算想答都答不出来——我不但对这件事没有印象，甚至连自己是谁都不记得了。

这两个朋克刑警之前一直没理我，眼下突然都转过来盯着我看，这可真不是一件好事。

只见那个基德冷冷一笑，从腰间的口袋里取出一副银光闪闪的手铐。嫔克则是一副准备看好戏的样子。

我不禁怀疑自己是否身在梦中。眼前有两个一惊一乍的怪刑警，其中之一是具有芜杂知识的朋克男，另一个则是有盗窃癖好的朋克女。这不会真的是现实吧？但是，从地毯上躺着的遗体来看，这又的确是现实没错……

我该如何是好？是暂且乖乖就范以俟机逃走，还是强行冲杀而去？我必须赶紧下个决定才行。

回过神来时，基德那冷酷的奸笑已然迫近眼前。只听他左手拿着的手铐当啷一响，右手猛地揪住了我的胸口。

机不可失！

我一头撞向他的鼻梁。

他顿时惨叫一声，就像是被踩住了尾巴的猫，不禁松开了我的胸口，向后连退数步。

一旁的嫔克急急冲来。

我又对着基德的下身狠狠补了一脚，基德身子一晃，刚好撞上了跑来的嫔克，两人齐齐倒地。

我慌忙从刚才被撞开的门那里冲了出去。眼前好像是某个侦探事务所的会客室，里面放着一张办公桌。左手边有一扇门通往走廊，我想都不想，直接穿了过去。

在走廊上没跑几步，便碰到了一个拐角，紧接着就看到了电梯。大概是刚好有人在这层下来的缘故，电梯的门正在缓缓关闭。

等我跑到了电梯门口之际，门恰好关上了。

这可怎么办呢？要不要按下电梯的按钮？又或者……

朋克刑警的怒骂声自后方传来。

我按下了按钮。

但电梯门没有打开。

看来，电梯已经下去了啊。那好吧，接下来呢？要不要从右边的楼梯逃走？或者，暂且藏到前方走廊的柱子后面？

我选择了后者。

在柱子后面躲好之后，我屏住呼吸，听着朋克刑警渐渐靠近。

"浑蛋，他坐着电梯逃下去了！"

"基德，那边有楼梯！"

两人朝着我所藏身的柱子的反方向跑去。我听着他们渐渐远去，这才从柱子后面走了出来。简直荒唐死了，我哪里会把脑袋无偿奉送，让他们去换个乐团的喇叭回来。

我盘算着接下来的对策，回到了电梯前方，忽然发现走廊彼端有一个奇怪的地方，看上去和周围格格不入，仿佛是个鸡蛋形状的包间——刚才太匆忙了，所以没有留意。

我被那个不可思议的、像是未来文明的东西吸引，忍不住走了过去。那东西确实像一个巨大的蛋，其外壳洁白光滑得有若陶瓷，正中间有一扇椭圆形的门。

我走到门畔时，突然传来了机器语音，大概是有感应器吧。

"欢迎来到侦探大师会馆——如果您有烦心的案件，如果您无法信任警方，如果您因此苦恼，欢迎您来寻求本协会优秀的侦探大师们的帮助。那么，就请您走进包间，从屏幕上显示的几位侦探大师中择您所爱。"

"真想不到这里竟是诺丁山大门的'侦探大师协会'……"

我不禁喃喃自语。

这里竟然就是伦敦最有本事的侦探大师们联合开设事务所的办公大楼。如此说来，遇害的布朗宁勋爵虽然位高权重，却一样师法贝克街的福尔摩斯，把事务所设在了租来的建筑里面。真不知道这能否算是我的幸运——倘若被这个国家粗暴的朋克刑警捉住带回，那我很可能会被随随便便判个罪名。但现在呢，只要我委托了这里的侦探大师，那么在“爱德华法”的庇护之下，警方人员至少在七十二小时内不会对我动手。

想到这里，我毅然打开了包间的门。

包间内部挺像飞行员练习用的驾驶舱，正中央有个座椅，椅子前面是屏幕和键盘。

我坐下后，椅子后方自动伸出了安全带，绕住了我的腹部，把我绑在了椅子上面。这情况来得太突然了，着实让我吃了一惊。紧接着，天花板上又有东西降下，罩住了我的脑袋，就像头盔一样。

虽说前方的屏幕和键盘都可以从头盔正面的开口中看见，但这种装置委实是太变态了。

正当我如此寻思之际，屏幕上出现了提示：

“请使用键盘输入您的案件内容。”

只见那键盘缓缓向我手边移来。

我慎重地输入了：

MURDER BY“CAT”！

——“猫”凶杀案！

您的案件是最高级别

协会建议您

从以下四位侦探大师中

进行选择

……

〇、克里斯朵夫·布朗宁勋爵

个人简历：一九三七年生，五十岁，英格兰人，世袭伯爵布朗宁氏的第十五代掌门，牛津大学学士。大学毕业后曾赴欧洲游学，通晓各国语言，对各个领域都有一定造诣，是我国最清晰的头脑，深受上流社会的信赖。布朗宁勋爵曾两度（1970年、1982年）荣获“爱德华奖”，且曾当选第六任和第七任之“侦探皇帝”。

经典案件：“卡里奥斯特罗之棺”、“彼得勋爵谋杀案”、“伊甸园之翼”

破案分数：96分（截至11月30日）

费用级别：A+

办公地址：三楼ED1室

一、亨利·布尔博士

个人简历：一九二〇年生，六十七岁，苏格兰人，剑桥大学毕业，文学、法学、医学博士，伦敦大学名誉教授，曾居住法国潜心创作，著有《不愉快的劈砍感觉——中世纪武器选择心理》等。布尔博士学识渊博，是不可能犯罪领域的权威人物，尤其擅长解决各种匪夷所思的事件，对催眠术亦有一定素养，曾两度（1978 年、1983 年）荣获“爱德华奖”。

经典案件：“薛尔顿酒店的三重密室”、“黄色魔法阵杀人事件”、“音痴幽灵消失事件”

破案分数：89 分（截至 11 月 30 日）

费用级别：A

办公地址：三楼 D2 室

二、迈克·D. 巴洛

个人简历：一九四五年生，四十二岁，美国加州人，南加州大学肄业。曾经是洛杉矶检察机关的职员，后以水手身份周游世界，一九七四年来到英国。取得英国的国籍之后，他活用自身的阅历和体能，以独特方式调查地下组织的犯罪活动，尤其是和毒品、暴力有关的事件。

经典案件："加勒比海贩毒案"、"伦敦银行抢劫案"

破案分数：85 分（截至 11 月 30 日）

费用级别：A

办公地址：三楼 D3 室

三、贝芙莉·路易丝

个人简历：一九六二年生，二十五岁，威尔士人，伦敦大学毕业。毕业后曾至考古学研究所工作，亦曾从事演员、模特等工作。加盟侦探业界之后，她以细致、体贴的办案风格获得好评，尤擅解决离婚诉讼、外遇跟踪等男女纠纷问题，对凶杀案件亦有突出表现，以对“濒死留言”的精辟分析著称。路易丝的演技出众，而且是空手道二段，曾荣获一九八四年的“马普尔小姐奖”。

经典案件：“哈洛德百货公司珠宝失窃事件”、“美容中心杀人事件”

破案分数：82 分（截至 11 月 30 日）

费用级别：A-

办公地址：三楼 D1 室

中场旁白

“世界”至此有了歧路。

接下来，读者将和“我”一同选择一位侦探大师，并与之共同查案。

下决定前，希望读者先搞清一个问题：这些侦探大师都是同一个时间带上的人物，他们活动的世界平行独立。因之，接下来的三个世界虽然完全对等，内容却大不相同，每一位侦探大师都会以其独特的个性、手法和推理来调查凶案，直到“我”遭逢第二件凶案——《“侦探大师百年祭”之特大悲剧》那一章时，他们才会再度聚首，回到同一个世界。而当他们经历该事件之后，又会再次分开，走上各自的解决之路。

需要特别说明的是，不管读者以哪种顺序阅读这三位侦探大师的故事，故事都会成立；而且，不管读者挑选哪几个侦探大师的故事来看，故事都同样成立。但是，如果读者您不反对的话，建议先将这三人的故事全都看完，而后再翻开最终的解决篇——请容我斗胆以“开端”来命名此章。

凡此种种，无非是要让大家理解：

这世界，并不是客观和单一的存在……

亲，快快挑选好您的侦探大师吧——

歧路一：侦探大师亨利·布尔博士的调查（P57）
歧路二：侦探大师迈克·D. 巴洛的调查（P99）
歧路三：侦探大师贝芙利·路易丝的调查（P145）

歧路一

侦探大师亨利·布尔博士的调查

D2 房间，亨利·布尔博士事务所，隔走廊正对着布朗宁勋爵被杀的那个房间。

我眼下所处的这个房间里，有两面墙壁都被做成了架子。其中一面是书架，摆放着一排又一排厚厚的精装著作；另一面则摆满了各种装饰物，譬如古老的滑膛枪、用福尔马林溶液浸泡着的生物标本、跟小孩一样大的自动人偶及其面前的棋盘……整个房间给人的印象就是一个翻倒了的玩具箱。

“丧失记忆？大概是科尔萨科夫氏综合征[①]吧……”

布尔博士看着我，一派睡眼惺忪的样子。他巨大的身躯陷在和身形颇不相称的椅子里面，小而灵活的双手交握在啤酒肚前，衬衣的第三颗纽扣大概是输给了啤酒肚的表现欲，不晓得弹到了哪里去。温和的布勋爵有些名不副实，反而更像是一头冥想中的大象。[②]

适才，我已将自己奇特的经历完完整整地说给了博士。

所以布尔博士继续阐述着他的见解——

“我对医学总归是有些微末的知识，依我看来嘛，丧失记忆主要有两种情况——心因性的和外伤性的。”

---

① Korsakoff’s syndrome，又称健忘综合征，其综合特征是选择性的认知功能障碍，包括近事遗忘、时间和空间定向障碍。

② 布（Bull）的英文有“公牛”之意。

“不懂……”

“心因性失忆诚如其名，指心理因素导致的失忆症状。比如说家庭纠纷、背负罪案、受到打击……这是一种要去除内心不快体验而抹杀过去的机制，所以才会连自己是谁都忘掉了。而外伤性的就更容易理解了，是脑部受创所引发的，比如说瓦斯中毒和脑肿瘤，倘若头部受到猛烈撞击出现脑震荡的话，记忆有时也会消失。”

“那……我是哪一种呢？”

“这个嘛，状况毕竟不太明确，暂时不太好说。但我觉得是两者皆有。你的后脑有撞击的伤痕，不是被打的就是自己弄的，总之，你因此脑震荡了，所以才失去记忆。同时呢，又无法否认你的精神受到打击的可能——根据你的描述，布朗宁勋爵那里估计是出了极其可怕的事情，可能会导致你出现心因性的失忆。”

“我的记忆……会恢复吗？”

“这个很难说啊，有些人两三天就好了，但有些则要花上几个月的时间。不过，记忆一般不会完全消失，只要找到了足以将之唤醒的钥匙……”

“钥匙？”

“譬如再度受到打击呀。但有时则只是些微不足道的小事，以前有人是看见生霉的苏格兰炸肉丸时恢复记忆的。对了，催眠疗法是唤醒记忆的对策之一，要不要我帮你试试？”

跑题了……我不知该如何回答。

布尔博士当然看出了我的窘迫，笑道：“别愁啦，反正你又不是来看大夫的，是来让侦探大师破案的嘛。”

“那，这案子你接了？”

“嗯，是呀，真难得呢，碰到了将整个人生都忘掉的委托人，而且案情又很有意思，无论如何，这毕竟跟‘猫’有关——当然了，诚如那位朋克刑警所说，没准你就是‘猫’呢。”

布尔博士扶了扶快要滑落的眼镜，目光朝我一瞪。我顿时如坐针毡，身体都僵硬了。

“哈哈哈，别紧张呀，我只是开个小玩笑嘛。杀人魔失去记忆，那不是太可笑了？哈哈哈，抱歉，抱歉。”他自顾自笑了一阵，见我没跟着笑，又突然正容说道，“对了，该怎样称呼你呢？你穿着水管工的工作服，带着大概五英镑的现金，没有别的可用来追查身份的东西，只有随处可见的改锥、钳子和一副手套。你的年龄估计是二十岁到二十五岁之间，中等身材，后脑有伤，没有口音，金色头发，灰蓝眼珠……嗯，蓝色啊……既然如此，那就‘布鲁’好了。对，就这个吧。Mr. Blue——不知布鲁先生你意下如何？谁让你确确实实是一脸忧郁的样子呢，哈哈哈哈。”[①]

这位大名鼎鼎的学者侦探可真是童趣，总能够自得其乐。眼前的境况当真令我郁上心头，忍不住微微一叹。

“好了，不要再这样拖泥带水啦，布鲁，我们去命案现场看看情况吧！”

我吃了一惊，向着声音的来处一看，只见布尔博士已然站在门口，摇晃着大象般的身躯呼喊着我。

---

① 英文“Blue”兼有“蓝色”和“悲伤”、“沮丧”之意。

“我是侦探大师亨利·布尔博士，遵照‘爱德华法’，我在接下来的七十二小时内享有优先办案权。你们没意见吧？”

布尔博士以王侯般的姿态傲然说道。

此时，朋克刑警基德·皮斯托和他的女同事嫔克·贝尔拉多娜一同回到了现场。从基德鼻子上的创可贴看来，我刚刚的那一招头槌似乎效果不错。

基德一看见我便狠狠瞪了一眼，但我既然有布尔博士罩着，他就当然不敢再拿我如何——尤其是眼前这两三天内。

而后，基德等人开始协助布尔博士调查案情，以下便是基德针对案件相关情况的报告：

“我们接到布朗宁勋爵助理的通知，九点半前后赶到现场，这是那个助理的证言录音带，你们听听看吧。”

伊丽莎白·波特（布朗宁勋爵助理）的证言

今早九点来上班时，我一眼就看见走廊通往会客室的门大开着，觉得挺奇怪的，结果进去后又看到布朗宁勋爵的外套挂在衣架上，当时还赞叹勋爵来得真早。然后，我敲了敲他的门，想打个招呼，但里面没有动静，门又推不开，似乎是锁上了。我因此有些担心，就把脸贴到了门的磨砂玻璃上，然后隐约看到里面正有人趴在地上，当时就吓了一跳……

当时，别的侦探大师几乎都没到，大楼的管理员腰不太好，估计是撞不开门，所以我觉得干脆让一直帮布朗宁勋爵查案的基德刑警来一趟好了，就给警方打了电话。

基德先生赶来现场的那段时间里，我因为怕得不行，一直留在管理员室，所以不知道勋爵的房间里竟然还有个水管工模样的人。我刚才看见他了，但是我不认识他，而且从来就没见过。

你问昨天的情况？昨天我休假，没有上班，但听说勋爵曾约了某人悄悄会面，具体是谁就不知道了。所以，勋爵昨天恐怕是独自待在事务所的。

对了，勋爵似乎正在调查那个耸人听闻的“猫”事件，但相关档案都被他以“机密”之由自行管理，我不知道他放在哪里，但是，这难道、难道是“猫”……啊！真是太可怕了！

至此，基德再度开口说道：

“以上就是布朗宁勋爵助理的证言，然后，我再说明一下现场状况。正如那位助理所说，会客室和办公室中间的门被锁住了，而且是只能从内侧转动门把锁钮的那种安全锁，会客室那边是没有钥匙孔的，所以没办法用备用钥匙从外面开门。

走廊和办公室之间的那扇门亦是同样情况，虽然这扇门是有钥匙孔的，但大家基本不会从这里进出，勋爵因此便把门给锁死了——这毕竟安全一些。这扇门的左侧有个插销，一直牢牢插着。从两扇门上提取到的指纹虽然有一部分来源不明，但绝大多数都是布朗宁勋爵的。对了，室内西侧有三道横拉窗，都从内侧锁了，而且只提取到勋爵的指纹。

“被害者的口袋里留有‘猫’的物品，是用布包着的猫蜡像，约莫四英尺长。另外，被害者上衣内侧的口袋里还有一张猫头女神贝斯特的明信片，上面印着‘大英博物馆’字样。向博物馆方面确认得知，近十年来，这种明信片一直在博物馆的零售店内和博物馆以外的地方销售，所以无法确定是谁在何时何地所买。而那个猫蜡像的来源暂时不明，目前仍在追查。

“我翻了翻布朗宁勋爵的案件卷宗，但没有见到和‘猫’事件相关的东西，估计是被‘猫’给带走了吧。对了，办公桌的台历上有博士昨天的预定事宜，内容如下——”

十二月十日（周二）

10:30　哈查森书店（联系）

11:00　《侦探》杂志访谈

12:30　电话，午餐

14:00 至 15:30　“侦探大师百年祭”会议（福尔摩斯纪念会馆）

16:00　和 C 碰面

18:00　和 B 晚餐（试探）

“法医称布朗宁勋爵的死因是颈动脉断裂导致失血过多，死亡时间是昨天下午四点半至六点半间——这只是解剖前的推测。毕竟，屋内开着暖气，室温从死者毙命直到半夜都居高不下，所以时间上难免会有些误差。总之，根据这份行程表来分析，勋爵就是‘和C碰面’时死亡的。

“房间内没见到疑似凶器的东西，不知道是否被这位失忆的老兄偷着藏起来了——罢了，总之，法医说按照伤口的长度和深度来看，凶器应该像弯刀那样锋利而又弯曲……说到凶器，客用沙发底下有把手枪，是小口径的贝瑞塔M20——助理说那是布朗宁勋爵的枪，而且上面的指纹确确实实是勋爵的。虽然勋爵死于刀伤，但不排除他是拔枪反抗的瞬间被割断咽喉，所以手枪才会装满子弹掉到地上。

“房间里靠近走廊的客用沙发被挪动了位置，茶几也翻倒了，由此不难推知这一带曾有打斗。遗体附近除了刚才说的手枪，还有一条被利刃割破、染满血迹的手帕。这条手帕同样是勋爵的。再有就是屋里的留声机没关，唱片一直转动着——这情况是不是报告一下较好？唱片似乎是挺古老的勋爵乐吧，我对这方面不太了解……

“啊，竟然忘了说最重要的事。被害者临死前在地毯上留下了血字，看上去是‘CAT IS’——若这真是被害者的字迹，则其遗体位置未免太不自然，所以嫔克怀疑是被一开始就在密室里的那个呆瓜给动过了。无论如何，那家伙真是太可疑了。

“嗯？布朗宁勋爵的家人？我和这位雍容华贵的名侦探其实没有特别的交情，所以早就调查过了。布朗宁勋爵是名门望族布朗宁氏的末裔，祖上的房子和土地都被他变卖掉了。目前，勋爵独身住在伦敦市内的公寓，尚未结婚。

“最后，事发时人在玄关的管理员提供了和这个浑蛋——啊,不,和这位失忆者有关的证言。我们来听听这卷录音带吧。”

侦探大师会馆管理员约翰·皮博迪的证言

> 昨天下午大概两点吧，我看到一个穿白色工作服的水管工人上了电梯。但是，我只看到了背影，没看到脸——你说安全检查？这里才不会搞那些琐事呢，每一层都驻扎了好几个名侦探啊！当然，昨天是大部分侦探大师的休息日，所以基本上没有人来。但就算是这样，也不至于进来小偷之类的人吧。他就只是个水管工嘛，所以我当然不会多留心。
>
> 话说回来，你这家伙真是刑警？苏格兰场到底行不行啊，像你这种朋克头小混混都当刑警了。想当年我年轻时……（录音被淡化处理）

“我对侦探大师圣经《血字的研究》宣誓，上述报告全部属实，绝无半句虚言。”

布尔博士仿佛一头小憩中的公牛，闭着眼听取基德的汇报——其实，说他是“大象”似乎更合适些。

基德话音未落，他的那双小眼睛便瞪得滚圆。

“哦？辛苦了。遗体搬走之前，我也来调查一下好了。”

布尔博士走到遗体附近，俯身蹲下察看，忽然间“嘿”的一声将遗体翻了过来。

“穿着如此精致的晚礼服，莫非这个‘侦探皇帝’昨晚要去幽会女友？哼，无所谓……咦，喉咙这一刀蛮利落的，出了好些血呢。哎呀，这就怪了……喂，布鲁、基德，你们两个都来看看这儿。”

布尔博士指着死者的胸口。那里几乎都被喉部喷出的血给染红，独独左胸上有一片半圆形没沾到血。我们往地毯上一看，只见那上面赫然有个没染血的圆形痕迹。圆形的半径大概是十英寸。如此说来，俯卧着的遗体的左胸部分和地板之间曾经夹着某个圆盘状的东西。

“有趣，太有趣了。”布尔博士站起身来，喃喃自语，“死前留下了‘猫是’（CAT IS）……嘿，这不是埃勒里·奎因和贝芙莉·路易丝最擅长的事嘛。”而后又盯着遗体附近的沙发，轻叹道，“哎呀，竟然是织锦安乐椅啊！唯一的遗憾是没有脚踏的地方。嗯？椅子腿是猫脚的形状呀……到处都是猫啊猫的，又不是‘斑猫已经叫过三声’[①]！”

“你说的是《麦克白》吧？”他的话让我一下子想到了那部古典名著，不觉脱口问道。

“嗯，你这家伙挺有点底子啊，看来不是普通的水管工。”

说话间，布尔博士似乎心念一转，绕过遗体开始调查那扇通往走廊的门。

“这门的材质是坚硬的栎木，没有缝隙，钥匙孔被人用铅之类的东西塞住了。门上有些痕迹，大概是被害者喷出来的血吧……嗯，待我看看插销再说。”

布尔博士把左侧的插销摆弄了好一阵子，方道：“扳着有点费劲，但没生锈——这说明布朗宁勋爵经常用到这门。”

只见他凝思片刻，忽然将门一推，探头向走廊看去。

“正面是我的房间，左边是贝芙莉·路易丝女士，右边是迈克·巴洛……嘿嘿，不错。”

博士回到房内，吩咐基德和嫔克扶住那扇摇摇欲坠的门，仔细检查一番，说道：“基德说得对，这扇门上连可供蚂蚁进出的缝隙都没有。但若要从门下面塞进一张纸，估计不难。这的确是只要使用门把上的锁钮就可以锁住的那种安全锁，而且门上镶嵌的玻璃周围全都没有缝隙……”

他跟着又察看了以新月形锁扣从内侧扣死的窗户。大抵是窗户太过老旧的缘故，布尔博士费了好大劲才将之推开。后来，

---

① Thrice the brinded cat hath mew’d，出自莎士比亚《麦克白》第四幕第一场，是一位女巫催动法术时的对白，此处从朱生豪先生译本。

在基德的“特别赞助”之下，他几经周折，总算是把自己那庞大的身躯挪到了办公桌上，从而完成了对窗框和窗格的调查。结果，每一处地方都是密不透风，完全没有哪怕一丝的缝隙。

调查随着布尔博士走向窗户右边的留声机而走向结束。

“布朗宁勋爵似乎挺喜欢音乐的嘛，死了以后都没把这个关掉。这是……勋爵乐？喂，基德，这是什么唱片啊？”

基德从布尔博士背后探头看了看，冷冷道：“不知道，标签太奇怪了，不会是盗版盘吧？标题‘Cat Walk’印得可真低劣。”

“嘿，又是猫啊。如果这是《佛蒙特州的月光》和《蓝月》之类唱片，就跟童谣里那句‘第十二个满月辉映’相吻合了。昨晚是《今夜无月》，而行凶时间刚好又是傍晚……”

布尔博士说至此处，突然微一凝思，继而露出讶然之色，仿佛有所省悟一样，开始察看留声机下方的唱片架。我站的位置可以看到唱片包装盒上的文字——布朗宁勋爵收集的唱片甚杂，囊括了贝多芬、瓦格纳、马勒等人的作品，但全部都是古典音乐。

布尔博士看完了这些唱片，不觉轻轻一叹，失望之情溢于言表，但很快便又重新振作起来。

“没有空的盘盒——这里没有留声机上那张唱片的盘盒！嗯，总之呢，案情我算是明白了，这显然就是我最喜欢的那种案件，有些提示简直就是特意给我准备的嘛，哈哈哈……”

基德对布尔博士的自鸣得意忍无可忍，插口道：“提示？”

“哎呀，这都要给你解释？提示就是那首《鹅妈妈数数歌》的童谣啊。那里面那句‘满月辉映’就是我查案的头绪。”

博士说罢，不由分说地命令道："好了，两位朋克刑警就此请回，后续的事情我会一力担承。"

"这……但是……"

虽然两个朋克刑警一齐抗议，但博士完全没有退让的意思。

"你们不会是忘了吧——我有'爱德华法'所赋予的优先侦办权。你们先别忙着担心了，三天内我肯定会破案的。"

见博士把话说到了这个份上，朋克刑警只得遵命离开。

基德临走之前，恨恨看了博士一眼，说道："好，那我们就真撤了。看来您这次兴趣挺高嘛。要说也是，布朗宁勋爵一死，您就是目前得分最高的侦探大师，只要再破了这个'猫'案件，下一任'侦探皇帝'舍你其谁？勋爵这一死，便宜都被你占光喽——啊，抱歉，我说得有些过了。总之，我们敬候佳音便是。"

他从我面前经过时，又轻轻说了一句："你给我等着！"这才离去。嫔克当然跟着他走了。

说实话，基德这家伙的装束虽然怪异，但短时间内毕竟是颇查出了一些事情，所以我觉得此人不可小觑。

基德刑警走后，博士立刻春风满面，仿佛一瞬间就把朋克族的讥讽忘光，对我笑道："基德那家伙的话啊，别太当回事了。既然从密室状态的现场里没查获凶器，他们就没办法证明你是杀人凶手。哎，这种令人开怀的案件真是千载难逢，我们快去寻访那个消失了的神秘凶器吧！"

我大吃一惊："凶器？有线索了？"

布尔博士调皮地眨了眨眼，说道："对啊，我可是有着一条很好的线索呢，就是那句'满月辉映'哦，哈哈哈哈……"

泰晤士河的河畔，仿佛盘绕着一条忧郁的灰龙。

从出租车的车窗向伦敦塔[①]那里看去，便是如此这般的感觉。这灰色的巨龙一动不动，无穷无尽的血腥历史犹如它背上紧紧生根的青苔，以忧郁的容颜迎接着新的客人。

吃罢午餐，布尔博士换了衣服，打算带我去伦敦塔看看情况。他宣称这是“寻访凶器”之旅，但那凶器的模样到底如何，又为何要去一趟伦敦塔？这些问题，我完全不知。

从诺丁山大门坐出租车抵达此地需要四十来分钟。随着和伦敦塔所在塔丘距离的缩短，泰晤士河上游荡着的黄雾渐渐飘到了我们眼前。按说《空气清净法案》都执行三十年了，伦敦不该像往昔那样动不动就大雾弥漫，但今天这到底……

那阵浓雾开始侵攻塔丘，恍若是冲破了时空的壁垒，从百余年前的维多利亚王朝径直杀上前来。

伦敦室内的出租车一般都是四方形状，这据说是要纪念以前的四轮马车。在伦敦塔附近下车之后，我当真觉得自己就是一个刚刚从马车上下来的维多利亚时代的侦探助手。

---

① Tower of London，女王陛下的宫殿和城堡，泰晤士河北岸的著名古迹，1066年营建，曾充当堡垒、军械库、国库、宫殿、天文台、避难所和监狱，目前是博物馆。

伦敦塔是一座由护城河和两层城墙包裹着的要塞，占地十四英亩——只说“要塞”或许不太妥当，毕竟这里从未上演过攻城战，反而是几次牢狱大祸和由此衍生的奇闻逸事更加出名一些。

“我是非常非常喜欢这里的。”布尔博士怪笑着道，“暗杀年幼的爱德华五世和约克公爵这对兄弟的理查三世、悲情的‘九日女王’简·格雷[①]、亨利二世所杀托马斯·贝克特[②]的亡灵、血腥塔[③]……这个灰色的堡垒充满了被诅咒的血腥历史，就算到了眼下，满腹怨愤的恶灵和恨意兀自比比皆是……”

突然间，我只觉得眼前那条灰龙痛苦地呻吟起来，不禁浑身一颤。

我们把来意告知了一位身穿都铎王朝风格的红条纹大衣的守卫，而后便走上石桥，越过了阴森森的护城河。那感觉就像是来到了伦敦塔的咽喉——被吞了下去。

---

① Jane Grey（1537—1554），最短命的英格兰女王。1553年，支持宗教改革的爱德华六世驾崩，按规矩该由其姐玛丽公主（天主教徒）继位，但当时的几名重臣担心她会废弃刚刚推行的宗教改革，遂匆忙拥立了新教教徒简·格雷，结果该政权短短九天后便被迫下台。至1554年，玛丽女王失去了劝说简·格雷皈依天主教的耐心，命人在伦敦塔将之处死。

② Saint Thomas à Becket（1118—1170），英格兰国王亨利二世的大法官兼上议院院长，后被亨利二世委派担任坎特伯雷的大主教职务，却处处和亨利二世作对，仿佛这样便可说明他的上台全凭努力，和亨利二世的支持无关。1170年，贝克特处罚了几名和国王往来密切的主角，惹得亨利二世大怒道：“有没有谁能帮我摆脱这个胡闹的教士！”结果，四位忠诚的骑士火速取了贝克特的性命。

③ The Bloody Tower，昔日关押、折磨犯人的地方，目前是各种刑具的展厅。1483年，英王爱德华四世去世之后，他的两个儿子爱德华五世和约克公爵被送进了伦敦塔里，等待继承王位，但两人竟然下落不明，使他们的舅舅（理查三世）当上了英国国王。直到1674年，整修此处石阶的工人才发现两具小孩的骸骨。

“这两道城墙，内垣是十三世纪时建成的，外垣则是十四世纪……”

我们走在两道城墙之间的通道上时，布尔博士开始炫学。

似乎是这阵黄雾和寒意的缘故，伦敦塔内没有来观光的游客，只剩下一派静寂。

我们走了片刻，便看到了右方的叛徒门，左方则是高耸的塔。

“那就是血腥塔——理查三世那邪恶暗杀的现场。而且，诺森伯兰伯爵亨利·波西①自杀的地方同样是那里。这些事情，想必你都知道的吧——咦？布鲁，你是第一次来伦敦塔？”

布尔博士望着我。

我无法回答。虽然对伦敦塔有着某种程度的似曾相识，但我不确定以前是否真的来过这里。

“看来你始终想不起来啊……嗯，无妨。对了，你看这边的叛徒门，以前从泰晤士河搭船送来的犯人啊，都是经由这道门被关进牢房里的。哎呀，对了，我的老恩师基甸·菲尔博士碰到那个诡异的疯狂帽商命案②的地方，就是这附近一带！”

布尔博士说个不停，我却几乎是充耳不闻。我的注意力完全被别的地方给吸引走了。

叛徒门的铁格上方、外垣的最顶端，有一条环绕着伦敦塔的通道。我看见那上面有个影子时隐时见。

---

① Henry Percy（1532—1585），诺森伯兰伯爵八世。1584年末，他被关进了伦敦塔，但一直拒绝认罪，且曾质询法庭。六个月后，他在牢房内被刺穿心脏，匆匆成立的陪审团将之定性为自杀。

② 见“密室之王”约翰·狄克森·卡尔（John Dickson Carr）的作品《疯狂帽商之谜》。

“喂，布鲁，你没事吧，突然间就呆掉了？哎呀，你脸色好差，莫非是撞上鬼了？该不会是你来到了伦敦塔，就……”

我接着布尔博士的话，说道：“对，我看到了……鬼魂……”

这次是布尔博士顿时呆了。只见他抬首望向城墙，但除了浓雾别无所见。

“我真的看到了啊！那花哨的茶色格纹晚礼服、胸前那一片深褐的血……我看到了雾中站着的布朗宁勋爵！”

说罢，我只觉得浑身脱力，如欲倒下。

布尔博士对着城头凝视了片刻，总算微微一哼，转过头来：“有理！伦敦塔嘛，里面当然要有些鬼魂——但是，几百年前的亡魂就不说了，昨天才死的新鬼，有必要怕成那样？”他摸着双下巴思索有顷，又道，“对了，接下来是赶紧去搜寻神秘的凶器，还是去抓鬼呢？布鲁，你的意思如何？”

我的决定是——抓鬼。所以，我立刻冲上了叛徒门旁边的石阶。

布尔博士勉强跟了上来,呼呼喘得不行。如果要等他的话，只怕就追不上鬼魂了，因此我打算先行离去。

站在外垣上面的走道上，只要让视线越过前方的树林，便可以看到重重雾中的伦敦塔桥。

往来船只的雾笛响彻河面，简直像是海龙王的咆哮。

我朝着布朗宁勋爵鬼魂消失的方向谨慎前行。走不片刻，右方便现出了一座灰色的塔。那锯齿状的酷似龙鳞的城墙上有几扇窗户，仿佛是被骑士之利剑所刺穿的伤痕。

血腥塔!

这里就是叛徒门的正上方。

我犹如被亡灵诅咒了一样，渐渐靠近了塔。

狭小的塔楼内用绳子分割着区域，里面只有介绍此塔由来的说明牌和所展示的让人毛骨悚然的逼供刑具。

没有半个人，更没有半点动静。

我有些失望，正想着要返回外垣之际，那影子再度掠过了我的视野。

雾更浓了，浓得就像是一盆豆汤泼在天地之间。

从如此浓浓的大雾之中，我看到了布朗宁勋爵那令人无法忘怀的咖啡色大衣正晃动不停。

我屏息凝神，悄悄走到人影背后，铆足劲照着那咖啡色的背影一扑——却只抓到虚空。

刹那间，我一脚踏空，身体失去平衡，径直向前方扑倒。

我只觉得身体是被丢进了雾里，慌忙扭动上半身，哪知胸口处突然一阵撞击的剧痛。

这一切都只是瞬息之事。

我从外垣的栏杆间扑了出去，匆忙中一个回身，双手扒住墙头——幸好我见机得快，当时就知道要凌空了。

“哎哟喂，可真是欲速则不达呢。”

脑袋上方，一个沙哑的嗓音如是说道。我忍着这姿势带来的痛苦，尽量抬头看去，但浓雾中只见得模模糊糊的黑影，根本看不清说话者的面容。

只听那呢喃般的嗓音续道:“你想抓的只是布朗宁勋爵的大衣,里面是空的呢。无奈你身处大雾,自然看不清啦。所以说,伦敦这举世闻名的大雾，当真要审慎对待才行……”

“你、你是谁？有种露个面啊！”

我勉勉强强说出这句话来。

“嘿嘿，你打算要狠是吧？竟然都不想想眼下的处境。那好吧，你眼下的处境，很快就会消失无踪了哦。”

那音细而高、难辨男女的嗓音继续从雾中飘来。

说话间，我死命挣扎，妄图寻到一个城墙上的立足点，只恨竟然没有。

“别乱动了，我有点事情要问，倘若你不好好回答的话……”

浓雾中出现了黑靴子的尖端，一下踩到了我扒着墙头的手指上面。我的手臂本就麻了，手指的知觉渐渐失去，饶是如此，仍能感觉到对方的体重正缓缓聚到了鞋尖上。

“你……要问的是？”

雾中的影子嘿然而笑：“先别急呀，我正打算要让你再尝些恐怖的滋味呢。”

鞋尖的重量加剧了。

我不觉呻吟着闭上了眼睛——这家伙！猫玩老鼠？

……猫？

这样说来，这雾中的鬼影，想来就是“猫”吧……

不行了，我熬不住了，我的手指开始滑动了！

正当我堪堪便要放弃之时，手指上的靴子突然劲道一松，退回了浓雾里面。紧接着，我听到了怒骂和打斗的动静。

打斗很快就结束了。浓雾中伸出来一只肥厚的大手。

“来，快抓着我。你这个家伙啊，可真会惹麻烦呢。”

——不再是那个阴森恐怖的嗓音了，而是喘息着的布尔博士那嘶哑的调门。

劫后余生被救上了外垣走道的我，至此总算心头一宽。

“刚才那个攻击我的家伙，就是‘猫’吧？”

我向布尔博士问道。

“不好说，大雾里面看不清楚。那个人戴着一张挺像猫脸的银面具，不知道容貌如何。被我拿拐杖狠狠敲了脑袋之后，他赶紧夹着尾巴跑了。若我猜得不错，他是借着大雾，用竿子之类物什挑着布朗宁勋爵的大衣行动，结果你竟然就那样跟着去了，真是莽撞到家。”

虽然对方是否是“猫”暂且无法确定，但那家伙既然能被拐杖打怕，想来肯定不是鬼魂。

我突然灵光一闪：“他手上有布朗宁勋爵的大衣，那是不是意味着……”

“嗯，那件大衣本该去了停尸间的，既然他能拿得出来，那就说明……嗯，到底是谁做的好事，我大致上是搞明白了。那个戴着猫面具的家伙，说不定是恨透了那些老鼠般的朋克警察，所以才有此举。罢了，无论如何，我们眼下最重要的事情就是查明凶器。来吧，别浪费时间了，我们走。”

布尔博士毕竟是上了年龄，行动很是缓慢。然而，他的性子倒是急得不行，话音未落便开始走下石阶。

白塔——伦敦塔正中央矗立着的白塔，自征服者威廉的时期便告竣工，是伦敦塔内最古老的城堡，历九百载而犹未衰。

布尔博士和我抱着要查明那虚幻凶器的念头，走进了这白塔内部的兵刃博物馆。

兵器、甲胄……玻璃柜里的一切物品都将我深深征服。布尔博士走到展示那些奇门兵刃的“异国武器区”前方，站定了细细观察。看来，博士认准了其中某一件展品就是凶器。

我们表示希望和博物馆的馆长海斯曼先生碰面一谈，哪知工作人员竟答称馆长十五分钟前刚好动身前往异国出差，近几天内都不会回来。

听到这个消息，纵然是布尔博士都只得一筹莫展——若不让他仔细调查他所怀疑的那件武器，就无法保证破案，而此举无论如何都要先征得馆长先生的同意才行。

我们的调查无疾而终。三天逝去之后，布尔博士没有办法破案。倘若去伦敦塔的时候没选择去捉鬼魂就好了，如果当时直接就前往兵刃博物馆的话，结果搞不好会大不相同呢……

白塔——伦敦塔正中央矗立着的白塔，自征服者威廉的时期便告竣工，是伦敦塔内最古老的城堡，历九百载而犹未衰。

为了查明那虚幻的凶器，布尔博士正和我一同爬上通往白塔的石阶。

这时，我突然惊觉——

奇怪，我……白塔？三天前，我不是曾经来到这里，恰逢馆长远行，失去了线索以致无法破案，为何眼下竟又重临此地？

我的记忆到底怎么了，为什么竟然像是录像被倒退着播？

迷茫之中，我只好问一旁的布尔博士："这、这个……我们怎么会在这里？"

布尔博士似乎吃了一惊，回头望着我说："怎么会？不是你刚刚说不去捉鬼，赶紧去调查凶器的嘛……难道说，片刻前的事情你都忘得一干二净了？"

"这……是这样啊。"

好像真的是博士说的那样……对，大概就是那样的吧，肯定是我大脑里的沟回有一部分工作失常了。感觉上经历了的事情，其实只是脑海中所勾勒出的。那全是拜一瞬间的幻觉所赐，是错误的记忆，一定是那样的。

“嗯？你的脑袋不会又不行了吧？对了，你知道这白塔的来历不？”

布尔博士顾不上理会我的精神状态，又开始忙着炫学。

“眼下虽然是一片灰色，但亨利三世那时，这里刷的可是白漆——是地地道道的白塔。但血腥塔好像就没有被漆成红色的历史。”

说着，博士忍不住笑了出来。

进去一看，塔内的样子和我预期的颇不相同。那不是“白”的天下，反倒像是昏暗中闪烁着银芒的冰之国度——白塔内部是兵刃博物馆，陈列着中世纪以来的各种武器，那银芒正是各个玻璃柜内的兵刃和盔甲所绽放出来的冷光。

我沿着参观路线前行，不知不觉便被难以胜数的中世纪兵刃吸引——看到那几乎跟人一样高的长剑，当真会令人忍不住憧憬昔年那些高头大马的骑士；然后，再看看那些十字架形状的手半剑①和扭扭曲曲的弯刀……

看到那把十三世纪的沉甸甸的弯刀之时，我突然想到了案情报告——布朗宁勋爵是被一种刀刃弯曲的凶器所杀！

我不禁扭头看了看布尔博士，哪知博士竟然是浑未介意，继续往前方走去。

到了下一个展区之后，布尔博士兴奋地说道：“你看，这里都是些西洋剑啊，这是专门用来刺击的长剑，从十六世纪就开始被重用——哎呀，果然只有西洋剑才是剑中极品！你

---

① 十五世纪的主流武器，长度一米稍余，兼具阔剑的轻便、骑士剑的突刺和双手剑的劈砍，一般是双手持握。

看，那细长而窈窕的剑身、那有着新月形护手的剑柄……你对击剑感兴趣不？罢了，根本是对牛弹琴。”

我听着布尔博士的兵刃课，从长剑区来到了长柄战斧和斧枪区，继而来到了这一层最后的展区。

这里和先前的展区迥然而异，其地偏处一隅，昏暗得简直像是忘了提供照明。一大串展示品犹如令人毛骨悚然的福尔马林瓶子，默默地列队等候。

这里的展示品有着和先前司空见惯的各种兵刃完全不同的形状，全都是另一些文明的武器——有的看似长剑却又弯曲如蛇，尖端更分成两叉；有的是由带纹路的短枪和秤砣所搭配组成；有的则因其独特的形状而使人联想到太古时期剑龙背上的那一排骨质板……

布尔博士目光如炬，再度开始炫耀学识。

“这是中非地区布瓦卡族的铁飞刀，很好使的，不管从哪个角度打出，三个角中的任何一个都足以损伤目标。啊，这做得真是太棒了。然后，这个嘛……”

布尔博士的话音突然断了，我慌忙顺着他的目光看去——

那是一个被挂着展示的奇特铁环，中间有个小洞，仿佛一个薄薄的圆环，整体直径大概有十英寸，其洞口一带镶嵌工艺的水平着实不错——洞口的直径约有一英寸宽，被镶嵌物弄成了一个薄薄的金属圆带，猛看去便犹如一个大号的激光光盘，又仿佛是公侯贵族的饰品，反正横看竖看都不像武器。

这等美丽的铁环，要如何运用才能击倒敌人？

“欢迎来到异国武器展示区。”

我听见背后有人讲话，立刻吓得回头一看，昏暗中隐约看出那是一位绅士，身躯魁梧宛若中世纪的骑兵。

“久违了，布尔博士，特意挑这种时候光临小地，真让我三生有幸。”

绅士朝着我们走来，浑厚的嗓音震荡着馆内的四壁。

布尔博士以同样亲切的口吻招呼道：“嘿，海斯曼馆长，我们真是好久不见了啊！从上次的日内瓦学会之后，就没再碰面了吧？对了，我这次是带着这位布鲁先生来开开眼界的。”

“哦？”

“有一个奇特的案件，就是那个‘猫’事件，你肯定知道的吧？那家伙陆续使用了几种高明诡计和怪异凶器,所以……”

海斯曼馆长眼睛一眯，显见是心头的疑云大起：“嗯，所以您才会大驾光临。换言之，你是说‘猫’用我们的武器去杀人？”

“这个暂不确定。但是呢，我希望你让我看一样东西。”

海斯曼抬头仰望着天花板，凝思片刻之后，目光才又回到了布尔博士的身上。但是，他换掉了话题——

“对了，这次的受害者是？”

“布朗宁勋爵。他的喉咙上被割了一刀，干净、利落。”

海斯曼的眼部皮肤骤然一紧：“布朗宁勋爵？这当真万万料想不到……”

布尔博士没理会海斯曼的态度，继续说道：“总之呢，我对布朗宁勋爵的离奇死亡稍稍有些推想，所以希望你同意让我看看那个东西。”

布尔博士伸手一指，不偏不倚，正是那个有镶嵌装饰的美丽铁环。

“您要看那个啊，那个恐怕不行，是贵重物品。倘若没有各个相关方面开具的书面许可，委实……”

“根据‘爱德华法’，我有权替耶稣和警方进行现场调查。我不喜欢任由那些粗鲁的朋克刑警打着办案的旗帜强行来这种学术圣地翻箱倒柜……要不，我就把他们喊来？”

两名魁梧的男子一时都是沉默不语。

直到那许久的瞪视随着海斯曼的叹息而宣告落幕。

“如果你认准了，那好吧。”

海斯曼从口袋里掏出钥匙打开玻璃柜，像取出宝石那样用手帕捧出了铁环。

布尔博士喜道：“哎呀，是这个了，就是这个——铁轮！”

我望着布尔博士手中被唤作“铁轮”的铁环，问道：“我说，这到底是怎样的武器啊？”

“这个啊，这是印度西北部的旁遮普①地区的锡克教徒的惯用武器，别名‘战轮’——其出现的时间大致是十九世纪，时值莫卧儿王朝②末期，是山区游击战中很著名的武器。”

布尔博士从各个角度端详着那个金光闪闪的铁轮，甚至拿到了眼睛的正前方来观测厚度。而海斯曼馆长则一脸怃然地默默站在他背后。

---

① Punjab，印度西北部的一个邦，字面意思是“五河流域”，农业高度发达，有“印度粮仓”之誉。

② Mughal Dynasty，伊斯兰教封建王朝，亦译蒙兀儿王朝，其统治者是有突厥血统的蒙古人。

“我去过印度的德里，还交了个开出租车的锡克教徒朋友。听说德里的出租司机有半数以上都是锡克教徒，估计是游击战的历史遗留问题。他们对机器都挺内行的，那个锡克教徒教给我……”

博士的话音未落，他手中的铁轮已然飘浮到了空中！

我尚且不明就里，便听得博士背后的海斯曼馆长惨叫一声——那铁轮晃晃悠悠地划出了一条抛物线，掉至地上，响声脆然。

“布尔博士！你……你竟然把如此贵重的东西丢了出去！万、万一有个……”

海斯曼盛怒之下，迫到了博士跟前。

“拜托，你不用这样吧，不就是个冒牌货嘛。”

博士的惊人之语让海斯曼不禁一怔。

“冒牌货？你……你的证据呢？”

“真货可远远比这个要精巧，而且丢出去时不会那样晃悠。我跟那个锡克教徒学过丢铁轮的技巧，所以我再清楚不过了。海斯曼馆长，这根本就是个假货嘛，是不是啊？”

两人再度对视，恰如中世纪的精兵近身相搏。

这一次又是海斯曼输了，但他认输之后，脸上竟没有半点畏惧的神情——大抵是知道无法狡辩，索性便豁出去了。

海斯曼从容地作了如下叙述——

有关凶器的证言

（伦敦塔兵刃博物馆馆长　理查·海斯曼）

是啊，那个铁轮确实失窃了，目前展出的是假货。

我是最近才察觉东西被换掉的，推算时间，估计就是本月月初。当时，有个女子特意来这里看铁轮，她曾经是考古学研究所的工作人员，谙熟各种古老的武器，而且带来了介绍信。所以我就把东西拿给她看了。

想来就是那时的事情——我只离开了片刻，所以她一定是借着那个机会把东西给换掉了吧。虽然我没有确切的证据，但除了那个时机，不会再有别的可能。

你问我为何这样快就察觉了？那当真是个巧合。倘若一切都平平静静的话，直到明年春天的全馆例行清点日之前，都不会有人察觉——您肯定知道上周的恐怖炸弹攻击事件吧？有人打电话来，说白塔内被安装了定时炸弹。

虽然结果只是个恶作剧，但我们全赖着这件事，把展柜内所有的东西都检查了一番。当时，我从架子上取下那个铁轮，正好很久没接触了，就顺便细细一看，哪知竟由此察觉这不再是真品，而是个做工精良的冒牌货！

那个铁轮的洞口一侧混杂着刻有印度语和和旁遮普语，是锡克教圣典《本初经》的一段内容。那段刻文的位置有些歪，我曾拿实物照片对比，绝对不会有错，所以那就是后人仿制的假货。说到假货，那个女人带来的介绍信同样是假的。

结果，就出现了责任问题。我本想悄悄将此事解决，所以迟迟没有公开宣布，正打算请一位侦探大师——比如布朗宁勋爵——来暗中调查，结果您就来了……

您问那名女子的情况？她戴着眼镜，是个相貌出众的美人。嗯，我不知道她的名字，但印象里她曾自称齐塔维克夫人。

伦敦塔的调查结束后，我们回到了诺丁山大门的事务所。从布尔博士颇佳的心情看来，我们的“寻访凶器之旅”似乎很是顺利。所以，我决定确认一下这个推测。

“如此说来，伦敦塔兵刃博物馆里失窃的铁轮，就是杀害布朗宁勋爵的凶器？”

布尔博士狠狠点头道：“对，概率很高。”

“你怎么想到的呢？”

布尔博士不但笑了，而且笑得八字胡都歪掉了——

“哎呀，就像我先前说的，不是有提示嘛。童谣里面那句‘第十二个满月辉映’就是提示。你想想看，直到目前，‘猫’每次犯罪都会遵照童谣里的内容。就拿较近的一次来说，第十一个死者——侦探大师托马斯·柯撒迪——是在录音棚内触电而亡，这情况跟‘第十一个天雷来劈’完全吻合。换言之，那只‘猫’是借助‘现场情况’和‘杀人手法’这两者之一来兑现童谣的内容的。而这次又如何呢？童谣的内容要怎样联系上现场情况？从行凶的日期来看，那句‘第十二个满月辉映’显然不是指真正的满月之夜。所以，我们就要从现场搜查出一切疑似象征‘满月’的事物，比如说像满月一样圆圆的……”

“怪不得你会去调查布朗宁勋爵的唱片！”

“对呀，那个房间里仅有的像满月一样圆圆的东西就是唱片。然而，布朗宁勋爵的唱片完全没有可疑之处，只是没看见留声机上那张盘的盘盒罢了。至此，我的调查碰到了瓶颈，只好另谋出路。”

“你的意思是……”

“准确地说，是彻底换了个思路。我开始逆向推理。既然那房间里没有‘满月’，那就意味着房间里没有的东西恰恰便是‘满月’——那个从房间里消失的东西，恐怕就是那句‘满月辉映’的实际所指。”

“的确……凶器从房间里消失了……”

布尔博士肃然颔首：“正是。总之呢，我推测那件消失的凶器就是从某个角度象征着‘满月’的东西，然后又察觉了一件事情。你看，死者胸前不是有一个半圆形的地方没染上血？我当时就想，那莫非是被害者倒地时压住了一个圆形的扁平物体——神秘的凶器！——所以只有那一带没有血迹。呈现半圆形，大概是圆形凶器只有一半冲进人体，带出了血；另一个解释是，凶器的另一半吸收了从死者身上流出来的血。再者，基德的报告中称，切断死者颈动脉的凶器，其刀刃一定是弯曲状的。把上述这些综合之后，我的结论是：凶器恐怕是一种有着圆形唱片形状和锋利外围的东西。”

“所以就是铁轮？”

“嗯。这个案子你没理别人，直接来见我，真是选对人了。若非我精通古往今来、天南地北的一切武器，肯定做梦都想不到印度的这种奇门兵刃。哈哈哈哈……”

布尔博士欣然长笑，八字胡颤动不休。

“但是那个空的盘盒去哪儿了？”我提出了想不通的问题。

布尔博士笑声一顿，说道：“嘿，那不是刚刚正好？带走铁轮的人当然要避人耳目，所以就把铁轮塞进那里面了。话说回来，那只‘猫’这次可真是玩过火了，全靠那家伙像偏执狂一样的模仿杀人，我们才取得了如此有力的线索。”

说至此处，布尔博士突然话锋一转，不再谈“猫”的这个案子了。不管我如何询问，他都会将我打断，不予回答。

最后，布尔博士小心翼翼地抱着从兵刃博物馆带回来的赝品铁轮，说道：“我该去构思理论，破解‘密室’的问题了。你肯定累了吧，早点休息。”说罢便匆匆返回了办公室，关上了门。

我闲来无事，只得把事务所会客室的沙发当做床铺，准备先睡上一觉。

而后，躺在沙发上的我，呆呆凝望着窗户。

想不到，那黄雾竟蔓延到了诺丁山大门一带。

雾默默摩挲着窗玻璃，犹如一直蹭着后背的黄猫。

窗玻璃上映出了一个被雾烘托着的陌生男子的面孔。

那个陌生的男子就是我本人。我张嘴，玻璃窗上的男子亦张开了嘴；我皱眉，玻璃窗上的男子亦皱起了眉。但我始终不觉得他就是我，这简直让人烦躁死了！

我不认得这张脸……我到底是谁！

浓雾继续摩挲着窗玻璃，全无离去之意，仿佛是特意留下来嘲笑眼前的我。

突然，一股奇异的感觉自我心头掠过。

那感觉模糊不清，犹如窗外的浓雾，却开始在我脑海中翻腾搅动。

我是不是有所察觉？那是不是跟我先前见到的东西有所关联？

我想要将之抓住，那感觉却像是一只狡猾的猫，从我的手中逃脱。

这感觉如此奇异，到底……难道是恢复记忆的前兆？

我是不是注意到了……能唤醒一切记忆的契机？

我是谁？那个房间里面的我，到底有何经历？

片刻前尚未成形的不安，此刻构成了确确实实的恐惧。

我只觉得冷汗不住自头上冒出,满脑子都是“快逃”之念，几乎无法自制。

但是，我不能逃！

就算逃了，事情亦不会往好的方向发展。所以我决定留下来直面那横亘心头的恐惧，甚而迎战我一直逃避着的问题——

我当真杀了人了？

我开始了一段苦难的历程。对我来说“自我”不啻是一个形同陌路的人，但我仍妄图翻阅他内心的每个角落。我内心深处是否真的潜伏着足以杀人的攻击性冲动？就算我忘了我是谁，忘了那些表面上的事情，但那种本能般的杀人欲望是否仍然……

我茫无头绪，只一味探求、摸索着我的内心世界，但我的的确确无法寻出半分那邪恶杀人狂魔的影子。不管我是谁，我肯定不是那种会动手杀人的人——我如此坚信。

然而，这说不定只是一种自我暗示……

倘若凶手真的另有其人，事情又将会如何演变？既然我不是凶手，不是那邪恶的“猫”，那不就意味着此时此刻的“猫”兴许正隐匿暗处，寻觅着下一个死者？

想到这里，我的心头又冒出了一股新的恐惧。

我目睹了布朗宁勋爵房间里发生的一切事情。

“猫”会不会赶在我的记忆复苏之前将我杀了灭口？

兴许“猫”已然在我身边的暗处虎视眈眈，随时都会猝然狙击。

天哪，我到底在那个房间里看见什么了？我到底是谁！

浑浑噩噩之中，我只觉得那黄雾竟然飘进了脑袋里面，渐渐膨胀，弄得我头痛欲裂。

紧接着，我逐渐失去了意识……

我睁开眼睛，只觉得十分难受，不禁呻吟着坐起身来。我身上穿的就是昨天那身衣服，显然是临睡前忘了更衣。

头继续痛着，我完全忘了昨晚是怎样睡着的，这脑子到底出了什么状况？

让我不舒坦的不仅是头痛——我身上的衣服有些湿，一定是昨晚睡觉前忘了把窗户关紧，导致衣服被大雾濡湿。

才刚刚略一思索，脑袋就再度隐隐作痛。我从沙发上站了起来，摇摇晃晃着向隔壁的房间走去。

“布鲁，醒啦？要不要来杯茶呀？提神醒脑的哦。”

隔壁的房间里，布尔博士正跟一名老女人坐在茶几的两边喝红茶。杯子里腾腾的热雾仿佛呼唤着我，我立刻落座。

“我来介绍一下。这位是我的助手，简·格林伍德太太，她很能干，深得我的信任。虽然昨天我没跟你说，但实际上，我从她那里得到了和这次事件有关的重要证言。简，你再对布鲁讲一次吧。”

简·格林伍德太太似乎挺八卦的，各位只需看看她打量着我的眼神便会一清二楚。

她如是说道——

简·格林伍德太太的证言

闲话就不说了，我直接讲讲和布朗宁勋爵有关的那件事情。

三天前，我正要离开布勋爵的事务所时，竟然听见走廊上有人争执。我一想反正是出不去了，干脆就把门打开条缝……嗯，这有点像是窃听，但我平时当然不会这样的啦，只是那天刚好……

走廊上的争执似乎是男女的情感纠纷问题，女方的情绪尤其激动，双方有一段对话如下：

“你烦我了？”

“我说，你干什么要在这里闹啊，我们回头再谈谈吧。”

“我不想再谈了，我不会原谅你这种脚踏两只船的人！”

“你别再胡思乱想了，现在这段时间对我很重要，等咱们两人都冷静下来再说吧……”

“不！你最好赶紧从这世界上消失！你赶紧死了算了！”

这段对话之后，我就听到我们事务所对面的门和右方的门被关上了——换言之，男的是布朗宁勋爵，女的则是我们隔壁事务所的贝芙莉·路易丝。虽然我当时没确切看见,但他们的声音肯定不会有错。而且,盛怒的女方确实说了一句:“你赶紧死了算了!”我当时忍不住想,平时那般沉稳、贤惠的路易丝小姐,竟然会像只母狗一样……啊,抱歉,我的意思是说,竟然会说出那样粗暴的话来,真是吓人。

说到他们两人的关系嘛,大概是从几个月前开始的吧——我很早就察觉了,毕竟我一向都很关心这种事嘛,但他们两人不知为何都不太想把这关系公开。总之呢,布朗宁勋爵常常会把事务所和走廊之间的门偷偷打开,以方便路易丝小姐进出。嗯,你看,那扇门正对着这个事务所,所以就算不想看都难免会看到呀。

对了,有关路易丝小姐的事情,还有另一件要说给你听。

昨天早晨,基德他们赶来之后,不是跟先生您无理取闹,嚷嚷了好一阵子吗?其实那时我已经来上班了,所以,当听见对面房间的大吵大闹之后,我很吃惊,打算去看看情况……大概就是基德刚刚离开的时候吧,我看到了路易丝小姐,看到她从布朗宁勋爵的事务所里四处张望着走了出来!而且,从她弓着背、偷偷摸摸的样子来看,她的衣服下面似乎藏着个很重要的东西——虽然详情不明,但那真是想想都觉得太可怕了。

格林伍德太太的话似乎永无止境，幸得布尔博士恰到好处地将之打断。

“行了，简，谢谢你。这样一来，布鲁，我们就知道三件事了：那扇门的用处、布朗宁勋爵背后有个女人、路易丝小姐可疑的行径。唉，说来真是惭愧，枉费我是个邻居，这种事竟然完全不知，要等到简来告诉。哈哈哈，照这样看来，谁才是侦探可真难说了。”

布尔博士独自笑了一阵，突然醒觉没有人随着他笑，立刻面容一端，换了一个话题。

“对了，布鲁，再给你讲个新发现。我自从昨天知道简说的那些事情之后，便开始留意路易丝小姐这个人了，我用事务所的电脑查了查侦探大师资料库，又借助‘爱德华法’获取了更完备的人物资料，结果呢——你看，我查出了这件事。”

贝芙莉·路易丝

本名贝芙莉·齐塔维克，1984年和考古学研究所的爱德蒙·齐塔维克研究员结婚，现正协议离婚。

这出人意料的事情惊得我一句话都说不出了。

“本名……齐塔维克……那个从伦敦塔偷走铁轮的女人，自称是齐塔维克夫人，难道她就是隔壁事务所的女侦探……路易丝小姐？”

“极其可能。”

布尔博士沾沾自喜，龙颜大悦。

当天(十二月十二日)下午,我们按兵不动,任由时间消逝。隔壁的路易丝小姐似乎有事离去，但就算她留在屋子里面，只怕布尔博士也不想立刻对她发难。

整整一个下午，布尔博士不是看着这个楼层和布朗宁勋爵事务所的平面图喃喃自语，便是在屋内随手抛掷从伦敦塔带回来的假铁轮，甚至以之打碎花瓶，反正是挺惬意的。

锡克教徒的铁轮，其使用方法是将食指扣进正中央的洞里，使之旋转而后投掷出去。我跟着布尔博士掷了几次，刚开始当然觉得很难，后来渐渐习惯，便可以命中目标。但是，真铁轮的外缘布满利刃，一旦不慎触到，恐有难言之灾。

我看着裹足不前的布尔博士，心下甚是不安。虽然“爱德华法”规定侦探大师享有七十二小时的优先办案权，但若后天中午前无法破案，主导权就会落到那个朋克刑警基德手里。当真到了那般境地，谁告诉我该如何是好?

何况，杀人狂“猫”同样让我很是不安。莫非我真的知道“猫”的身份?虽然眼下忘了，但难保“猫”不会赶在我记忆复苏之前夺走我的性命。

和我对案件的忐忑彷徨形成鲜明对比，今日的侦探大师会馆似乎特别忙碌。下午的时候，有一个高傲的男人来访，察看了布朗宁勋爵的文件等物。据说那就是苏格兰场的阿道夫·盖尔德夫总探长，是布朗宁勋爵的办案助手，受命担任明天举行的“侦探大师百年祭”之执行委员。勋爵横死之后，一切事情都必须由他打点，据说他因此非常焦虑。

而我则跟昨天一样，躺在事务所的沙发上怔怔出神。

我想出席明天的“侦探大师百年祭”——而且，我已经请他们帮忙安排，让我以相关人士的身份出席。

但是，我是不是太悠闲了？时间不断流逝，案子当真可以解决？

“猫”到底是谁？

而“我”又是谁呢？

这些事情，我昨晚都曾一一思索。只要若有所得，便继续狠究内心，想要打捞出记忆的碎片和沉淀深处的星星点点。我心下清楚得很：不管我是谁，我首先不会是那个杀人凶手！然而，我对此又不是真正的信而不疑。

现时的“意识”只需一瞬间便会成为“记忆”，所以这应该是一条绵延不绝的带子。然而，我的带子竟然出了毛病，使“意识”和“记忆”间的桥梁崩塌——我的意识会突然中断，这空白期里当然会存有无论如何都忘掉了的记忆，而错误的记忆亦难保不会混杂进来。这到底……

等等——错误的记忆？

此时、此刻、此处的我之“意识”到底是不是真的？我该如何确保眼下的“意识”不会变成日后的“错误记忆”？

刹那间，我又被新的不安给包围住了。

“错误的记忆”姑且不论，我会不会还有些忘掉了的“记忆”？今早醒来之际，我的衣服有些潮湿，原以为是被窗户渗进来的大雾给弄湿了，但会不会是我昨晚外出了呢？失去“这个”意识的那段时间里，我体内会不会又有别的意识醒来，促使我走进伦敦的雾夜，暗暗徘徊……

啊！我不知道！我不知道这是怎么回事！更不知道我到底是怎么了！

剧烈的头痛再度向我袭来。布朗宁勋爵那骇人的死相，那让人毛骨悚然的“猫”的影子，在我脑海中激起了层层的旋涡。

同时，我的意识再一次渐渐失去……

请续看——

“侦探大师百年祭”之特大悲剧（P189）

OR

歧路二：侦探大师迈克·D. 巴洛的调查（P99）

歧路三：侦探大师贝芙莉·路易丝的调查（P145）

歧路二

侦探大师迈克·D.巴洛的调查

D3 室——迈克・D. 巴洛的事务所，位于布朗宁勋爵遇害房间的斜右方，中间隔着走廊。

这房间和其主人一样，冷冰冰的，全无点缀可言。办公用的铁桌子就不说了，竟然都不弄个地毯来把亚麻油地板给遮上……放文件的是政府机关最常用的那种大灰柜子，房间一隅不知为何还有块像是汽车保险杠的废铁，堪称是这房间里仅有的个性之处——虽然挺让人不明所以。

“把这个喝了吧，感觉会好一些的。”

迈克・巴洛从文件柜里拿出一瓶黑麦威士忌，直接倒进了桌子上那装着一半咖啡的马克杯里，倒满之后，随手往我眼前一推。

我磕磕绊绊说完事情的来龙去脉,默默喝着那杯……饮料。

巴洛的下巴结实得就像是卡车的保险杠，只见他托着下巴说道:“苏活区有个妓女兼脱衣舞娘是我的老相好，虽然没证件，但她确实是个心理医生。我听她说，失去记忆的种类好像挺多的呢。”

“种类很多？”

“比如说有人是脑袋被打，有人却是精神上被吓到……那个无照医生知道这样一个案例：苏活区有个妓女对葡萄酒很挑，跟同行姐妹喝酒时总爱自吹自擂，特招人厌。后来，有个经常帮别人做心理咨询的医生特意去看了她的情况，这才知道她是丧失了记忆——她其实是法国社交界的有名贵妇，似乎是来英国偷会情人时出了车祸，所以把一切都忘掉了。”

巴洛强忍笑意，肩头因此抖动不停。

“再后来呢，那个女人就去正经住院，然后就恢复了。她出院时，医生曾装傻问道：‘夫人，失忆前后的生活差异，会不会令你不适？’你猜那女人怎样回答？她说：‘不会呀，反正做的事情都差不多嘛！’哈哈哈……”

他大笑着狠狠拍了拍我的肩膀。我望着杯中波动的咖啡酒，情绪更低落了。

我喃喃问道：“那我的记忆又要到几时才会恢复呢？”

巴洛耸耸肩道：“小伙儿，别这样嘛，我以前混洛杉矶的时候，曾经被小流氓拿着棍子揍得七荤八素，整整三天都不认得谁是我老婆了。直到第四天才认得了，可是我继续装作忘了，顺手就把她踹了。这简直就是天赐良机哇！”

他再度捧腹狂笑，但笑得有些勉强，听来隐隐有些苦涩的意味。我的情绪登时低落得无以复加。

“小伙儿，别哭丧着脸嘛！要不要先去让我那个老相好大夫给你看看？要不然，咱们就直接开始调查了？”

“你相信我刚刚说的那些事情？”

“这个啊，虽然听上去确实离奇，但你看着不坏——所以，这案子我就接下了吧！而且，我早就想教训教训那帮没上没下的朋克小鬼了。”

我权衡了一下，决定先让这个硬汉帮忙把案子破了。那种江湖医生，日后再看不迟。

“对了，我帮你取个名字吧？”硬汉打量着我，说道，“金头发，灰蓝眼，没口音，一般高，二十来岁，揣着五英镑，穿着水管工人的大褂，口袋里有手套、钳子和改锥，没有任何足以表明身份的东西。嗯，那好，就先随便想一个吧！……迪克……迪克·崔西，你看这个行不行啊？反正接下来要做的基本上就是那些事情。”[①]

我想了想，觉得名字其实是件无所谓的事情，便点点头表示同意。

见状，巴洛继续说道：“我的费用是每天两百英镑，总共三天，杂费另算。总之，我需要三百英镑的订金，你可以分期支付，用美元也行。如果你目前手头很紧的话，就等案子破了再给吧。”说至此处，硬汉的面容突然一肃，“但是，我办案时不接受任何指示。”

---

① 迪克·崔西（Dick Tracy），美国长篇漫画《迪克·崔西》的牛仔侦探，智勇双全、枪法通神。

“我，迈克·D. 巴洛，遵照‘爱德华法’，接下来的七十二小时内的优先办案权是我的，你们可别闹意见！”

巴洛叼着香烟，一副“谁敢惹我”的架势。

此时，朋克刑警基德·皮斯托和他的女同事嫔克·贝尔拉多娜一同回到了现场。从基德鼻子上的创可贴看来，我刚刚的那一招头槌似乎效果不错。

基德一看见我便狠狠瞪了一眼，但我既然有巴洛罩着，他就当然不敢再拿我如何——尤其是眼前这两三天内。

而后，基德等人开始协助巴洛调查案情，以下便是基德针对案件相关情况的报告：

“我们接到布朗宁勋爵助理的通知，九点半前后赶到现场，这是那个助理的证言录音带，你们听听看吧。”

伊丽莎白·波特（布朗宁勋爵助理）的证言

今早九点来上班时，我一眼就看见走廊通往会客室的门大开着，觉得挺奇怪的，结果进去后又看到布朗宁勋爵的外套挂在衣架上，当时还赞叹勋爵来得真早。然后，我敲了敲他的门，想打个招呼，但里面没有动静，门又推不开，似乎是锁上了。我因此有些担心，就把脸贴到了门的磨砂玻璃上，然后隐约看到里面正有人趴在地上，当时就吓了一跳……

当时，别的侦探大师几乎都没到，大楼的管理员腰不太好，估计是撞不开门，所以我觉得干脆让一直帮布朗宁勋爵查案的基德刑警来一趟好了，就给警方打了电话。

基德先生赶来现场的那段时间里，我因为怕得不行，一直留在管理员室，所以不知道勋爵的房间里竟然还有个水管工模样的人。我刚才看见他了，但是我不认识他，而且从来就没见过。

你问昨天的情况？昨天我休假，没有上班，但听说勋爵曾约了某人悄悄会面，具体是谁就不知道了。所以，勋爵昨天恐怕是独自待在事务所的。

对了，勋爵似乎正在调查那个耸人听闻的“猫”事件，但相关档案都被他以“机密”之由自行管理，我不知道他放在哪里，但是，这难道、难道是“猫”……啊！真是太可怕了！

至此，基德再度开口说道：

“以上就是布朗宁勋爵助理的证言，然后，我再说明一下现场状况。正如那位助理所说，会客室和办公室中间的门被锁住了，而且是只能从内侧转动门把锁钮的那种安全锁，会客室那边是没有钥匙孔的，所以没办法用备用钥匙从外面开门。

走廊和办公室之间的那扇门亦是同样情况，虽然这扇门是有钥匙孔的，但大家基本不会从这里进出，勋爵因此便把门给锁死了——这毕竟安全一些。这扇门的左侧有个插销，一直牢牢插着。从两扇门上提取到的指纹虽然有一部分来源不明，但绝大多数都是布朗宁勋爵的。对了，室内西侧有三道横拉窗，都从内侧锁了，而且只提取到勋爵的指纹。

“被害者的口袋里留有‘猫’的物品，是用布包着的猫蜡像，约莫四英尺长。另外，被害者上衣内侧的口袋里还有一张猫头女神贝斯特的明信片，上面印着‘大英博物馆’字样。向博物馆方面确认得知，近十年来，这种明信片一直在博物馆的零售店内和博物馆以外的地方销售，所以无法确定是谁在何时何地所买。而那个猫蜡像的来源暂时不明，目前仍在追查。

“我翻了翻布朗宁勋爵的案件卷宗，但没有见到和‘猫’事件相关的东西，估计是被‘猫’给带走了吧。对了，办公桌的台历上有博士昨天的预定事宜，内容如下——”

十二月十日（周二）

10:30　哈查森书店（联系）

11:00　《侦探》杂志访谈

12:30　电话，午餐

14:00 至 15:30　“侦探大师百年祭”会议（福尔摩斯纪念会馆）

16:00　和 C 碰面

18:00　和 B 晚餐（试探）

“法医称布朗宁勋爵的死因是颈动脉断裂导致失血过多，死亡时间是昨天下午四点半至六点半间——这只是解剖前的推测。毕竟，屋内开着暖气，室温从死者毙命直到半夜都居高不下，所以时间上难免会有些误差。总之，根据这份行程表来分析，勋爵就是‘和C碰面’时死亡的。

“房间内没见到疑似凶器的东西，不知道是否被这位失忆的老兄偷着藏起来了——罢了，总之，法医说按照伤口的长度和深度来看，凶器应该像弯刀那样锋利而又弯曲……说到凶器，客用沙发底下有把手枪，是小口径的贝瑞塔M20——助理说那是布朗宁勋爵的枪，而且上面的指纹确确实实是勋爵的。虽然勋爵死于刀伤，但不排除他是拔枪反抗的瞬间被割断咽喉，所以手枪才会装满子弹掉到地上。

“房间里靠近走廊的客用沙发被挪动了位置，茶几也翻倒了，由此不难推知这一带曾有打斗。遗体附近除了刚才说的手枪，还有一条被利刃割破、染满血迹的手帕。这条手帕同样是勋爵的。再有就是屋里的留声机没关，唱片一直转动着——这情况是不是报告一下较好？唱片似乎是挺古老的勋爵乐吧，我对这方面不太了解……

“啊，竟然忘了说最重要的事。被害者临死前在地毯上留下了血字，看上去是‘CAT IS’——若这真是被害者的字迹，则其遗体位置未免太不自然，所以嫔克怀疑是被一开始就在密室里的那个呆瓜给动过了。无论如何,那家伙真是太可疑了。

“嗯？布朗宁勋爵的家人？我和这位雍容华贵的名侦探其实没有特别的交情，所以早就调查过了。布朗宁勋爵是名门望族布朗宁氏的末裔，祖上的房子和土地都被他变卖掉了。目前，勋爵独身住在伦敦市内的公寓，尚未结婚。

“最后，事发时人在玄关的管理员提供了和这个浑蛋——啊,不,和这位失忆者有关的证言。我们来听听这卷录音带吧。”

侦探大师会馆管理员约翰·皮博迪的证言

昨天下午大概两点吧，我看到一个穿白色工作服的水管工人上了电梯。但是，我只看到了背影，没看到脸——你说安全检查？这里才不会搞那些琐事呢，每一层都驻扎了好几个名侦探啊！当然，昨天是大部分侦探大师的休息日，所以基本上没有人来。但就算是这样，也不至于进来小偷之类的人吧。他就只是个水管工嘛，所以我当然不会多留心。

话说回来，你这家伙真是刑警？苏格兰场到底行不行啊，像你这种朋克头小混混都当刑警了。想当年我年轻时……（录音被淡化处理）

“我对侦探大师圣经《血字的研究》宣誓，上述报告全部属实，绝无半句虚言。”

巴洛听完基德的报告，把房间内环视了一圈。

“这样说来，就是所谓的密室杀人嘛。我最烦这一套了，这案子跟我不搭调啊，有没有合适些的？”

我登时大急，决定诱导他一下：“但是，先了解一下情况总没错吧？要不然，密室里面的我就要被当成凶手了！”

巴洛那本就有点歪的鼻子——曾经挨揍的结果——微微一皱。琢磨了片刻之后，他随口对嫔克说道：“哎，洋娃娃小妞，门的情况调查了没？”

嫔克玩弄着她那劲爆的秀发，看都没看巴洛一眼，板着俏脸答道：“嗯，是啊，我们早就查了——通往走廊的门，就是正对着布尔博士事务所的那扇门，不单木料坚硬，四周围更是一点缝隙都没。包括门上的钥匙孔都被封住了呢，大概是布朗宁勋爵希望安全些吧。这扇门从内侧上了插销，虽然不太好使，效果总是有的。窗户嘛，情况类似，玻璃和窗格子之间没有缝隙，窗扇都用新月形的锁扣从内侧扣住了。大概是太旧了的缘故，需要很使劲才能推开。就这样，报告完了，你满意不满意啊？老——板——”

嫔克以奇怪的重音吐出“老板”二字，用略带嘲讽的腔调结束了汇报。满脸失望之情的巴洛来到死者的前方蹲下，一伸手便把俯卧的布朗宁勋爵翻了个身。

“谁管你是不是密室啊，那种事交给胖博士就行了。我可是脚踏实地的人，哎呀，这个……”

巴洛的话音倏然顿住。我扭头一看，只见他正死死盯着遗体的胸口。那里几乎都被喉部喷出的血给染红，独独左胸上有一片半圆形没沾到血。我们往地毯上一看，只见那上面赫然有个没染血的圆形痕迹。圆形的半径大概是十英寸。如此说来，俯卧着的遗体的左胸部分和地板之间曾经夹着某个圆盘状的东西。

巴洛微一沉吟，说道：“喉咙上就一刀嘛……真想不到，这男的身上竟然有那么多血！”

“是《麦克白》吧？”我忍不住插嘴问道。

巴洛满脸诧异地望着我，冷冷说道：“不，这只是我叔叔的口头禅罢了。我的唐诺叔叔可不是什么麦克白，他是得州做香肠的，整天就知道抽猪血。”

他说罢便又回头去看遗体了。

“好好的一件晚礼服，被血喷成这个样子，真是毁了。嗯，口袋里这个……是约会用的小礼品吧？咦……敢情是‘猫’的赠品啊，这种不吉祥的烂货能打动女人才怪。”

巴洛叹息着站起身来，走去了办公桌一带。他看了看桌上的烟灰缸，又随手翻了翻抽屉。从抽屉深处拿出来一张照片时，他突然吹了个口哨，一时间眉飞色舞。

“说曹操曹操到啊，果然一下子就出现了这种东西。虽然大家都说烦了，但是，谋财害命的背后总归会有个女人——而且是一只挺性感的母猫。”

他把照片往桌上一丢。那照片拍的似乎是舞台上的场景：二十世纪五十年代风格的大型麦克风前，俏立着一位身穿白色长礼服的黑人美女。那女子双手合十，一展歌喉。她的一对圆目绽放着坚定的光芒，脸蛋恰如一只优雅的黑猫。照片是全彩的，包括女子嘴唇上那时髦的紫口红都拍摄得一清二楚。照片上以清秀的字迹签了个名：

给布朗宁勋爵　贝蒂

“太棒了！”巴洛的情绪骤然见好，“布朗宁勋爵肯定是经常跟这女人见面……”

嫔克问道：“何以见得？”

“这女人确实来过这里，但具体是不是昨天就难说了。你们看看这烟灰缸，里面是不是有根带着口红的烟蒂？没几个女人会用这种怪颜色的口红，而且这颜色跟照片里那位贝蒂女士的口红是一样的。”

巴洛坏笑着将照片塞进了胸前的口袋，而后便走到留声机旁，细细察看转盘。

“咦，这可不太像是布朗宁勋爵喜欢的调调儿！”

他拿起了转盘上的唱片。那张唱片的尺寸有些特殊，比常见的黑胶唱片略小，却又比 CD 略大。巴洛对唱片上的标签表示了极大关注——

“《The Funky Live at Cat Bones》，正面是摩尔·沃卓的《Cat Walk》，反面是拉洛·施夫林的《The Cat》……竟然到处都是

猫啊，这可真让人心里头毛毛的了。总之，这好像是一张勋爵乐钢琴曲的盘吧，而且是自行刻的。很好，很好，跟那个老掉牙的童谣相比，追查这个毕竟会时尚一些。”

我听他这样一说，不禁又看了看唱片上的标签。确实，那只是一张写着字的白纸，根本不像是足以拿来销售的东西。

当我拿着唱片观察的同时，巴洛开始动手翻查布朗宁勋爵的唱片架。

嫔克来到他的背后，装出天真无邪的嗓音问道：“喂，有没有布鲁斯·斯普林斯汀[1]巡回演出的盗版碟呀？”

“这一架子都是古典乐，哪里会有摇滚唱片？布鲁诺·瓦尔特[2]指挥的莫扎特倒是有的。嗯？转盘上的唱片跟这个房间不太对路子啊，而且那东西很难说想弄就会弄到的吧……”

基德把唱片放回到转盘上，调整好唱针。像猫的足音一样轻灵、雅致的钢琴旋律顿时在屋内响起，听来确实是勋爵钢琴的三重奏。

巴洛的脑袋朝我一扭，问道：“我大概猜到这唱片的来路了，晚上前要不要先去看看？要不然就去追追我胸前口袋里那张照片上的性感母猫？你放心，我才不会带那些朋克小鬼呢，毕竟接下来轮到大人们的时间喽。好了，问你呢，去哪边呀？”

巴洛背后的基德一句话都没说，只是耸了耸肩，双手环抱胸前，满脸兴味索然的样子。

---

① Bruce Springsteen（1949— ），美国摇滚乐歌坛的天王巨星，人称“老大”，先后荣获二十余项大奖，其中包括两次金球奖和两次奥斯卡奖。

② Bruno Walter（1876—1962），美籍德国犹太裔作曲家，同时又是二十世纪最重要的指挥家之一。

“无论如何都不记得了，我最近真是很健忘啊！”

“红鼻子”以伦敦口音说道，紧跟着便粗鄙地擤了一下鼻涕。巴洛的这个情报提供者当真是名实相符，鼻子很红。他是被我们喊到酒吧来询问照片里那个女人的事情的。

“红鼻子”戳着桌上的炸鱼薯条，一副无聊之态。

“最近流行失忆？好吧，那就给你点对症药！”

巴洛把手一伸，“红鼻子”眼前的盘子里便添了二十英镑的纸币。

“谢谢喽，我的病似乎好一些了。嗯，我印象里是苏活区……”说着，“红鼻子”再度戳上了薯条，沉默下来。

桌子突然一震——巴洛一把抓住了“红鼻子”的胸口，右拳抵到了他的大鼻子上，简直把鼻子都给压扁了。

巴洛咬紧了牙，一字字道：“他娘的，老子可没空陪你装哑巴玩，是不是想让我帮你调理一下这个健忘的大鼻子啊？”

“红鼻子”被吓得浑身上下都颤个不停。

“那、那女人的名字是贝蒂·库柏，每天都会去苏活区的夜总会唱歌，住址是北边的夏绿蒂街。别、别的我就不好再说了，这女的是组织的人，再、再说的话，我会有麻烦的……”

苏活区北侧的夏绿蒂街有一幢又老又脏的洋楼，那便是贝蒂的住处——“红鼻子”只提供了大概的住址，所以直到夜幕降临时才锁定那里。

“有事？都这种时候了……我醉得很、很难受……”

门口，照片中的女子面对着我们，礼服的肩带很随意地滑落到了胳膊上。

冷硬汉派的侦探大师半点都不含糊：“很性感嘛，我就喜欢宿醉的女人！我是迈克·D.巴洛，侦探；他是迪克……”

没等他说完，贝蒂便关上了门。然而，巴洛的鞋尖抢着伸进了门缝。

“太无情了吧？跟你说哦，我虽然不会特意收集女性的房门，但如果有必要的话，我会把合叶都卸下来一并带走。”

“哎呀,人家知道了嘛！人家才不想整天跟大雾一同生活！”

贝蒂勉勉强强又打开了门。

一间凌乱的屋子冲进了我们眼帘，茶几上的烟灰缸里丢满了烟蒂，空酒瓶和脏杯子随处可见。贝蒂似乎没打算招呼我们坐下——其实的确是没地方坐，我们便站着说上了话。

“说吧，无事不登三宝殿。”贝蒂点了根烟，随手将火柴往地上一抛。

“我想问问赫赫有名的大贵族和性感的夜总会女歌手的具体关系。”

“贵族？”贝蒂的神情一变。

“咦，你的神情更有味道了呢，一看就是心里有数。”

“你说的是……”

“克里斯朵夫·布朗宁勋爵。”

贝蒂回到了面无表情的状态：“哦，是他啊，我认得。”

“只是认识？”

“嗯，他以前常来听我唱歌，所以我们认识。他确实是个不错的人呢。”

“呸，奇怪的一对儿。”

“好了，我等下就要去夜总会唱歌了，没时间继续跟你闲聊——麻烦你出去吧。”

“哦？那敢情好，我正要去那个让人醉心的夜总会开开眼呢，每个人都张嘴夜总会、闭嘴夜总会的……我说，要不要我送你去呀？”

巴洛说着便一把抓住了贝蒂的手。

贝蒂使劲挣扎。

这时，只听我们身后有人说道：“看来，这个流氓侦探可不太懂得该如何对待女士，到底是不是绅士的国度呀？喂，放手！”

门口站着两个男子，一个面容阴沉，人到中年；另一个则龇着大牙。两个人都拿着枪，枪口都指向了我们。

中年男子眉毛一扬，调侃道：“嘿，你们两个都把手举到头上来，面向墙壁站好。谁敢乱来，别怪我给你胸口打洞！”

巴洛又惊又怒，强忍着道：“他娘的，肯定是‘红鼻子’告密了！”

“这个去问老天爷吧——太喜欢对小家伙作威作福，难免会被反咬一口嘛。”

我们面朝墙壁，听着中年男子从背后渐渐靠近。他的嗓门尖锐，颇像女子，和容貌甚不相合，但这反而更增添了他给人带来的不安全感。

“哼，只怕不见得呀，我对你们的组织……”巴洛顶了一句嘴，真是不见棺材不掉泪。

我的脖子瞬间受到了强烈的冲击，同时听到了巴洛的闷哼，而后便是眼前一黑，意识倏然消失。

仿佛是很远很远的彼岸，贝蒂说道：“小弟弟，侦探活动的时间到此结束，接下来该睡觉了哦……”

我和巴洛直到深夜里才告清醒。殴打我们的人当然是没了影踪，贝蒂的屋子里更是一个人都没有了。

我们喝了几杯威士忌提神醒脑，然后便火速赶去了苏活区的夜总会。结果，那里同样是人去楼空，听说傍晚时就关门歇业了。

一切都太迟了。从夜总会一众人等望风而逃的情况来看，那里肯定是某种犯罪的大本营。

要是当时没去追查照片上的女人就好了。倘若当时先去查明那唱片的来路，兴许就不会弄成这德行了……

这时，我猛然一醒。

怪了，眼下的我，竟然是靠着出租车的椅背，和巴洛挨着坐着。难道我刚才只是不慎睡着？明明前一刻还在苏活区的俱乐部呢……

我一时间真有如坠雾中的感觉，只得问巴洛道："我为什么会坐在出租车里？"

巴洛大吃一惊，就像是有人突然在他耳边奏响了小号。他呆呆凝视着我。

"为什么？不是你说要去查查唱片的来路，所以我们才打车去我怀疑的那家夜总会啊！"

"我印象里，我们是去见了照片上的那个女歌手，然后……被两个拿枪的家伙威胁……我印象里似乎是有的……"

巴洛眉头一皱："别胡说啦，那种事确实没有。你的脑袋不会又犯病了吧？你行不行啊？做梦了？"

他说的倒未必没有可能。我的大脑沟回只怕是尚未正常工作。适才脑海里浮现的那种行动结果，大概就是短暂的白日梦所造成的记忆混乱。

"行啦，别哭丧着脸了，看看风景，换换心情。你看，夜店今晚多热闹啊！"

我依言向车窗外面看去，把心思聚拢到苏活区上。

世界上的每个都市都会有一个不夜城——何止不夜，简直就是随着夜幕而渐渐清醒，恰如青楼里的花魁，以明艳夺目的媚态撩拨着你。

伦敦的苏活区正是这样的一片地方。上百年的时光以“秩序”和“传统”决定了伦敦的市容市貌，总让人觉得这就是一个萦绕着深褐色忧郁的城市，唯有苏活区身披七彩霓裳，化着欢乐的彩妆，宛如妖冶的歌伎，向来访者送上勾魂秋波。

追根溯源，十七世纪末的苏活区本来是欧洲亡命徒们的聚居地。这兼容并蓄的雅量至今犹存，所以不久前刚有大量的东方人自城东港区搬来住下。人种混杂的街上酷热难耐，挥金如土，尔虞我诈，物欲横流，是犯罪的温床。

——犯罪。

对，犯罪。眼下的我正被卷进一场可怕的犯罪，在缓缓穿行苏活区的出租车中束手无策。

“不管基德他们，不会有事吧？”我问身旁坐着的巴洛。

“没事，‘爱德华法’有效的七十二小时内，他们不敢动你。就算他们把你抓走，只要密室里没有凶器，就无法证明你杀了人——当然，警方里面讲这套的怕是没几个喽。”

这个人到底是不是想要让我安心啊？真搞不懂。看来，这家伙凡事都喜欢一意孤行，不掂量别人的感受。说好听些是冷硬派，说难听了那就是刚愎自用。

我们来到闹区的核心地带，被堵车羁绊住了。下午时，大概是这里挨着泰晤士河的缘故，这一带出现了罕见的浓雾，视野变得很差。司机启动雨刷，又把身旁的窗玻璃摇下一条缝隙，惹人厌的雾登时从那里钻了进来。司机的做法无非是要听别的车的引擎动静，是能见度极低情况下的无奈对策，应该予以谅解。

眼看着便要抵达“朗尼史考特俱乐部”之时，巴洛吩咐司机停下了车。

我们下了车，在大雾弥漫的人行道上竖起衣领，举足前行。往常的日子里，这一点就算是深夜都会人山人海，而今却被浓雾搞得门可罗雀。我们经过那些挂着可疑招牌的小剧场和夜总会，在中餐馆“庆花乐”前面一个转弯，便来到了此行的目标。

那是后巷中最平常的一个角落。油漆剥落、略见破损的大门后面，隐隐有一条楼梯直通地下而去。门上的招牌同样油漆斑驳，深蓝的底纹烘托着一只灰猫和两根交叉的骨头，像极了妇孺皆知的海盗旗之猫咪版。招牌上的店名如下：

Cat Bones

——猫骨。

巴洛仰望着招牌，轻轻说道：“那唱片就是从这里流出来的。我早就知道这家店的事情了，嘿嘿，而且是不太好的那一种呢。”

我说道：“嗯，布朗宁勋爵对勋爵乐明明没有很大的兴趣，却有这种地方的自制唱片，这确实很难解释。”

“分析得挺对的嘛。好了，再这样被雾包围，我们肯定会得风湿病的，那就该被医院里的棉被包着了——走吧。”

楼梯很窄，两侧贴满了各种演出活动的海报。下了楼梯之后，我们见到一个女子挨着一张桌子坐着，身旁有个魁梧的黑人靠墙而立。黑人穿得挺花哨的，桌子上有个小型的手提保险箱。只听那黑人男子颇懒散地说道：

“十镑一位，两位二十。”

“真他娘贵。”巴洛自言自语着掏出纸币，往保险箱上一丢。

“谁让咱这晚上是特别演奏呢？再说了，我们对刑警脸从来都是另收费的。”

巴洛摸摸下巴，哑然而笑：“我看着像刑警？”

男人打量着我和巴洛，来来回回看了半天，方才说道：“这年头哪还有穿风衣的侦探，都是些朋克小混混了……玩笑话，别往心里去。”

我们离开黑人，来到昏暗的店内。当先看见的是一个演奏台，上面是由黑白二人混合组成的四重奏《A Foggy Day》。年轻的墨镜黑人用萨克斯吹出雾一般迷蒙的音调，双颊消瘦的白人则以娴熟技法控制钢琴伴奏。音乐的声音、酒杯碰撞的声音和客人们耳语的声音交织错落，酝酿出勋爵乐夜总会所独有的意境。

店内的上座率可达七成，总共十张桌子。其中有半数客人都不是来听歌的，而是瞄上了美酒和谈笑。只要看看这些人的样子，就知道舞台上的乐团一定是无甚名头。

巴洛带着我往右走去，到吧台的前方坐下。

酒保察觉有人坐下，身体一扭，朝向我们。这家伙阴沉沉的，让人看一眼便忍不住想到德古拉伯爵城堡里的大管家。

我们点了啤酒。两杯下肚之后，巴洛随口问那管家：

“生意不错？”

正弯腰擦着杯子的酒保冷冷回道：“你感觉呢？”

“这家店挺不错的。”

“一般人可没有这样说的。虽然他们很烦，但总归比你诚实一些。”

“哈，这样啊……其实呢，我是朋友介绍来的。”

“这种话有的是人说，但他们嘴里那些朋友我一个都不认识。”

“克里斯朵夫·布朗宁勋爵你都不认识？”

酒保擦着杯子的手微微一滞。

“哦……布朗宁勋爵身体可好？有日子没见他了。”

“嗯，嗯，一般般了。”

“他是不是老样子啊，经常去皮卡迪利圆环的那个……靠，名字又忘掉了……对！是那个‘黑独角兽亭’——去那里醉得一塌糊涂？”

“是啊，就是那个黑独角兽亭，昨晚我跟着去了。”

酒保脑袋一抬，像罩了个面具一样狠狠瞪着巴洛。

只听那酒保冷然说道——

“滚！”

“啊？”

“皮卡迪利那一带根本就没有哪个酒吧的名字是黑独角兽亭，而且布朗宁勋爵根本就不喝酒！”

巴洛拿出一根烟放到嘴里，欣然说道：“怪不得，这我确实是不知道啊，难怪你不爱答理不老实的人。好吧，我再喝一杯，就准备走了。”

“再来杯一样的？”

“不，换两杯野火鸡[1]吧。”

酒保以受了侮辱的表情愤然说道：“我们这里只有苏格兰的威士忌，没有那种麦秆儿味的！”

“咦？亏你们还是提供勋爵乐的地方，这种想法真是挺罕见的。话说回来，我看你背后架子上那个瓶子的标签，明摆着就是火鸡呀……”

酒保看都不看身后的架子，直接说道：“那是炖火鸡汤。”

“无所谓，倒就是了。”

巴洛把硬币往吧台上重重一拍。

对视了好一阵子之后，酒保决定妥协，打开瓶子向酒杯里倒了下去。

巴洛欣然举杯，猛仰头一饮而尽。

犹如是有天使飞过，吧台上宁静了片刻。

突然，巴洛阴沉着脸对我说道：“真的是火鸡汤……”

酒保的脚紧跟着便离开了地面。

巴洛隔着吧台抓住他胸口的衣服，一下子将他揪到空中，牙缝中低吼着挤出几个恶狠狠的字来：“你他娘不惦着活了？说！不喝酒的布朗宁勋爵来你这里搞什么鬼！”

---

① Wild Turkey Bourbon，美国的威士忌，正经名字是威特基波本威士忌。

“我、我说就是了……你先松手……”

酒保咳嗽着道。

巴洛将手一松，酒保的双足总算再度着地。只听后者咕哝着道：“我明明说了那是火鸡汤啊……”言语中的不满之意当真一览无遗。

正当那酒保要继续说话之际，舞台的方向突然有人说道：“几位老兄能不能安静些啊？虽然我看不清你们是谁，但是，该我唱歌了啊！”

我们一惊之下，回头看去，只见一个女子正双手叉腰，愤然俏立台上。

她不是别人，正是照片上的贝蒂。

“抱歉了各位，好不容易才安静下来，我这就要跟 The Funky Cats 的猫兄弟们共同献唱啦！这首新歌的名字就是——*Cat ' s Eye Love*！说到猫的眼睛，我就想起古埃及的一位猫神，而她同时又是月亮女神，谁让猫的眼睛可以跟月亮一样在黑暗中闪闪发光呢！哈哈哈……然而，我这首新歌里面的猫眼，指的可是瞬息万变的女人心哦。埃及的‘猫’是女神，当下名闻遐迩、神鬼莫测的‘猫’说不定同样是个女人。哎呀，不说那些没用的了，好，我这就开始演唱 *Cat ' s Eye Love* 了，希望能唱到各位的心间……”

对着麦克风说完这些之后，贝蒂给了乐团一个眼色，而后便听到了用贝司模仿的仿若猫之轻轻足音的前奏。

我的爱情，猫之眼睛，
Cat ' s Eye Love. My Cat ' s Eye Love.
待我以冷漠，我喵呜呼唤。
待我以温柔，我小爪轻舒。
哎呀呀，这爱情推敲不透……

贝蒂身穿红裙，包括手套都是一样的艳红，红裙的胸口一带饰有银色纹路。她张开双手俏立台上，恰如是一只鸟儿张开了双翼。她的音调宛如呢喃，感情却充足饱满。我和巴洛一时忘了要教训酒保，怔怔听得出神。

哪知听着听着，听到了间奏之际，乐团竟然出了岔子。钢琴的调子不再和谐，鼓点更跟着趋向混乱，整个乐团变得神经兮兮，贝蒂亦是螓首微侧，但很快就继续对准了麦克风。

我的爱情，猫之眼睛，

Yes, Cat ' s eye love.

阴晴圆缺，谁人知晓……

萨克斯的伴奏突然消失得无影无踪，别的伴奏者也几乎都停了下来。贝蒂身形不动，看着观众，就好像唱完了一样。

我随着她的目光向人群看去，这才惊觉店内的情况有异，忍不住暗吃一惊。

不知不觉间，桌旁的客人竟赫然换了一批。片刻前的那十几名中年男女已是半个不剩。

从我们坐着的吧台望去，基本上只可以看到新客人的背影。然而，就算店内昏昏暗暗，都看得出确实是换了客人。

——大模大样坐着的那些人，有的是棕榈叶子般的朋克头，有的留着剑龙背脊一样的发型，有的则像是日本的歌舞伎演员。总之，每个脑袋都挺有特点。

店内先前的客人都被朋克族顶替了。

吧台后面的酒保低呼道："朋克族来打劫了……"

出口的楼梯一带，最后一名中年人被一个朋克族抓着衣领拽了出去。跟他擦身而过进来的，是个怀抱吉他的朋克族。

这群朋克族的领袖是一个瘦高男子，他像孩子王一样高呼道："大人该回去睡觉了！接下来，这里将由加斯·梅瑟和魔童来接管，由我们来给年轻人演奏！"

舞台上的贝蒂一个尖呼，乱斗就此拉开序幕——The Funky Cats 的人开始和朋克族近身肉搏，架子鼓轰然倒下、吉他的碎片迸到了观众席间……怒吼和殴打的闷响接踵而来。

听到贝蒂的尖呼之后，暗处出现了几个像是保镖的家伙，对着观众席上的朋克族疾冲而去。情况一时间更混乱了。椅子断裂和玻璃破碎的响动无不凸显出战况的激烈。

"说你们呢，赶紧跟着出去！"

几个朋克族围住了我们，其中最年轻的一个悍然抓住了我的胳膊。

"你们这些人懂不懂得好好说话？"

我话音未落，便是一个膝锤，重重顶到了对方的心窝上。对方手捂胸腹，"哎哟"倒地。

"挺有一套的嘛，迪克！"

巴洛脸上的狞笑犹如乌云密布，一个右直拳打中了正面袭来的朋克族。从搏击的开头直到结束，巴洛一直是兴高采烈，面带笑容，当真不愧是喜欢动武的人。

我和一个状似瘦狗的疯狂朋克男——适才自称加斯·梅瑟的那个家伙——对峙着，眼角的余光瞥见了酒保跟贝蒂正要逃往后台。

只听得巴洛喊道："别管他们了，快追！"

这可如何是好？是先解决眼前的朋克族，还是立刻就去追贝蒂？

正当我犹豫之际，梅瑟竟摸出一把寒光闪闪的匕首，紧盯着我的动作。

所以我打算先解决眼前的对手。

梅瑟怪笑着持着匕首走近。我自然知道上上策就是一脚踢掉那把危险的凶器，当下左脚踏前。

哪知这却是错误的肇始。

我一脚踩中地上的玻璃碴，身体一滑失去平衡，直直向前冲了出去，反而把脑袋送到了梅瑟面前。

我的脖子处受到了一股强烈的撞击，尚且不明所以之际，便觉得颈项一麻，像烫伤了一般灼热。我伸手一摸，那触感又湿又滑，顿时心下大惊，缩手一看，那上面都染红了。

梅瑟的小匕首砍中了我的颈动脉。

须臾，我的大半个身子就被喷出来的血给弄湿透了，地板上更是落满了一摊血。我看见一脸惊愕的梅瑟向后退去，动作就像是慢镜头，而后则是染血的地板缓缓向我靠来……

我的意识渐渐消去，隐约听到了梅瑟惊慌失措的声音："我、我不是故意要杀他的——"

这时，我突然清醒了。

咦，我竟然活着？没被梅瑟的匕首杀死？我伸手摸摸本该被割破了的脖子，竟然没有流血，随手再摸摸喉咙，同样完好如初，全无伤口踪影。我这到底……又是噩梦？

我抬眼往前一看，只见梅瑟正怪笑着持着匕首走近——就像是录像带退后重播了一样！

总之，这次我小心摆好了架势，以免白白送命。

一瞬间，梅瑟冲了上来，匕首一挥。

我赶紧闪开，同时一脚踹向他的小腿。梅瑟站立不稳，就这样扑进了观众席里，伴随着巨响跌倒。

我无心恋战，翻身冲上舞台，随着巴洛追赶贝蒂。

奔行于舞台上之际，我不慎被架子鼓给绊了一下，鼓音隆隆，像是要给演奏的高潮段落画上一个休止符。我无暇细想，径直从另一侧跑下舞台，又跑上一段狭窄的楼梯。一楼有个疑似化妆室的房间，我打开小门，冲了进去。

从内部的结构看来，这确实就是个化妆室。其中一面墙上挂满了肮脏的镜子，镜子前面的细长桌子上则是乱作一团的化妆品和华丽夺目的衣服。巴洛站在房间的正中，除了他再无别的人影。

化妆室内，人去楼空。

“来了啊，迪克，他们好像是从那里跑了。”

我顺着巴洛指的方向一看，只见一面大镜子斜斜摆着，后面是一条走廊。

我们断然冲上走廊，只见其右侧尽头是逃生出口，那里的门同样大敞着，里面是一片水泥空地，看上去估计是停车场。而左侧深处似乎另有房间，门是关着的。

何去何从，左方右方？我们匆忙间没了主意，紧跟着决定先从逃生出口到外面看看。

大雾犹未散去，附近响起了引擎的声音。我和巴洛吃了一惊，循着声音看去，只见大雾中正有一辆车在掉头。

“停车！”巴洛大喊。

车子置若罔闻。巴洛从胸前的枪套上拔出政府官员手枪[①]，双手握住，向着渐渐远去的声音来处连开数枪。

我们听到了急刹车时的轮胎刺耳之响，紧接着则是金属撞击的响动。

跑前一看，一辆小轿车撞上了停车场的墙，像死掉的独角仙一样贴在那里。巴洛立刻上前打开了驾驶席旁边的车门。

一个身穿夹克、头发根根竖立的朋克族从驾驶席上滚了下来。

扑错了人，这可是个致命的错误。我们急忙返回刚才的走廊，踢破左侧的房门闯进。只见迎面的一扇窗户大开着。

酒保和贝蒂一定带着他们的秘密从这里逃了。

一切都太迟了。我和巴洛无法再度掌握到他们的行踪，就此束手无策。

猫骨夜总会事件的次日，又出了一件更加骇人的凶案，而且同样没有告破。“爱德华法”的豁免时间结束了，我被交到了朋克刑警手中。

要是当时没选择逃生出口，立刻闯进左方的房间就好了……

这时，我又一次清醒了。

---

① Colt M1911，美军服役时间最长的手枪，早年多由政府购买后装配给官员和护卫，故名。

昏暗的走廊下，我环顾四周。我认得这里，这是猫骨夜总会化妆室后方的走廊。我对这里有印象。但是，为何我眼下又会出现在这地方？感觉中，距上次来这里似乎有了段时日……

我不觉心头一寒，难道我的大脑沟回又失常了？要不然就是我预备了欲知未来的本领？

“喂，迪克，别愣着了，左边，快往左边走啊！”

耳旁，巴洛大吼道。

对了，我们正要追上酒保和贝蒂。

我们奔到走廊左侧的房间门口，拧动把手一推，门却是屹然不动。我和巴洛遂齐齐用肩膀撞了上去。

门“咔嚓”一响，被撞开了。

我们踉跄着踏进房内，脸上顿时被冷风一拂。赶上了，真是千钧一发！只见贝蒂正一脚跨在窗台上，酒保则努力推着她的大屁股。巴洛掏出政府官员手枪，瞄准了喊道：“别动！举起手，转过来！”

两人似乎被弹了一下，背脊骤然挺直，缓缓转身。

酒保脚边有一个黑色的文件夹，似乎是匆忙中掉落的。巴洛的下巴对着那文件夹一扬，喝道：“你去捡一下。”

我留意着那两人的动作，上前伸手拿起了那个文件夹。

这时，门口有人说道：“给我看看成不？”

巴洛立刻用枪口一指，门口的男子慌忙阻止道：“喂，别开枪啊！我们刚刚才不打不相识嘛，我是苏格兰场负责缉毒的刑警——加斯·梅瑟。”

这个国度的年轻人，便是如此的令人无语……

巴洛不禁叹道:“搞了半天，你才是刑警啊。我是侦探大师迈克·巴洛，他是我的助手迪克·崔西。我们正在依据‘爱德华法’侦办凶杀案件。”

梅瑟刑警耸了耸肩:“凶杀案件？那跟我就是两码事了，我是来缉毒的。”

“缉毒？”

“嗯，有人举报称这家俱乐部从事毒品交易，所以我就来开开眼，顺便小捞一笔。”

“该死！竟然真的不是寻常劫店……”酒保咬着牙恨恨说道。

“那是。我们朋克刑警跟国王十字一带的那些朋克小鬼当然是不一样的，可别看扁了我们。相比之下，我们更……嗯，更是前途无量！”梅瑟自吹自擂了好一阵子，又对着酒保的小腿踢了一脚，“说吧，乔治，东西呢？可别自讨苦吃哦。”

趁着梅瑟折磨酒保的工夫，我和巴洛打开了那个文件夹，而后便看到一堆不知所云的文字和数字。

猫骨债务表（十一月）

Sojpy Auhh 2000

务必追讨！ 58000

Jodh Ykuje 1000（付清）

Tscphdo Lcpgop 1500（付清）

“嗯，这是客人的账簿吧？”梅瑟不知何时凑了上来，“这些乱七八糟的字母是什么，客人的名字？”

巴洛看着鼻青脸肿、浑无人样、低头不语的酒保乔治，问道：“这家伙就是蛇头？”

“对，哥伦比亚的，他们觉得美国市场玩完了——只要横渡加勒比海就能卖个好价，哪知弄得太生猛了，变成供大于求，价格突然暴跌——所以他们就到欧洲来了，打算薄利多销。他们经手的可卡因，在纽约时都要一百二十美元一克，明明还有运费吧，却只在伦敦卖九十至一百美元。真是的，这还让不让人活了！”

“哈哈哈，小伙子，想不到你挺用心的嘛。顾客账簿都弄到手了，接下来只要查出东西，那不就是大功一件？”

“对呀，我们的人刚刚把乐队的舞台都拆了，却只查到了可卡因。根据情报，还该有 LSD 呢……”

“咦，那种东西都运进来了呀？”巴洛摸摸下巴，表情一本正经。

LSD 是二十世纪六十年代流行的一种强力迷幻药，本来是大学科研机构的重大药品项目，后来却发现该成果具有强大的副作用，会导致重度的精神异常，是一种很可怕的毒品，遂将之全面禁止。

巴洛说完，梅瑟开口问道：“你们为何会跑到这里来呢？”

“某个命案现场有一张独特的唱片，里面是这里乐团演奏时的自制录音……”

“你说的唱片是不是那种——”

我们沿着梅瑟的手指看去，只见窗畔一隅码着几个纸箱，里面唱片的尺寸确实和布朗宁勋爵房间里的唱片相同。

巴洛从中抽出一张，细细察看。那里面的内容果然又是The Funky Cats的演奏录音，封套只是普通的白厚纸板，很是简陋。

巴洛把封套举至眼前观察，突然吹了个口哨:“哼，小孩伎俩。”话没说完便开始撕封套的包装纸——厚纸板上贴的那一层薄薄的纸。

巴洛摇晃着撕下来的纸，眨着眼道:“酸性纸啊——这上面就是LSD了。”

梅瑟和我拿来仔细一看，那上面有纵横交错的手撕线，一格一格的像邮票一样。

巴洛解释道:“这东西就是让你沿着手撕线一张张撕下来用的。我以前在加利福尼亚见过，那上面还印了史努比和米老鼠呢，样子就像是优惠券和小孩子喜欢收集的贴纸。”

梅瑟忘情地盯着手上那张通向死亡的优惠券，说道:“明白了，这收获太惊喜了！查凶案查出这种大奖，你运道挺不错的。话说我真要好好感谢那个死鬼才行，虽然不知道是谁……”

巴洛随口说道:“就是克里斯朵夫·布朗宁勋爵。”

闻言，贝蒂突然按捺不住，失声惊呼。

“笨蛋！别喊啊！”她身边的酒保乔治匆忙制止，但是来不及了。

我们三个人听得清清楚楚。

她喊的是:“老大被杀了？”

布朗宁勋爵竟然跟哥伦比亚贩毒组织的伦敦分舵有关，这当真让我震惊异常。

据盘查结果看来，他的顾客甚至遍布了政界、财界、警方和侦探大师协会，但那些人到底是谁，贝蒂和酒保乔治就不肯说了，大概是担心被组织当成叛徒来报复吧。贝蒂确实是布朗宁勋爵的情妇，时不时便会来到侦探大师会馆，只可惜命案那天她有着确切的不在场证明。她的答话中唯一值得注意的是这样一句话："如果你们要查明杀害勋爵的凶手，最好留意留意他身边的人。"可是她语焉不详，不管再如何询问都不肯再说。

当晚，回到侦探大师会馆的事务所之后，巴洛把全副精神都用来解读那份顾客账簿。

"虽然知道了布朗宁勋爵是贩毒团伙的头目，但他死都死了，这消息就没啥用了。眼下最重要的是查出账簿上的人物身份，特别是那些高数额的。既然这案件跟毒品有关，那凶手肯定是个没票子却想吸毒的家伙！"

巴洛说完便抱着账簿回房间了。

我闲来无事，只得把事务所会客室的沙发当做床铺，准备先睡上一觉。

而后，躺在沙发上的我，呆呆凝望着窗户。

想不到，那黄雾竟蔓延到了诺丁山大门一带。

雾默默摩挲着窗玻璃，犹如一直蹭着后背的黄猫。

窗玻璃上映出了一个被雾烘托着的陌生男子的面孔。

那个陌生的男子就是我本人。我张嘴，玻璃窗上的男子亦张开了嘴；我皱眉，玻璃窗上的男子亦皱起了眉。但我始终不觉得他就是我，这简直让人烦躁死了！

我不认得这张脸……我到底是谁！

浓雾继续摩挲着窗玻璃，全无离去之意，仿佛是特意留下来嘲笑眼前的我。

突然，一股奇异的感觉自我心头掠过。

那感觉模糊不清，犹如窗外的浓雾，却开始在我脑海中翻腾搅动。

我是不是有所察觉？那是不是跟我先前见到的东西有所关联？

我想要将之抓住，那感觉却像是一只狡猾的猫，从我的手中逃脱。

这感觉如此奇异，到底……难道是恢复记忆的前兆？

我是不是注意到了……能唤醒一切记忆的契机？

我是谁？那个房间里面的我，到底有何经历？

片刻前尚未成形的不安，此刻构成了确确实实的恐惧。

我只觉得冷汗不住自头上冒出，满脑子都是“快逃”之念，几乎无法自制。

但是，我不能逃！

就算逃了，事情亦不会往好的方向发展。所以我决定留下来直面那横亘心头的恐惧，甚而迎战我一直逃避着的问题——

我当真杀了人了?

我开始了一段苦难的历程。对我来说“自我”不啻是一个形同陌路的人，但我仍妄图翻阅他内心的每个角落。我内心的深处是否真的潜伏着足以杀人的攻击性冲动?就算我忘了我是谁，忘了那些表面上的事情，但那种本能般的杀人欲望是否仍然……

我茫无头绪，只一味探求、摸索着我的内心世界，但我的的确确无法寻出半分那邪恶杀人狂魔的影子。不管我是谁，我肯定不是那种会动手杀人的人——我如此坚信。

然而，这说不定只是一种自我暗示……

倘若凶手真的另有其人，事情又将会如何演变?既然我不是凶手,不是那邪恶的“猫”,那不就意味着此时此刻的“猫”兴许正隐匿暗处，寻觅着下一个死者?

想到这里，我的心头又冒出了一股新的恐惧。

我目睹了布朗宁勋爵房间里发生的一切事情。

“猫”会不会赶在我的记忆复苏之前将我杀了灭口?

兴许“猫”已然在我身边的暗处虎视眈眈，随时都会猝然狙击。

天哪，我到底在那个房间里看见什么了?我到底是谁!

浑浑噩噩之中，我只觉得那黄雾竟然飘进了脑袋里面，渐渐膨胀，弄得我头痛欲裂。

紧接着，我逐渐失去了意识……

我睁开眼睛，只觉得十分难受，不禁呻吟着坐起身来。我身上穿的就是昨天那身衣服，显然是睡觉前忘了更衣。

头继续痛着，我完全忘了昨晚是怎样睡着的，这脑子到底出了什么状况？

让我不舒坦的不仅是头痛——我身上的衣服有些湿，一定是昨晚睡觉前忘了把窗户关紧，导致衣服被大雾濡湿。

才刚刚略一思索，脑袋就再度隐隐作痛。我从沙发上站了起来，摇摇晃晃着向隔壁的房间走去。

“睡够了？”桌后的巴洛抬头冲我笑道。

隔壁的这房间里飘香袭人，桌上的盘中显然乃是美味，上面冒出阵阵白烟。眼看着就到十二点了，我的肚子当然早就饿了，当下立刻落座。

“来，就吃这‘橘汁鸭’吧。我的理念是，只要下了床就先要大吃一顿！”

这是我第一次觉得跟他的“理念”有了共鸣。巴洛请我吃的这道菜看得出是很花工夫的，英国菜的难吃众所周知，但这道菜似乎例外。

我瞄了一眼犹自穿着围裙的巴洛，问道：“你做的？”

巴洛竟有些羞涩之态，望着别处说道：“没办法啊，这国家的东西简直难吃死了，弄得我只好自给自足。话说回来，这年头像我这种会做菜的侦探其实常见得很，但有些闲人就非要拿我消遣，说我教名那个 D 是 Domestic（家庭的）……”

他边说边递给我一把叉子。

我吃着用橘汁泡制的鸭肉，百忙中又问了一句：“那你的教名到底是？”

“达许……”巴洛近乎嗫嚅着道，脸又有些红了。

达许？难道是那个冷硬派的开山祖师达许·汉密特？想不到这个满脸横肉的硬汉侦探也有着挺可爱的一面。

吃完了饭，我问巴洛：“账簿的密码解开了？”

“嗯，解开了。”巴洛立刻说道，顺手拍了拍桌上的一本巨厚著作。那封面上规规矩矩印着“密码大全”的字样，作者是宋戴克博士。

巴洛突然劈头说道：“喂，我解开个暗号难道很奇怪吗？昨晚身体运动够了，所以决定再动动脑子，毕竟大脑也是身体的一部分嘛。话说这动脑可真累人，往后的侦探们都该让大脑经常去健身才行。”

巴洛说完这些，回到正题：“我用了整整一晚上，做了各种探索，结果这只是一种最基础的密码，宋戴克博士著作‘基础部分’第三页就讲到了。反正呢，知道这些就足以解密了。我锁定好嫌疑人了，果然就像贝蒂说的，要留心身边人……具体情况等我有了新进展再告诉你。像我这种硬汉风格的侦探，一般都会像出汗那样一点一滴解开案件；但有时则会像打牌那样，直到最后才把王牌翻开，来个大获全胜。”

“说到出汗，我才真是浑身上下冷汗直流……”我忍不住嘟囔道。

“总之，等我再查查再说——要不，我把这本《密码大全》借你看看？”

巴洛卖了个关子。我知道再追问肯定是没用的，巴洛办事自有一套风格。

但是，他倒是告诉了我一个新消息。隔壁事务所布尔博士的助理格林伍德太太跟巴洛的助理关系甚好，所以她悄悄把这消息告诉了巴洛的助理。她如是说道——

简·格林伍德太太的证言

闲话就不说了，我直接讲讲和布朗宁勋爵有关的那件事情。

三天前，我正要离开布勋爵的事务所时，竟然听见走廊上有人争执。我一想反正是出不去了，干脆就把门打开条缝……嗯，这有点像是窃听，但我平时当然不会这样的啦，只是那天刚好……

走廊上的争执似乎是男女的情感纠纷问题，女方的情绪尤其激动，双方有一段对话如下：

“你烦我了？”

“我说，你干什么要在这里闹啊，我们回头再谈谈吧。”

“我不想再谈了，我不会原谅你这种脚踏两只船的人！”

“你别再胡思乱想了，现在这段时间对我很重要，等咱们两人都冷静下来再说吧……”

“不！你最好赶紧从这世界上消失！你赶紧死了算了！”

这段对话之后，我就听到我们事务所对面的门和右方的门被关上了——换言之，男的是布朗宁勋爵，女的则是我们隔壁事务所的贝芙莉·路易丝。虽然我当时没确切看见，但他们的声音肯定不会有错。而且，盛怒的女方确实说了一句：“你赶紧死了算了！”我当时忍不住想，平时那般沉稳、贤惠的路易丝小姐，竟然会像只母狗一样……啊，抱歉，我的意思是说，竟然会说出那样粗暴的话来，真是吓人。

说到他们两人的关系嘛，大概是从几个月前开始的吧——我很早就察觉了，毕竟我一向都很关心这种事嘛，但他们两人不知为何都不太想把这关系公开。总之呢，布朗宁勋爵常常会把事务所和走廊之间的门偷偷打开，以方便路易丝小姐进出。嗯，你看，那扇门正对着这个事务所，所以就算不想看都难免会看到呀。

对了，有关路易丝小姐的事情，还有另一件要说给你听。

昨天早晨，基德他们赶来之后，不是跟先生您无理取闹，嚷嚷了好一阵子吗？其实那时我已经来上班了，所以，当听见对面房间的大吵大闹之后，我很吃惊，打算去看看情况……大概就是基德刚刚离开的时候吧，我看到了路易丝小姐，看到她从布朗宁勋爵的事务所里四处张望着走了出来！而且，从她弓着背、偷偷摸摸的样子来看，她的衣服下面似乎藏着个很重要的东西——虽然详情不明，但那真是想想都觉得太可怕了。

“这……难道路易丝就是凶手？”

听完格林伍德太太的消息，我大吃一惊，忙向巴洛确认。

“不，听完这个消息，我们只可以确定她曾经是布朗宁勋爵的情人，以及案发后的转天早上，她从现场带走了某个东西。就我看来，凶手肯定另有其人，不会是路易丝。”

巴洛说完这些，便不再谈布朗宁勋爵的案件了。

当天下午，巴洛招来了平时常用的情报人，又给好几个地方打了电话，独自进行着调查。“爱德华法”生效的七十二小时内，他当真可以破案？我心下甚是不安。虽然“爱德华法”规定侦探大师享有七十二小时的优先办案权，但若后天中午前无法破案，主导权就会落到那个朋克刑警基德的手里面了。当真到了那般境地，谁告诉我该如何是好？

何况，杀人狂“猫”同样让我很是不安。莫非我真的知道“猫”的身份？虽然眼下忘了，但难保“猫”不会赶在我记忆复苏之前夺走我的性命。

和我对案件的忐忑彷徨形成鲜明对比，今日的侦探大师会馆似乎特别忙碌。下午的时候，有一个高傲的男人来访，察看了布朗宁勋爵的文件等物。据说那就是苏格兰场的阿道夫·盖尔德夫总探长，是布朗宁勋爵的办案助手，受命担任明天举行的“侦探大师百年祭”之执行委员。勋爵横死之后，一切事情都必须由他打点，据说他因此非常焦虑。

而我则是跟昨天一样，躺在事务所的沙发上怔怔出神。

我想出席明天的“侦探大师百年祭”——而且，我已经请他们帮忙安排，让我以相关人士的身份出席。

但是，我是不是太悠闲了？时间不断流逝，案子当真可以解决？

“猫”到底是谁？

而“我”又是谁呢？

这些事情，我昨晚都曾一一思索。只要若有所得，便继续狠究内心，想要打捞出记忆的碎片和沉淀深处的星星点点。我心下清楚得很：不管我是谁，我首先不会是那个杀人凶手！然而，我对此又不是真正的信而不疑。

现时的“意识”只需一瞬间便会成为“记忆”，所以这应该是一条绵延不绝的带子。然而，我的带子竟然出了毛病，使“意识”和“记忆”间的桥梁崩塌——我的意识会突然中断，这空白期里当然会存有无论如何都忘掉了的记忆，而错误的记忆亦难保不会混杂进来。这到底……

等等——错误的记忆？

此时、此刻、此处的我之“意识”到底是不是真的？我该如何确保眼下的“意识”不会变成日后的“错误记忆”？

刹那间，我又被新的不安给包围住了。“错误的记忆”姑且不论，我会不会还有些忘掉了的“记忆”？今早醒来之际，我的衣服有些潮湿，原以为是被窗户渗进来的大雾给弄湿了，但会不会是我昨晚外出了呢？失去“这个”意识的那段时间里，我体内会不会又有别的意识醒来，促使我走进伦敦的雾夜，暗暗徘徊……

啊！我不知道！我不知道这是怎么回事！更不知道我到底是怎么了！

剧烈的头痛再度向我袭来。布朗宁勋爵那骇人的死相，那让人毛骨悚然的“猫”的影子，在我脑海中激起了层层的旋涡。

同时，我的意识再一次渐渐失去……

请续看——

“侦探大师百年祭”之特大悲剧（P189）

OR

歧路一：侦探大师亨利·布尔博士的调查（P57）

歧路三：侦探大师贝芙莉·路易丝的调查（P145）

歧路三

侦探大师贝芙莉·路易丝的调查

D1室——贝芙莉·路易丝的事务所，位于布朗宁勋爵遇害房间的斜左方，中间隔着走廊。这个房间同时体现了其主人路易丝女士注重效率的职业女性风格和离开工作时的女子感性。单看那现代化餐桌上摆着的是日本造型艺术“插花”这件事情，就体现出了效率和感性的绝佳组合。

然而，最能体现屋主性格的是另两样东西：一是装饰架上的收藏，比如印度七弦琴、说不准是武器是农具的非洲石器、日本的怀剑……这充分说明了路易丝女士对古董的兴趣。另一样则是她高悬墙上、熠熠生辉的人生格言，字体甚是秀丽。

真女子不需要听从他人。

——C.葛雷

眼前这位率性而行的女侦探，亲自斟了两杯茶，而后便面向了我。

“我大致听明白情况了，这案子我接下了。我开业的时间不长，所以费用是A-级别，杂费咱们单算。回头等案子破了，你恢复了记忆以后再支付吧。”

看来，路易丝是那种光明正大、心思细微、滴水不漏的女子。

“你相信我所说的？”我忐忑地问道。

留着二十世纪二十年代那种中长鲍勃头的路易丝随手一拨乌黑的刘海，笑道：

“若说我全盘相信，那是假的，毕竟这案子太古怪了。何况，我同意接这案子，实话实说是对我自身挺有好处。就算从你那里拿不到钱，但只要我破了‘猫’的连环凶案，就会得到很高的破案分数，说不定就可以坐上‘侦探皇帝’的位子！只是……”

“只是？”

“只是，我们看待事物不能太简单、轻易。侦探和委托人之间开诚布公是很重要的，不管哪一方稍稍隐瞒，案件都会以失败告终。我虽然公事公办，但我很重视这种信赖的关系，我相信你没有说谎——你开口不到五分钟，我就确信了这件事情。你不是一个会一刀割断别人喉咙的家伙。”

听她如此一说，我登时坐立难安。虽然被美女相信的感觉确实不错，但她竟敢相信失去记忆的我……

“我的记忆会恢复吗？”我冲口说出了最挂怀的事情。

只见路易丝的芳唇微微一撅，凝思片刻方才慎重答道：“这个很难讲，我毕竟不是医生，但就我看过的相关书籍来说，失忆分‘生理性’和‘心因性’两种情况——‘生理性’就是脑震荡所导致的那种；‘心因性’则诚如其名称所揭示的，是由心理因素决定，比如说遭受了重大挫折和背负罪恶感之类。而你的情况……”

“我的情况？”

“我想是两者兼具。你的后脑是不是有被打的痕迹？这就有了脑震荡的可能。同时,你在那个房间里很可能看到了什么，从而使你受到了精神上的打击。”

说着，路易丝再次把我的脸端详了一番。

“你满头金发，灰蓝眼睛，身材中等，年龄是二十至二十五岁之间，随身物品包括衣服和改锥，但没有身份证明，口袋里只有五英镑的纸币和普通手套一对，说话没有口音……这就没办法了，要查明你是谁，这点东西根本不够用的。嗯，这样的话，我们不妨先作个决定好了！”

“决定？”

“是去寻求相关医生的治疗，还是先跟我解决案件？”

我想了一想，觉得确实没工夫接受漫长的治疗——七十二小时之后，办案权就会挪到刚才那些朋克刑警手里，谁知道他们会如何收拾我啊！

我当机立断。

“路易丝小姐，这三天里，我先跟你一同查案。”

“贝芙莉……嗯，你称呼我贝芙就行了……哎呀，你瞧我险些忘了一件大事，真抱歉呢。”

我一下子就明白了她口中“大事”的具体所指，不觉有些难堪。

“我该如何称呼你才好呢？嘿，对了，你看没看过《鸳梦重温》[①]这部老片子呀？”

---

① *Random Harvest*，1942年上映的美国文艺影片，亦译“断肠云雨”，对日后的“失忆”主题影片具有深远影响。

我估摸着是没看过，便摇了摇头。

“我以前从午夜剧场看到过，大致是说‘一战’期间有个男子在法国前线被大炮轰得失去了记忆，他的真名好像是约翰·史密斯——我就暂时先用‘约翰’来称呼你吧，好不好呀？虽然这名字确实挺平凡的。”

“嗯，你觉得好就行了，贝芙。”

“哎，虽然我是这样帮你取了名字，但你可别不开心嘛。那部影片的最后，约翰·史密斯可是恢复了记忆的哦——所以说，这名字其实蛮吉利的，是不是呢？”

"我是侦探大师贝芙莉·路易丝，遵照'爱德华法'，我在接下来的七十二小时内享有优先办案权。你们没意见吧？"

眼下，我们正身处布朗宁勋爵遗体所在的房间。只见路易丝俏立窗畔，带着一种不可侵犯的美感，如是决然宣布。她那天鹅绒的深蓝西装被窗外灰蒙蒙的天际衬着，深V字领口处的白领子和学院风格的领带更给她的美丽增添了一丝威势。

此时，朋克刑警基德·皮斯托和他的女同事嫔克·贝尔拉多娜一同回到了现场。从基德鼻子上的创可贴看来，我刚刚的那一招头槌似乎效果不错。

基德一看见我便狠狠瞪了一眼，但我既然有路易丝罩着，他就当然不敢再拿我如何——尤其是眼前这两三天内。

而后，基德等人开始协助路易丝调查案情，以下便是基德针对案件相关情况的报告：

"我们接到布朗宁勋爵助理的通知，九点半前后赶到现场，这是那个助理的证言录音带，你们听听看吧。"

伊丽莎白·波特（布朗宁勋爵助理）的证言

今早九点来上班时，我一眼就看见走廊通往会客室的门大开着，觉得挺奇怪的，结果进去后又看到布朗宁勋爵的外套挂在衣架上，当时还赞叹勋爵来得真早。然后，我敲了敲他的门，想打个招呼，但里面没有动静，门又推不开，似乎是锁上了。我因此有些担心，就把脸贴到了门的磨砂玻璃上，然后隐约看到里面正有人趴在地上，当时就吓了一跳……

当时，别的侦探大师几乎都没到，大楼的管理员腰不太好，估计是撞不开门，所以我觉得干脆让一直帮布朗宁勋爵查案的基德刑警来一趟好了，就给警方打了电话。

基德先生赶来现场的那段时间里，我因为怕得不行，一直留在管理员室，所以不知道勋爵的房间里竟然还有个水管工模样的人。我刚才看见他了，但是我不认识他，而且从来就没见过。

你问昨天的情况？昨天我休假，没有上班，但听说勋爵曾约了某人悄悄会面，具体是谁就不知道了。所以，勋爵昨天恐怕是独自待在事务所的。

对了，勋爵似乎正在调查那个耸人听闻的“猫”事件，但相关档案都被他以“机密”之由自行管理，我不知道他放在哪里，但是，这难道、难道是“猫”……啊！真是太可怕了！

至此，基德再度开口说道：

“以上就是布朗宁勋爵助理的证言，然后，我再说明一下现场状况。正如那位助理所说，会客室和办公室中间的门被锁住了，而且是只能从内侧转动门把锁钮的那种安全锁，会客室那边是没有钥匙孔的，所以没办法用备用钥匙从外面开门。走廊和办公室之间的那扇门亦是同样情况，虽然这扇门是有钥匙孔的，但大家基本不会从这里进出，勋爵因此便把门给锁死了——这毕竟安全一些。这扇门的左侧有个插销，一直牢牢插着。从两扇门上提取到的指纹虽然有一部分来源不明，但绝大多数都是布朗宁勋爵的。对了，室内西侧有三道横拉窗，都从内侧锁了，而且只提取到勋爵的指纹。

“被害者的口袋里留有‘猫’的物品，是用布包着的猫蜡像，约莫四英尺长。另外，被害者上衣内侧的口袋里还有一张猫头女神贝斯特的明信片，上面印着‘大英博物馆’字样。向博物馆方面确认得知，近十年来，这种明信片一直在博物馆的零售店内和博物馆以外的地方销售，所以无法确定是谁在何时何地所买。而那个猫蜡像的来源暂时不明，目前仍在追查。

“我翻了翻布朗宁勋爵的案件卷宗，但没有见到和‘猫’事件相关的东西，估计是被‘猫’给带走了吧。对了，办公桌的台历上有博士昨天的预定事宜，内容如下——”

十二月十日（周二）

10:30　哈查森书店（联系）

11:00《侦探》杂志访谈

12:30　电话，午餐

14:00 至 15:30　“侦探大师百年祭”会议（福尔摩斯纪念会馆）

16:00　和 C 碰面

18:00　和 B 晚餐（试探）

“法医称布朗宁勋爵的死因是颈动脉断裂导致失血过多，死亡时间是昨天下午四点半至六点半间——这只是解剖前的推测。毕竟，屋内开着暖气，室温从死者毙命直到半夜都居高不下，所以时间上难免会有些误差。总之，根据这份行程表来分析，勋爵就是‘和 C 碰面’时死亡的。

“房间内没见到疑似凶器的东西，不知道是否被这位失忆的老兄偷着藏起来了——罢了，总之，法医说按照伤口的长度和深度来看，凶器应该像弯刀那样锋利而又弯曲……说到凶器，客用沙发底下有把手枪，是小口径的贝瑞塔 M20——助理说那是布朗宁勋爵的枪，而且上面的指纹确确实实是勋爵的。虽然勋爵死于刀伤，但不排除他是拔枪反抗的瞬间被割断咽喉，所以手枪才会装满子弹掉到地上。

“房间里靠近走廊的客用沙发被挪动了位置，茶几也翻倒了，由此不难推知这一带曾有打斗。遗体附近除了刚才说的手枪，还有一条被利刃割破、染满血迹的手帕。这条手帕同样是勋爵的。再有就是屋里的留声机没关，唱片一直转动着——这情况是不是报告一下较好？唱片似乎是挺古老的勋爵乐吧，我对这方面不太了解……

“啊，竟然忘了说最重要的事。被害者临死前在地毯上留下了血字，看上去是‘CAT IS’——若这真是被害者的字迹，则其遗体位置未免太不自然，所以嫔克怀疑是被一开始就在密室里的那个呆瓜给动过了。无论如何，那家伙真是太可疑了。

“嗯？布朗宁勋爵的家人？我和这位雍容华贵的名侦探其实没有特别的交情，所以早就调查过了。布朗宁勋爵是名门望族布朗宁氏的末裔，祖上的房子和土地都被他变卖掉了。目前，勋爵独身住在伦敦市内的公寓，尚未结婚。

“最后，事发时人在玄关的管理员提供了和这个浑蛋——啊，不，和这位失忆者有关的证言。我们来听听这卷录音带吧。”

侦探大师会馆管理员约翰・皮博迪的证言

昨天下午大概两点吧，我看到一个穿白色工作服的水管工人上了电梯。但是，我只看到了背影，没看到脸——你说安全检查？这里才不会搞那些琐事呢，每一层都驻扎了好几个名侦探啊！当然，昨天是大部分侦探大师的休息日，所以基本上没有人来。但就算是这样，也不至于进来小偷之类的人吧。他就只是个水管工嘛，所以我当然不会多留心。

话说回来，你这家伙真是刑警？苏格兰场到底行不行啊，像你这种朋克头小混混都当刑警了。想当年我年轻时……（录音被淡化处理）

“我对侦探大师圣经《血字的研究》宣誓，上述报告全部属实，绝无半句虚言。”

路易丝将双手环抱胸前，倚着窗畔的墙壁凝思不语。

基德的报告话音刚落，她便开口说道：“这里面有大量的问题都需要推敲，比如密室、濒死留言、猫玩偶……”

“和消失的凶器。”我补了一句。

路易丝似乎因此吃了一惊，但很快便点头说道：“嗯，没错——和凶器消失的问题。首先需要解答的是密室问题，但这里是否真的是密闭房间？基德刑警，你觉得呢？”

基德倚着被撞坏的门，正喝着罐装啤酒。兴许是懒得作报告吧，他竟然喊旁边呆站着的嫔克来替他回答。后者虽然同样是面无表情，一副臭样，此刻亦只得勉强答道：

“嗯，是啊，我们早就查了——通往走廊的门，就是正对着布尔博士事务所的那扇门，不单木料坚硬，四周围更是一点缝隙都没。包括门上的钥匙孔都被封住了呢，大概是布朗宁勋爵希望安全些吧。这扇门从内侧上了插销，虽然不太好使，效果总是有的。窗户嘛，情况类似，玻璃和窗格子之间没有缝隙，窗扇都用新月形的锁扣从内侧扣住了。大概是太旧了的缘故，需要很使劲才能推开。当然，房顶上面和地板下面都没有洞。假如你觉得我说了谎，那就要麻烦您亲自再调查一番了哦。”

路易丝看着嫔克那劲爆的秀发，目光顺势一垂，便把她从脑袋到鞋尖都瞧了个遍，而后只说出这样一句话来："跟别人说话时别嚼口香糖！"

嫔克的秀发本来就是根根竖立的造型，这下子更犹如暴怒中的猫将背一弓，直直冲向天际。

嫔克从嘴里取出了口香糖，一边瞪着路易丝一边将之贴到了身边的墙上。这无疑是公开挑衅。

然而，路易丝对嫔克理都不理，径直走到遗体旁边蹲了下来。我举目望去，只觉得她的侧脸上似乎带着深深的哀伤。

路易丝低头察看遗体，仿佛刻意避免被周围人察觉其表情有异。忽然，她把那遗体一翻，翻作仰面朝上——只见地毯和遗体的衣服上都染满了血，唯独左胸处有块地方一点血迹都无。

路易丝察看遗体之时，顺带调查了地毯上的血字。

她看罢遗体，又起身走向通往走廊的门，察看那离地一米高的插销。

嫔克瞅着路易丝的背影，嘀咕道："臭八婆，没完没了……"

路易丝看完了门，又来到留声机旁，拿起转盘上的唱片。

"这标签挺像盗版嘛，想不到这里竟会有这种东西……哎呀，是 The Funky Cats 演奏的《Cat Walk》啊……钢琴三重奏？这个……估计是勋爵乐吧。"

路易丝粗略检查完了唱片，又挪开转盘的胶垫检查下方，但好像全无所得，只换来微微一叹。而后，她再度游目四顾，打量着整个房间。

忽然，她的目光一顿，身体跟着便走向了背靠走廊的房间一隅。

留声机的后方有一个奇特的塑像，似乎是从日本舶来的铜质佛像，足足有四英尺高，一看便知道非常沉重。

那塑像的姿势甚怪。

路易丝介绍道："这个好像是阿弥陀如来佛，我曾经从日本的摄影集里看到过。这位如来身处极乐世界——类似天国的地方，普度众生。"

"阿弥陀？这姿势可真有趣，那个手势的意思是什么呀？"基德好奇地走上前来，问道。

"那个'手印'的用处啊，就是揭示这尊佛像的精神。"

那佛像慈眉善目，右手举至胸前，食指、拇指相扣，恰好形成了一个"OK"手势。

"OK？ OK上天堂啊？不错，佛教真通俗。"基德强作解人，沾沾自喜道。

“但是，好奇怪呀，那个‘厄米脱’是头朝后？”基德身后的嫔克问道。

她没说错——佛像那只做着“OK”姿势的手是挨着墙的。换言之，佛像是面朝着走廊一侧的墙壁。若是站在房间的中后一带，便只能看见佛像的背影。

“哈，我知道了！”嫔克的发言很是天真，“肯定是布朗宁勋爵厌恶那个‘厄米脱’的脸！我小时候总会把不喜欢的娃娃摆得背对着我。”

路易丝不觉喟然一叹，回身面对嫔克：“说到娃娃，嫔克刑警，麻烦你出示一下你偷偷拿走的那个玩偶——‘猫’留下的那个。”

嫔克瞪着路易丝，敌意甚重，但是被基德推了一下后背，只好从外套的口袋里取出玩偶。

路易丝手中的玩偶当真令人看一眼就毛骨悚然。那筒形的玩偶四英寸高，直径大概有一英寸，裹着棋盘纹路的麻布，只勉强能从布里露出的一小块灰蜡脑袋看出猫的造型——做工虽然粗糙，但确实是猫。

“猫的木乃伊……”

路易丝此语令现场诸人心头一惊。这玩偶被布包裹得不见手足，确实像是浑身上下缠满绷带的木乃伊。

“古埃及人曾安葬大量的猫木乃伊。众所周知，家猫是埃及人眼中的圣物，他们将之奉若神明。布朗宁勋爵他们几天前上电视时亦曾提到这点。伦敦的大英博物馆也有猫木乃伊藏品。但这个似乎是最近新做的仿制品，你们看这里……”

路易丝指着猫玩偶的头部让我们看，只见其后脑上以工整的字体刻了如下字样——

杜莎夫人蜡像馆

“这看来像是卖品，这个杜莎夫人蜡像馆……”

嫔克打断了路易丝的话，插口说道：“对了，听管理员大叔说，那个蜡像馆的人好像来过这命案现场呢。”

虽然她只是随口一说，房间内的氛围却骤然变紧张了。

基德顿时大喊道：“你……你从哪里知道的？”

“就是刚才啊，这里的管理员大叔说基德的脑袋一塌糊涂，想要好好对你进行一番说教，对吧？结果，你一怒就把录音机给关掉了，不再问话。但是，那大叔又告诉我说，蜡像馆的馆长昨天傍晚似乎来了这里一趟呢。”

路易丝再度一叹，叹得比先前更深沉了。她从嫔克身上挪开了目光，对我说道：“虽然头绪纷杂，但我们该行动了。我看，就从我最擅长的角度来下手吧。我对文物学方面略知一二，所以我们不如先去这猫玩偶的来处看看——杜莎夫人蜡像馆。”

我瞧了瞧两位朋克刑警，用眼神问路易丝该如何安排他们。

只见这位女侦探大师毅然说道：“别管他们了，我们各做各的就好。我才不会听从警方的吩咐——我是真女子，没必要服从他人！”

路易丝和我说做就做，当下便上了出租，取道梅莉本路往贝克街驶去——我们要去的杜莎夫人蜡像馆，正是贝克街那个大侦探故居（现福尔摩斯纪念馆）的隔壁。

临出门前，我们又向侦探大师会馆的管理员确认了一下，获得了这样的证词："昨晚六点半前后，杜莎夫人蜡像馆的馆长来了，而且曾经乘电梯上楼。"

"嗯，我没告诉那个不良少年朋克刑警，但我确实是看见了，尽管只有背影。我之前见过那位馆长两次，两次都是和布朗宁勋爵一同进出。既然是路易丝小姐来问我，我当然要告诉您了，毕竟您平时对我很亲切嘛。但是，最近的女人可真堕落啊，我……"管理员就是这样说的。

"问题是，他说的馆长到底是哪一个呢？"路易丝望着悄悄凑近车窗的雾，如是说道。

"哪一个？"

"杜莎夫人蜡像馆的馆长是一对双胞胎，两个人一模一样。"

"双胞胎……"

"嗯，詹姆斯·里奇和威廉·里奇——实际上，哥哥詹姆斯是馆长，弟弟威廉是副馆长。我见过这哥俩一次，两人极其相似，相似得简直有些惊人。"

我听着路易丝说话，同时望着窗外罕见的浓雾。一路上车如流水，雾灯则宛若游魂。随着大雾渐渐变得更浓，街头行走的人影竟灰到了让人几乎怀疑是幽灵的程度。

游目四顾了一段时间之后，我们的前方赫然现出一个巨大的黑影——是一个圆顶建筑。

似乎是到了杜莎夫人蜡像馆了。

我们来到排着队的游客之前，对着窗口说明来意，而后便获准走进了蜡像馆。

雾就算再浓亦不会扑进馆内，但这里的照明当真微弱，竟使眼前的一切景物都显得隐隐约约。熹微的光亮之中，一片片酷似活死人的蜡像正默默候着我们。

血腥的行刑场面、华贵的皇室家庭、披头士的狂笑、苦瓜脸的丘吉尔……英国历史上赫赫有名的镜头和英雄纷纷复活馆内。然而，让我吃惊的倒不是这些——兴许是馆长的童心作祟，馆内有几处竟然安放着会被误认作活人的蜡像，譬如警卫和拿着相机拍照的游客。观光的游客中当真有人中招，我就看到了一位老人反复对着蜡像警卫说话。

我们沿着真警卫告知的路，走进一扇专供工作人员使用的门。门后没有蜡像和观光客，只有一道走廊于一派寂然中延伸而去。

走不片刻，我们便看到了走廊深处那“馆长室”的牌子。

路易丝上前敲了敲门，听见那后面似乎有人应声，便转动了门把。

门缓缓打开。

正对着门的办公桌后，赫然竟坐着面带阴冷笑容的——

布朗宁勋爵！

路易丝的失声惊呼登时响彻了阴暗的走廊。

“哎呀，吓到你了啊，真不好意思。”

只见一名男子从门后的阴影中现身而出。

“很逼真吧？你瞧，路易丝小姐，简直跟布朗宁勋爵一模一样呢。”

男子身后有着另一个男子，所以当他站到一旁之后，第二个男子便出现了。这两人比肩而立，真犹如一个模子印出来的。这二位想来就是里奇兄弟，虽然略有驼背，个子倒是颇高，两个大光头的眼睛上都戴着厚厚的镜片。

“想不到那个会是蜡像……真是太惊人了！”

路易丝双颊绯红，握了握其中一个男子伸来的手，而我则和另一个男子握手。一握之下，只觉得对方的手冰凉刺骨，冷得惊人，忍不住把手一缩。

“哈哈哈，全无防备的情况下，人是很容易上当的呢。嘿，失礼了，我是这里的馆长詹姆斯·里奇，但刚刚跟你握手的可不是我弟弟威廉，而是制作中的蜡像——M303。我弟弟出去了。对了，请问你是？”

路易丝赶忙介绍道：“他是我的助手史密斯先生。”

里奇指指沙发，示意我们坐下，而后微笑说道：“话说回来，路易丝小姐，你刚才的吃惊可真是挺特别的呢。”

路易丝强忍着道：“拜托，我又想不到死了的布朗宁勋爵会突然出现，就跟撞见鬼一样啊！”

“咦？布朗宁勋爵死了？”里奇突然面容一端，“怎么回事？”

“是‘猫’杀人案。时间紧迫，我就直接说吧。现场留下了这个——‘猫’的作案证据。”

里奇把木乃伊猫接到手中一看，立刻便道：“嗯，这是我们的商品，楼下的纪念品店就有卖的。但是，这东西每个月都会卖出好些，要追查具体是卖给了谁，那当真太困难了……怪不得，是‘猫’留下了这东西啊。”

他的回答果然不出我们所料。路易丝没有因此沮丧，换了个话题问道：“这里为何会有布朗宁勋爵的蜡像呢？”

“哦，那个啊，敝馆想要纪念荣膺‘侦探皇帝’的勋爵和他经年来的丰功伟绩，所以就做了那个。上周才刚刚完工，想不到竟然就变成了勋爵的遗像……”

里奇抚摸着出奇厚实的下巴，叹道。

路易丝问道：“这样说来，勋爵肯定为了制作蜡像的事情来过这里吧？”

“对啊，比如说——来测量高度。”

路易丝突然又换了一个话题。

“昨晚六点前后，你去侦探大师会馆有何贵干？”

她这问题一丢出来，房间里登时被沉默笼罩。里奇的脸色更是一瞬间苍白得有若蜡像。

路易丝抛出大楼管理员的目击证言，继续追问里奇。

“哈哈哈，你突然说的这种事真是无中生有……哎？管理员看见我了？那肯定是看错啦！好吧，我这样发火也无济于事，反正你肯定会说这是办案过程中必须具备的‘形式问题’，电视和小说里不都这样开头嘛。哎，要说昨天傍晚……”里奇的眉毛欣然一扬，“哎呀，对了，昨天明明是一年里最难忘的日子呀！在那个难得放晴却依旧很冷的昨天，我跟姨婆和弟弟三人共度了一个欢乐的生日宴会，地点就是我们蜡像馆。”

“生日宴会？”

“对，昨天是本馆创始人兼所有人——伊莎贝尔·堤佩特姨婆的一百零三岁生日。我们兄弟在美国倾家荡产时，她把我们喊来了这里，让我们有了工作。她是我们的大恩人，我们总是满怀感激地庆祝她的生日。”

路易丝和我对望一眼。

“咦，你们似乎不太相信？那好，让我来提供一个证据……嗯，有了，有了，拿出那个的话，估计就行了吧。嗯，真有意思，就跟电视上的推理剧一样嘛。”

里奇自言自语着站起身来，摆弄了一下房间一隅的摄像机，而后便坐回沙发，拿着遥控器按下开关。

“我们用摄像机拍下了生日宴会时的情形，”他解释道，“只有短短的三分钟，但足够纪念的了。这里面应该是拍到了昨晚的情况。”

屏幕上，影像出现了。

那是一个舒服的房间，正中央坐着一位老妪，小小的脸上皱纹密布，仅存的几许银丝被梳成一个发髻——里奇兄弟的姨婆、蜡像馆的主人、迎接一百零三岁的堤佩特女士正安坐椅中，眨眼看着镜头。

里奇兄弟穿着同样的深蓝色晚礼服，分坐两侧。

右侧那人手插口袋，缩着肩膀，似乎有些怕冷。他像东方人那样戴着大大的白布口罩，口罩上方的眼镜后面是一对忧郁的蓝眸。而左侧那人则用手帕擦着眼镜，对镜头说道："一九八七年十二月十日下午六点就要到了。我们敬爱的伊莎贝尔姨婆的生日宴会很快就开始啦！"

恰是这时，他们身后一直开着的电视机传出了晚间六点整的报时。大家都认识的BBC播报员开始播报哈洛德百货公司当天下午的火灾事件。

紧接着有人敲门。只见一个穿着红色洋装的女子满面笑容，捧着大蛋糕从左方现身画面。她对着镜头露齿微笑，欢呼道："'马普尔女士生日喜乐送'的蛋糕来啦！祝您生日快乐！"

左侧的男子将蛋糕放到桌上，确保可以被镜头拍到，而后便再度面向镜头："来得正是时候呢！伊莎贝尔姨婆，祝您生日快乐！"

紧接着，画面突然没了。

"我弟弟昨天有点感冒，所以一个东方来的朋友送了他一个口罩。他就是因为去看医生，所以才不在这里，但我们昨晚庆祝得非常高兴——不知道这样的录像带能否算是证据？"

路易丝只得审慎措辞道："很抱歉怀疑了您。看您昨晚如此愉快，我们同样觉得很高兴。但是，如果您不介意的话，我们尚有一事想麻烦您——不知您能否把这份录像资料借给我们？这只是形……"

"只是形式上需要，对吧？"里奇轻轻一哼，言下颇有讥刺之意。

我们来到侦探大师会馆附近的“白女王亭”酒吧。灯影昏黄的酒吧里，炸鱼薯片的轻微味道四处飘散。有人静静喝酒，亦有人去后方玩着飞镖，环境不温不火。

路易丝和我选了酒吧一角的位子坐下，一边喝啤酒和苏格兰威士忌一边回顾案情。

“简直太可恨了！那种两面三刀的态度和那种不在场证明，根本就是蓄意造假！”

“你说那是假的？”

“哼，一看就知道了呀！我非要破了他们的证明不可，我们要好好查查这对兄弟，我知道他们的一些负面新闻，布朗宁勋爵搞不好是办了跟他们有关的案子……我们再查查勋爵的档案吧。”

“但是，密室和凶器的问题都没解决呢。”

刚才滔滔不绝的路易丝突然一愣，不说话了。须臾，只见她望着手中的酒杯，似乎心下大是索然无味：“这我当然知道。密室和凶器的问题你别担心，我基本上有定论了，反倒是……”

“反倒是？”

“那个濒死留言才是大问题……我对此有些想法，等晚上回去后再慢慢推敲好了。”

这时，吧台里面的钟响了——距离打烊时间（十一点）只剩下十五分钟了。英国的酒吧总会鸣钟提醒客人们自动走人，所以我们只好挪动疲乏的身体离去。

回到侦探大师会馆的事务所之后，路易丝说要独自分析案情，便进了房内。

我闲来无事，只得把事务所会客室的沙发当做床铺，准备先睡上一觉。

而后，躺在沙发上的我，呆呆凝望着窗户。

想不到，那黄雾竟蔓延到了诺丁山大门一带。

雾默默摩挲着窗玻璃，犹如一直蹭着后背的黄猫。

窗玻璃上映出了一个被雾烘托着的陌生男子的面孔。

那个陌生的男子就是我本人。我张嘴，玻璃窗上的男子亦张开了嘴；我皱眉，玻璃窗上的男子亦皱起了眉。但我始终不觉得他就是我，这简直让人烦躁死了！

我不认得这张脸……我到底是谁！

浓雾继续摩挲着窗玻璃，全无离去之意，仿佛是特意留下来嘲笑眼前的我。

突然，一股奇异的感觉自我心头掠过。

那感觉模糊不清，犹如窗外的浓雾，却开始在我脑海中翻腾搅动。

我是不是有所察觉？那是不是跟我先前见到的东西有所关联？

我想要将之抓住，那感觉却像是一只狡猾的猫，从我的手中逃脱。

这感觉如此奇异，到底……难道是恢复记忆的前兆？

我是不是注意到了……能唤醒一切记忆的契机？

我是谁？那个房间里面的我，到底有何经历？

片刻前尚未成形的不安，此刻构成了确确实实的恐惧。

我只觉得冷汗不住自头上冒出，满脑子都是“快逃”之念，几乎无法自制。

但是，我不能逃！

就算逃了，事情亦不会往好的方向发展。所以我决定留下来直面那横亘心头的恐惧，甚而迎战我一直逃避着的问题——

我当真杀了人了？

我开始了一段苦难的历程。对我来说“自我”不啻是一个形同陌路的人，但我仍妄图翻阅他内心的每个角落。我内心的深处是否真的潜伏着足以杀人的攻击性冲动？就算我忘了我是谁，忘了那些表面上的事情，但那种本能般的杀人欲望是否仍然……

我茫无头绪，只一味探求、摸索着我的内心世界，但我的的确确无法寻出半分那邪恶杀人狂魔的影子。不管我是谁，我肯定不是那种会动手杀人的人——我如此坚信。

然而，这说不定只是一种自我暗示……

倘若凶手真的另有其人，事情又将会如何演变？既然我不是凶手，不是那邪恶的“猫”，那不就意味着此时此刻的“猫”兴许正隐匿暗处，寻觅着下一个死者？

想到这里，我的心头又冒出了一股新的恐惧。

我目睹了布朗宁勋爵房间里发生的一切事情。

“猫”会不会赶在我的记忆复苏之前将我杀了灭口？

兴许“猫”已然在我身边的暗处虎视眈眈，随时都会猝然狙击。

天哪，我到底在那个房间里看见什么了？我到底是谁！

浑浑噩噩之中，我只觉得那黄雾竟然飘进了脑袋里面，渐渐膨胀，弄得我头痛欲裂。

紧接着，我逐渐失去了意识……

我睁开眼睛，只觉得十分难受，不禁呻吟着坐起身来。我身上穿的就是昨天那身衣服，显然是睡觉前忘了更衣。

头继续痛着，我完全忘了昨晚是怎样睡着的，这脑子到底出了什么状况？

让我不舒坦的不仅是头痛——我身上的衣服有些湿，一定是昨晚睡觉前忘了把窗户关紧，导致衣服被大雾濡湿。

才刚刚略一思索，脑袋就再度隐隐作痛。我从沙发上站了起来，摇摇晃晃着向隔壁的房间走去。

“醒了呀？感觉可好？”

茶几旁边的路易丝抬起头来，微笑着道。茶几上的面包片和热雾蒸腾的红茶，仿佛亦随着她微笑欢迎着我。

我刚一坐下，路易丝便将桌上的文件夹向我一推。

“麻烦你边听边吃——昨天晚上，我把布朗宁勋爵的文件柜又调查了一番，结果从相关的卷宗里看到了有趣的东西。”

我打开文件夹。目录上有“杜莎夫人蜡像馆事件”的字样。

“一言以蔽之，这里面的文件把蜡像馆的詹姆斯和威廉兄弟的罪行巨细靡遗都道明了——他们从美国来到这里的几年来，可真是劣迹斑斑！布朗宁勋爵是受到了堤佩特女士的远亲的拜托，所以才着手调查。”

“他们做的坏事，具体是？”

“假账、贪污……不胜枚举，但最大的要数捏造遗嘱这件事吧。他们看准蜡像馆的主人伊莎贝尔·堤佩特女士行将就木，几乎把她的财产都收进了囊中。更骇人的是，布朗宁勋爵查明了他们两人曾有意谋杀姨婆，这可是杀人未遂！具体的证据嘛，另一个纸袋里面就是喽。”

“如此说来……”

“嗯，勋爵握有里奇兄弟的把柄，他们有动机杀害勋爵！只是……”

“不在场证明？”

“是啊。早上时，我趁着你没睡醒，都折腾好一阵子了。我往那家‘马普尔女士生日欢乐送’跑了一趟，录像带里那个女孩真的是那里的员工，她说前天晚上摄像机拍到的都是真的，而且出示了标有送货时间的账簿……所以，他们的不在场证明是成立的。”

“那……那就只好直接问问堤佩特女士了？”

路易丝耸了耸肩：“嗯，但是她都老成那样了，恐怕不会有重大收获……难道你不觉得我们有必要再分析分析录像带的事情？”

我赞同了她的意见。路易丝将录像带放进录像机，按下了遥控器上的播映键。

荧幕上出现了影像。

那是一个舒服的房间，正中央坐着一位老妪，小小的脸上皱纹密布，仅存的几许银丝被梳成一个发髻——里奇兄弟的姨婆、蜡像馆的主人、迎接一百零三岁的堤佩特女士正安坐椅中，眨眼看着镜头。

里奇兄弟穿着同样的深蓝色晚礼服，分坐两侧。

右侧那人手插口袋，缩着肩膀，似乎有些怕冷。他像东方人那样戴着大大的白布口罩，口罩上方的眼镜后面是一对忧郁的蓝眸。而左侧那人则用手帕擦着眼镜，对镜头说道："一九八七年十二月十日下午六点就要到了。我们敬爱的伊莎贝尔姨婆的生日宴会很快就开始啦！"

"一九八七年十二月十日下午六点就要到了。我们敬爱的伊莎贝尔姨婆的生日宴会很快就开始啦！"

恰是这时，他们身后一直开着的电视机传出了晚间六点整的报时。大家都认识的BBC播报员开始播报哈洛德百货公司当天下午的火灾事件。

紧接着有人敲门。只见一个穿着红色洋装的女子满面笑容，捧着大蛋糕从左方现身画面。她对着镜头露齿微笑，欢呼道："'马普尔女士生日喜乐送'的蛋糕来啦！祝您生日快乐！

左侧的男子将蛋糕放到桌上，确保可以被镜头拍到，而后便再度面向镜头："来得正是时候呢！伊莎贝尔姨婆，祝您生日快乐！"

紧接着，画面突然没了。

我开口问道："布朗宁勋爵的死亡推定时间，从基德刑警的报告听来，是……"

"下午四点半到六点半之间。从蜡像馆到侦探大师会馆，开车也好乘地铁也罢，都需要近三十分钟，所以一来一回就要用上一小时呢。假设犯罪需要三十分钟，那就是一个半小时了。这样算算的话，只要五点半之前把案子做了，就赶得上回蜡像馆录像。”

“但是，会馆的管理员说六点时看到了里奇兄弟中的某一个前来拜访。如果此人便是凶手，特意来杀害勋爵，那行凶时间就要推迟到六点前后才行了。”

路易丝的秀眉不禁微微一蹙：“然而，到了六点整的时候，里奇兄弟都被录像机给拍下来了，这又该如何解释？总之，我们再看看录像带吧……”

接下来的一小时，我们反复琢磨那短短三分钟的录像带，却没有察觉任何的可疑之处。路易丝慨然一叹，宣布先喝口茶稍事休息。

茶壶里的热茶被倒进了茶杯。热雾冉冉冒出，仿佛是要安抚我们倦怠的身心——所以，我呆呆将那茶杯看了好久。路易丝想必亦有同感，一样怔怔望着茶杯。

可是，当我开口欲言之际，她突然双目一瞪——

“我知道了！”

我吓了一跳，慌忙问其究竟。

只见路易丝一脸兴奋，指着那茶杯说道：“是雾，就是雾啊！我看见杯子里冒出的热雾，这才算是想明白了！”

她一把抓住桌子上的遥控器，再次按下播放按钮——

那是一个舒服的房间，正中央坐着一位老妪……（快进）……里奇兄弟穿着同样的深蓝色晚礼服，分坐两侧。右侧那人手插口袋，缩着肩膀，似乎有些怕冷。他像东方人那样戴着大大的白布口罩，口罩上方的眼镜后面是一对忧郁的蓝眸。而左侧那人则用手帕擦着眼镜……（停！后退）……

“准备好了没有？仔细看这里啊！”路易丝轻轻说道，言语间充满了自信之意。

（播放）……缩着肩膀，似乎有些怕冷。他像东方人那样戴着大大的白布口罩，口罩上方的眼镜后面是一对忧郁的蓝眸。而左侧那人则用手帕擦着眼镜……（停！后退）……口罩上方的眼镜后面是一对忧郁的蓝眸……

“左侧那个男的——哥哥詹姆斯——擦着眼镜，你说那是什么缘故？”

“大概是刚刚进到室内，眼镜上有了雾……”

“那右边那个——弟弟威廉——的眼镜可没有雾啊，甚至连眼珠都能看得一清二楚，这又是什么缘故？”

“是不是他来得早，所以眼镜适应了室温？”

“但是，你别忘了，他可是戴着口罩的感冒患者，眼睛下方的部位，包括鼻子都被口罩盖着。这种情况下，眼镜哪有不生雾的？当然，前提是右边那男的真是人类，确实会呼吸呢。”

“咦？你的意思是说……”

“对，那是蜡像！肯定是跟你握手的半成品 M303！当然，他们大可推说眼镜有防雾效果，但其不在场证明不再是牢不可破的了，何况我们又掌握了布朗宁勋爵的调查资料和他们往昔的犯罪证据！有了这些东西，说不定就可以驳倒他们了呢……”

“好，我们这就再去一趟蜡像馆吧！保险起见，也跟基德刑警联系一下好了。”

再度斗志昂扬的路易丝和我冲出房间。我们想到了里奇兄弟不在场证明的破绽，因此异常兴奋。可是，当时的我们全然没有料到，只是短短的几秒之后，这兴奋便会降至冰点。

那出其不意的打击来自侦探大师会馆的门口。管理员皮博迪看见我们跑来，便打了一个招呼，然后便是那猛然出现的打击……

“哎呀，是路易丝小姐！蜡像馆的调查情况如何？”

“沾你的光，特别顺利！”

只见这位老管理员缓缓啜了口茶，皱着眉道：“可是，他们到底是怎样办到的呢？”

这奇特的话登时让路易丝驻足不前——

“他们？你说的是谁和谁啊？”

“咦，就是蜡像馆的那两位里奇先生呀。说不好是兄弟中的哪个，晚上六点时上了楼，下来时却变成了两位……另一个到底是怎样进去的啊，我想了好久，始终没想明白……”

路易丝几近惊呆，慌忙问道：“等等，你说……两个人？”

老管理员挠了挠头：“就是那对眼镜厚得跟牛奶瓶底一样的光头双胞胎啊。他们一同离开了这里。”

路易丝懊恼得都要哭了。只见她连连跺足，完全顾不得在管理员面前失态。

路易丝和我上了出租车，反复探讨着那个问题。

“我们推测录像里面左边的是哥哥詹姆斯，右边的是蜡像，换言之，来到侦探大师会馆且和布朗宁勋爵被杀有关的人是弟弟威廉。我们确实是这样推理的，然而……”

“然而，听皮博迪刚才所说，双胞胎那时是一同行动的。这样的话，录像带里面左边那个会动、会说话的到底是谁呢？”

本以为对方的不在场证明出现了破绽，哪知却更加难以索解。一般说来，不在场证明是用来证明一个人无法同时现身两处；而我们眼前的这个不在场证明呢，却证明了一个人会同时现身两处，当真是闻所未闻。

车内的路易丝和我都是深感困扰，最后只得决定——既然如此，索性便撇开管理员那匪夷所思的证词不管，按照既定的打算，先去吓吓里奇兄弟再说。

我们再度来到杜莎夫人蜡像馆，来到了馆长室的门前。

门缓缓打开。只见那对双胞胎正坐在沙发上，丝丝微光自他们背后的窗口洒进。其中一人见到我们，正待起身之际，路易丝已朝着他们走去。

男子站起身来，热情招呼道：“嘿，又是路易丝小姐，你这几天屡次芳临小地，真让我荣幸之至。”

路易丝冷冷答道:“这未免难说得很——听完我接下来说的之后，我可不保证你会继续荣幸。”

她从背包里拿出布朗宁勋爵做的那个有关遗产继承问题的文件夹，说道:“这里面列举了你们做的各种坏事，我看得真是赏心悦目。所以，我打算重新向你们请教一下昨晚你们拜访布朗宁勋爵的始末。同时呢——”路易丝拿着文件夹往仍然坐在沙发上的秃头男子脑袋上拍去，一时间“啪”、“啪”作响，“针对这位假先生出演的录像，我很想表示……”

只听文件夹下方的秃头彬彬有礼地微微一咳。

路易丝顿时花容失色，倒吸了一口冷气。

站着的那名男子瞪着路易丝，目光中满是责备之意:“不好意思，路易丝小姐，你刚刚打的是我弟弟——活蹦乱跳的威廉先生！”

虽然路易丝没有分清人和蜡像，但我们毕竟成功占到了上风，所以她的出丑便被忽略不计。接到通知的基德刑警随后赶来，他那异常凄厉——几近暴力——的盘问当真不是盖的，里奇兄弟不得不将凶案当天的事情勉勉强强坦白出来。

据他们说，凶案当日的晚间六点前后，去事务所和布朗宁勋爵见面的是弟弟威廉。鉴于布朗宁勋爵握有他们捏造遗嘱和杀人未遂的把柄，他们打算对其进行贿赂，使之销毁上述证据，所以才由弟弟前往该处。但结合他们特意制造了不在场证明的录像这一点来看，只怕除了跟勋爵求情，他们亦有明显的灭口打算。可是——

“我到了会客室之后，本想直接进勋爵的房间，哪知门被锁住了。我借着门上的磨砂玻璃往里面一看，竟然看到地板上倒着个人！我怕得要命，赶紧把门上的指纹擦掉，跑了回来……”

倘若此说不假，则凶案实是威廉抵达之前的事。

里奇兄弟承认了凶案当天去拜访布朗宁勋爵，却对杀害勋爵和那匪夷所思的“一人进、两人出”坚决否认。我们百思不得其解，就这样结束了问话，由基德刑警将兄弟俩押了回去。

路易丝望着他们的背影，问道:“我们回去之前，要不要再去看看堤佩特姨婆？没准会得到某些线索。否则就直接回事务所吧，重新讨论一下案情好了。”

她的问题令我一时间有些紧张。我隐隐觉得这选择将会导致我命运的分歧，寻思一阵之后，决定去拜访堤佩特女士。

“那位就是堤佩特女士。”

将我们引至房间的秘书说完这句话便告辞离去。

幽暗房间的正中央孤零零放着一张安乐椅，那位从录像里谋面数次的干瘪枯瘦的老婆婆，此时此刻就坐在椅上。

路易丝略一犹豫，开口说道:“您好，我是私家侦探……”

她才说到一半便顿住了。

安乐椅中坐着的老婆婆一动不动——然而，她那张密布皱纹、蜡像般浑无血色的脸上，两只眼睛都睁开着。

“贝芙……莫非这又是蜡像？”我轻轻问道。

“嘘！没准人家只是耳背呢。”

路易丝说罢便走到老婆婆的身畔，提高了音调问道——

“堤佩特女士，您好吗？”

老婆婆的脑袋瞬间有了动作，那埋藏皱纹深处的嘴唇微微翕动，恰如是这身体以外的另一个独立生物。

“嗯……大清早的，闹什么啊？哎呀，这一觉睡得可真舒服。”

看来，这位老婆婆适才只是睁着眼睛睡了。

路易丝又将音量提高了些：“您好，堤佩特女士，我是私家侦探（Private Detective）贝芙莉·路易丝！”

老婆婆睁大眼看着路易丝，嘴唇再度勉强动了一动。

“嗯？俘虏要被收拾（Prisoner Distructive）了？那真是要出大事了啊，难道……难道德军登陆了？”

“不，不是的！堤佩特女士，第二次世界大战都结束好久了啊。我是侦探！”

“侦探？别诈唬我这个老太婆了，我从未听说有哪个女的会当侦探。好了，不瞎扯了，先去把床单给我换一下吧。”

她似乎是把路易丝当成新来的女用人了。

“她毕竟都一百零四岁了，恐怕很难再问出东西了吧。”我悄悄对路易丝说道。

“是一百零三！我前天才过的生日！”

——这种话她倒是听得清清楚楚。

堤佩特女士似乎开始注意我了，只听她对我说道：“哎，好久没见了呢，乔治。”

——又认错人了吧。

“堤佩特女士，我觉得我不是你说的乔治……”

“哦？不是？那你是谁呢？”

“嗯……这个嘛……我出了些事情，被失忆症（Amnesia）搞得不知道是谁了……”

“肛门（Anus）——哼！”堤佩特女士的脸上怒色一闪，“没礼貌！竟然对名门淑女说这种话……但是，肛门有问题的话，确实是蛮可怜的。”

——没指望了，看来再问亦是白问。

路易丝和我决定打道回府。临走时，堤佩特女士特意关切叮嘱：“乔治，一定要照顾好你的肛门呀。”

路易丝驻足回首，再度提高音量，问道：“堤佩特女士，您说的乔治到底是谁啊？”

只见老婆婆打了一个哈欠，懒洋洋道：“咦？这都要问啊？肯定是里奇家詹姆斯和威廉的弟弟，三胞胎之一的乔治·里奇嘛……”

路易丝和我又像昨晚那样去“白女王亭”喝酒。是夜几无客人，吧台后面的酒保擦着酒杯，意态悠闲。

“想不到里奇兄弟竟是三胞胎！这样就合情合理了……”

满脸倦容的路易丝以纤纤指尖拨弄着酒杯里的冰块——和拿着手枪相比，这双手说不定更适合操控古老而典雅的乐器。猛然间，我惊觉了一件事情——和路易丝一同行动的这两天里，我似乎渐渐对她萌生了爱慕之意。

“里奇兄弟的案子虽然是解决了，但布朗宁勋爵被杀一案完全没进展呢。”

“嗯，但我觉得里奇家的三弟一定就是这里面的关键。总之，我打算再好好推敲一下这件事情和勋爵的濒死留言。那几个血字总是萦绕着我的心头……”路易丝螓首一昂，似乎是打定了主意，“接下来要怎样才好——再喝几杯？要不然，回事务所？”

恰是这时，酒吧鸣钟打烊了。

一阵异样的感觉再度向我袭来，我被迫面临抉择——再停留一阵？赶紧回事务所？这明明不是那种惊天地泣鬼神的重大抉择，但我心下竟然颇不安宁，隐隐觉得这将会动摇我的命运。这到底……

我偶然看了一眼路易丝。她当然不会知晓我内心的不安，兀自凝视着手中的酒杯，默默不语。

我无法挡住这诱惑——索性再喝一杯吧，反正又不会耽误事情！这段时间，我的神经一直紧紧绷着，放松一下总没错吧。何况，像这等伴着路易丝的快乐时光，哪怕再有一分钟都是美事……

我决定和路易丝再喝一杯。虽然该打烊了，但老板提姆当然会对熟客通融一二。

“好，这是最后一杯了，干杯回家。”

路易丝盈盈举杯，眼波迷离，望着我如是说道。

吧台内擦着酒杯的提姆吹响了口哨，那是《皮卡第蔷薇》①中的一段。

除了我们，酒吧里再无旁人。

“你不觉得忘掉旧事其实是一件挺好的事？虽然我不该对你说这种话……”

我不知该如何回答，只好做了一个“无所谓”的表情。

路易丝继续说着，话音细若蚊呐。

“我好想忘掉……我有太多太多的事情想要忘掉……”

这是我第一次见到这位女侦探大师软弱无助时的样子。往日里披坚执锐的女性，一旦卸下盔甲，是否便会像全无抵抗之力的婴儿般依靠旁人？

眼前的路易丝正是如此。

---

① *Roses of Picardy*，第一次世界大战时期非常流行的一首民谣，作者Frank Sinatra是唯一能和猫王、披头士分庭抗礼的乐坛巨匠。

她将昔日失败的婚姻娓娓道来，同时说出了最近和情人间的争执——那个人不仅和凶案有关，而且一定会让你大感惊奇。我同情她的不幸，结果竟陪着她四处喝酒，就这样迎来破晓。

我的同情很快就变成了爱情。

路易丝同样爱上了我，谁让我是第一个接纳了最真实的她的男人呢？命案后的第三天早上，我们都察觉了一件事——只要有两情相悦的爱人，案子破不破都无所谓啦！

我们逃亡出海，顺利举行了婚礼，日子很是甜蜜。当然，那凶案变成了悬案，我的记忆更一直未能恢复。然而，这绝不妨碍我们共度幸福的余生。

人之命运，当真难以预料。

——这时，我的意识复苏了。

这是哪里……我慌忙环顾四周。认得了！这是侦探大师会馆的贝芙莉·路易丝事务所，而且我眼前的正是路易丝本人。只见她端坐桌前，读着文件。

这到底……她竟然又回来了？路易丝——不，贝芙和我明明是结婚后去南美欢度余生了呀！

我患得患失，轻轻呼唤她道："贝芙，你、你回来这里是要……"

贝芙抬头离开了文件，讶然说道："我？我在看命案的资料啊。"

"命案？你说的是布朗宁勋爵被杀的事情？"

“你说呢？”

“但是，我们不是放弃破案了？……对，然后就去牙买加举行了婚礼，又去里约热内卢……”

“婚礼？跟谁？”贝芙秀眉一扬，反问道。

“就是你……和我……”

贝芙一时失笑。

“别胡说啦，才喝了那一丁点儿就醉了？我和你结婚……别逗了，我们刚刚去‘白女王亭’喝酒，我问你要不要再来一杯，你说想要回事务所，所以我们就回来啦！你是不是又失忆了？我说，你真的没出事吧？”

我顿时觉得被当头浇了一盆冷水。如此说来，跟路易丝结婚云云都只是我的醉梦？细细一想似乎真是如此……我这到底……大脑沟回全混乱了？

只听路易丝话音一端，似乎是要办公了。

“好啦，晚上我有事要查，没空陪着大醉鬼，而且明天又要筹备‘侦探大师百年祭’……我想，你不如早点睡吧，就去隔壁会客室的沙发好了。虽然你的醉梦挺让我开心，但我暂时无意依靠男人，我要自力更生。好了，你先去睡吧。”

路易丝的话语决然，更无半分商量余地。我活该讨个无趣，一时大感悻然，话都不想说了。万般无奈之余，我只得伸手推向通往隔壁会客室的那扇门。

这时，只听背后的路易丝开口说道：“但是，如果你那时真的说要再喝一杯，搞不好就会变成那样了吧……”

人生的命运，当真是难以预料。

和我对案件的忐忑彷徨形成鲜明对比，今日的侦探大师会馆似乎特别忙碌。下午的时候，有一个高傲的男人来访，察看了布朗宁勋爵的文件等物。据说那就是苏格兰场的阿道夫·盖尔德夫总探长，是布朗宁勋爵的办案助手，受命担任明天举行的“侦探大师百年祭”之执行委员。勋爵横死之后，一切事情都必须由他打点，据说他因此非常焦虑。

而我则是跟昨天一样，躺在事务所的沙发上怔怔出神。

我想出席明天的“侦探大师百年祭”——而且，我已经请他们帮忙安排，让我以相关人士的身份出席。

但是，我是不是太悠闲了？时间不断流逝，案子当真可以解决？

“猫”到底是谁？

而“我”又是谁呢？

这些事情，我昨晚都曾经一一思索。只要若有所得，便继续狠究内心，想要打捞出记忆的碎片和沉淀深处的星星点点。我心下清楚得很：不管我是谁，我首先不会是那个杀人凶手！然而，我对此又不是真正的信而不疑。

现时的“意识”只需一瞬间便会成为“记忆”，所以这应该是一条绵延不绝的带子。然而，我的带子竟然出了毛病，使“意识”和“记忆”间的桥梁崩塌——我的意识会突然中断，这空白期里当然会存有无论如何都忘掉了的记忆，而错误的记忆亦难保不会混杂进来。这到底……

等等——错误的记忆？

此时、此刻、此处的我之“意识”到底是不是真的？我该如何确保眼下的“意识”不会变成日后的“错误记忆”？

剎那间，我又被新的不安给包围住了。“错误的记忆”姑且不论，我会不会还有些忘掉了的“记忆”？今早醒来之际，我的衣服有些潮湿，原以为是被窗户渗进来的大雾给弄湿了，但会不会是我昨晚外出了呢？失去“这个”意识的那段时间里，我体内会不会又有别的意识醒来，促使我走进伦敦的雾夜，暗暗徘徊……

啊！我不知道！我不知道这是怎么回事！更不知道我到底是怎么了！

剧烈的头痛再度向我袭来。布朗宁勋爵那骇人的死相，那让人毛骨悚然的“猫”的影子，在我脑海中激起了层层的旋涡。

同时，我的意识再一次渐渐失去……

请续看——

“侦探大师百年祭”之特大悲剧（P189）

OR

歧路一：侦探大师亨利·布尔博士的调查（P57）

歧路二：侦探大师迈克·D. 巴洛的调查（P99）

「侦探大师百年祭」之特大悲剧

贝克街221B——只要报上这个地址，任何人都会立刻知道那是谁的住处。像这样的地方，莫说伦敦，只怕全世界都没有第二个了。

这栋象征著名侦探的宅邸，地处伦敦西北，沿牛津街一直向北到头——伦敦最大的公园“摄政公园”之畔。

退休后的歇洛克·福尔摩斯一心从事科研和养蜂，搬至塞克斯丘陵一带居住，贝克街的旧宅因而被改做了某金融公司的大楼，直到数年前才被“侦探大师协会”买下，兴建了福尔摩斯纪念馆。

这个福尔摩斯纪念馆里，办公室、会议室、资料室、休闲室和宴会厅一应俱全，不仅给维持英国治安的侦探大师们提供各种服务，同时更是一处全新的伦敦名胜，让各地游客都必须来此一游。

是日，该馆将举办名垂青史的“侦探大师百年祭”！

时值福尔摩斯的第一份案件文献《血字的研究》面世百年，全球名侦探都赶在这个值得纪念的日子来到贝克街，向他们的楷模福尔摩斯致以最高敬意。

来自不同国家的名侦探们当天一早要举行公开座谈，傍晚时再举行由年逾八十的福尔摩斯二世担任主宾的庆功晚宴。

那一天的傍晚，我拜托侦探大师设法帮我进场。我不想惹人注目，遂戴上一副黑框眼镜，简单变了个样，前往福尔摩斯纪念馆。

英国是个尊重传统且重视街道美观的国家，不允许随意建造建筑。因之，福尔摩斯纪念馆虽然只有几年历史，却彰显维多利亚时期的建筑风格。我仰望着颇具规模的金字塔屋顶和白色的外凸窗，不觉有些胆怯——全球的名侦探这一晚都来到了这里二楼的大厅，试问有哪个人会不紧张啊！

出了电梯之后，我想去会场，却没见到疑似会场的地方。四处乱走之际，不料竟碰上了基德刑警。

“怎么戴眼镜了，闲死了啊？——咦，难道你是来出席晚宴的？好吧，大厅是下面那层。”

听了基德的话，我明白这二把刀的变装是彻彻底底没有效果，脸上顿时热了。

基德狐疑地审视着我，但还是指明了楼梯的方向。趁着他没有改变主意，我赶紧跑了下去。

二楼大厅——贝克街221B的“B”是“辅助住处”的意思，换言之就是房东哈德森太太出租宅邸的二楼。总之，这个大厅就是昔日福尔摩斯所居住的空间。

水晶灯流光溢彩，照耀着艳丽的地毯和木质地板。纤细的日本拉门等装饰品更让人忍不住微微一笑，这想来是要重现维多利亚后期的风格吧！

但要说最震撼人心的装饰，只怕就要数那一整面墙上的名侦探肖像画了。

首先看到的自然是西德尼·派吉绘制的歇洛克·福尔摩斯，其锐利面容之下的明晰头脑当真跃然纸上，栩栩如生。一旁是眼睛里满溢好奇之光的布朗神甫，而后则是特意摆出poss的赫尔克里·波洛和凡事都要问个究竟的简·马普尔女士。不消说，亨利·梅利维尔爵士①、弗伦奇②、考克瑞尔探长③这些人更是半个不缺，一系列英国阵营的名侦探肖像堪称虎踞龙盘，睥睨群雄。

说到“睥睨”二字，有一位高贵无比的人物自是不容忽视。此刻，大厅后方王座上的她同样是睥睨群雄。此人浑身上下唯有一种黑色，正是著名的“黑衣女王”维多利亚三世。她常常穿着这种酷似丧服的黑衣，十九世纪大英帝国维多利亚女王的口头禅“余百无聊赖”亦被她使用不辍。正是这种对维多利亚的模仿，使她赢得了“黑衣女王”这一头衔。

然而，真正让老百姓愁眉不展的是黑衣女王的另一个口头禅，这来自《爱丽丝梦游仙境》中的红衣女王——这位黑衣女王的性情阴郁而又暴虐，一旦看谁不爽，立刻便是一句：“弄出去杀了！”大家每每谈到此事，总是说得有鼻子有眼。

最靠近黑衣女王那张餐桌的主座，被留给了特别来宾——福尔摩斯二世，其右方是布朗宁勋爵，左方则是阿道夫·盖尔德夫总探长。

---

① Sir Henry Merrivale，美国推理作家、“密室之王”John Dickson Carr创造的英国神探。

② Joseph French，英国推理作家F. W. Crofts创造的名侦探。

③ Inspector Cockrill，英国女性作家、推理小说黄金时期最后的大师Christianna Brand创造的名侦探。

眼下，布朗宁勋爵突然亡故，福尔摩斯二世亦尚未抵达，只有盖尔德夫总探长独自坐着，静候其余来宾。

我走到盖尔德夫那张桌子附近的另一张桌子前面。这里安排的是英国当红侦探中的佼佼之人——目前破案分数最高的三位侦探大师——亨利·布尔博士、迈克·D. 巴洛、贝芙莉·路易丝。

四周的餐桌上，别的英国名侦探和各国杰出的名侦探都来齐了。

对面的那桌坐着诗人侦探亚当·达尔格利什[1]，他对日薄西山的苏格兰场极度失望，竟而早早退休，此时正跟寇蒂莉亚·葛蕾[2]欢然神聊。许是没落之地反而更适合休养生息的缘故，他身畔的多弗探长依旧供职警方，眼下正苦苦盼着上菜。

比他们再远一些，是美国宾客的位置。只见那位形如“加里·格兰特[3]被打歪鼻梁”的史宾赛[4]一句句卖弄着高深莫测的语句，他的对手是白发苍苍的菲利普·马洛[5]。他们旁边那位闭着眼的老男人是尼禄·伍尔夫[6]，相较之下不免是干瘦了些。

稍稍有点惊喜的是，非人类的名侦探亦出席了此次盛会，那便是来自瑞士的大型圣伯纳犬——克强。这条侦探犬以敏锐的嗅觉破获了无数案件，此夜得以跻身一众人类侦探之间，领受特别的奖项。

---

① Adam Dalgliesh，英国女作家P. D. James创造的名侦探。

② Cordelia Gray，英国女作家P. D. James创造的另一位名侦探。

③ Cary Grant（1904—1986），美国电影演员，美国电影学会“百年百大明星”排名男影星第二。

④ Spenser，美国作家Robert B. Parker创造的冷硬派侦探。

⑤ Philip Marlowe，美国作家Raymond Chandler创造的冷硬派侦探。

⑥ Nero Wolfe，美国作家Rex Stout创造的安乐椅侦探。

此刻，从脸上的表情看来，伏在尼禄·伍尔夫脚边的它肯定甚感无聊，心头的不耐烦比伍尔夫犹有过之。

突然间，场内掌声四起，把眼一望，却是埃勒里·奎因[1]到了。此人宝刀不老，一双睿智的灰眼珠兀自熠熠生辉。而他身后跟着的那位健壮女子，想来当是他的秘书妮基·波特[2]无疑。

除了上述各位，会场另有五十余名侦探，分别来自欧洲和亚洲的各个国家。大厅里的繁荣盛况，真可称得上是“名侦探之飨宴”了。

身着燕尾服，混迹各国名侦探间的基德，眼下正缩在会场一隅，似乎颇难适应。他旁边一身晚礼服的嫔克同样有些手足无措，两人都是表情呆然，刻板站着。他们身后另有个肥头大耳但脸色不佳的朋克男，估计是基德的同僚。他们虽不是往日里的朋克扮相，却都留着根根立的发型，反倒让人一看之下便满怀喜欢。那些来自东方的侦探说不定就是受了这大胆发型的撩拨，纷纷上前表示想要跟他们合影留念，搞得他们一时间很是狼狈。

---

① Ellery Queen，美国同名作家创造的名侦探。

② Nikki Porter，本来只是相关影片中的登场人物，后来被用进了小说之中。

距离晚宴只剩下几分钟了。我默默看着眼前这三位侦探大师，打算以此打发时间。

哪知布尔博士竟然率先打破了沉默，故意傻笑着对路易丝说道："嘿嘿，路易丝小姐，你这身晚礼服简直美死了呢，搞得我都要自我推销，去你身边当仆从啦！"

"啊，那当真感激不尽，我一定随时欢迎。"路易丝同样报以笑容。

"唉，但我又怕被你老公寻仇，就只好算喽——虽然布朗宁勋爵不会再开口闹了。"

场面骤然尴尬。

"哈哈哈，博士您又来开玩笑啦。如此博学的玩笑，我等凡人根本就听不懂呢。"

"博学？惭愧，惭愧，我看反而是路易丝小姐懂得比较全面，譬如说印度西北部地区使用的是哪种奇门兵刃……"

路易丝登时笑不出了，冷冰冰的目光径直对准博士。

"成啊，那我们下次不妨就聊聊印度！但是呢，我不想咱们只聊武器，顺便聊聊那些让人襟怀大畅的草本植物好了，不知您意下如何？"

结果，这次轮到布尔博士被路易丝的话弄狼狈了。

适才隔岸观火的巴洛突然插嘴说道："嗯，路易丝小姐说得真对，就让我们共同聊一些有趣的话题吧！冷冰冰的凶器太没劲了，热腾腾的才有意思嘛。像布尔博士你这种不停用脑的侦探，真该轻松调养一下才好，不知道借助药物会不会很有效啊？"

路易丝见缝插针，笑道："确实，就算功标青史的福尔摩斯都是可卡因的使用者呢！至于我就算啦，万一嗑药变胖就太难看喽。"

巴洛欣然接道："贝芙大美女言之有理，倘若嗑药变胖，走不成船上的 catwalk 了，那就只好告别一切旅行——你说对不对呀，博士？"

"Catwalk——跳板？这字眼用得可真有趣，莫非是船员术语？嘿嘿，这一来倒是开了眼界，我会好好将之记住的。"

布尔博士的话音中明显有些焦虑，恐怕正打算换个话题。

不料路易丝竟似乎对这句话很是敏感，突然对盟友巴洛倒打一耙。

"话说回来，巴洛先生肯定挺了解吧？——我是说那种一般人都不太接触的世界，比如全部由男性构成的船员世界。"

同盟的猝然瓦解大出巴洛意料。他的脸色不禁微微一变，连连眨眼。

怎奈路易丝根本就不理他，自顾自继续说道："听说巴洛先生不但以冷硬著称，而且特别温柔，会把小男孩喊到房间里面然后做菜给对方吃——大家都说你的教名'D'肯定是 domestic（家庭的）呢。"

巴洛的下巴持续使劲，简直就要把嘴里的烟草给咬断了。一时间，巴洛狠狠吸烟，颇不自然地眨着眼睛；布尔博士满脸空虚之态，口中喃喃自语；而路易丝则摆出一副“这些事跟我无关”的模样，闷头涂着口红。

三位侦探大师都闭上嘴巴，不再和别人交谈了。

这些人简直莫名其妙！持有最高破案分数的侦探大师居然就是这副嘴脸，这回的案子到底有没有指望？他们中的哪一个有本事查明真相？我的侦探大师会不会选错了人？——各种疑问和不安齐齐自我心头喷出，搞得我一瞬间就被暗淡的情绪给攻陷了。

不久之后，庆功晚宴便将开始。盖尔德夫总探长神情焦躁，眼睛下方都黑了一圈。这位探长留着老派的胡须，一旦细细打量，不难察觉他跟阿道夫·希特勒十分相像，而他的名字亦正是来自这位历史名人。事实上，这位德裔警探一直抱有一个荒诞不经的狂想，希望英国像汉诺威王朝那样由德意志人掌控，致使伦敦市民对他的风评持续走低。

“福尔摩斯二世一直没来，难怪盖尔德夫坐立难安呢。”只听身旁坐着的侦探大师对我低语道。

听这位侦探大师说，福尔摩斯二世是个非常随便的人，年龄虽然甚高，却喜欢四处闲晃，经常两三天不见人影，就算是这种场合，他都会直到快结束才突然现身。

我身边的侦探大师耸了耸肩，满脸无奈神情。

随着时间逝去，按捺不住的盖尔德夫总探长只得起身宣布晚宴开始。

只见这位“大独裁者”游目四顾，神情倨傲，正对着麦克风开口说道：“首先，请容许我感谢各位远道而来，出席这千载难逢的‘侦探大师百年祭’——按照最初的安排，这场有幸迎来女王陛下的盛会本该由‘侦探皇帝’克里斯朵夫·布朗宁勋爵致辞，但诚如各位所知，勋爵数日前突然亡故，我们苏格兰场和侦探大师协会表示哀悼之余，亦就此当众立誓，一定会查明真相！眼下，‘侦探大师’的位子暂告空缺，经侦探大师枢密院同本人协商议定，暂由本人接掌一段时……”

厅内登时一片哗然。

“肃静！”总探长大喝道，“这只是权宜之计，按规矩办事罢了！反正一周后便会举行‘侦探皇帝’的大选……话说回来，我们的特别来宾——前任‘侦探皇帝’歇洛克·福尔摩斯二世——似乎尚未赴会，莫非他是不顾高龄，猎猫去了？”

这充满讥刺的话语刚一出口，便招来出席者们的苦笑。

“总之呢，我想福尔摩斯二世先生稍后肯定会来的。我们不妨一面进行大会的既定程序，一面等他前来。那好，首先请大家观赏一段伟大名侦探歇洛克·福尔摩斯的纪录片吧，回顾他自《血字的研究》以降的诸般勋业。同时，我们会向大家献上特意准备的纪念品。”

据我身旁的侦探大师说，盖尔德夫说的纪念品有两种。一种是大小和福尔摩斯真人一样的冰淇淋，另一种则是将来准备放到这会馆门口处的福尔摩斯父子铜像。这位侦探大师似乎特别喜欢冷嘲热讽，对大会这种庸俗的做法很是鄙夷了一段时间。

只见盖尔德夫使了一个眼色，大厅后面的墙壁突然左右分开，现出一个巨大的屏幕。一众侦探中当然有一些不想看那种无聊影片，不断变换着坐姿。

画面一亮，音响有了些微的杂音。两个大金属箱子被送进了会场，估计便是那两件“庸俗”的纪念品了。

突然间，骚动的会场静了下来——

画面上有影像了。

画面上的背景一片浑白，看不出具体是哪里，唯见得一个黑披风的背影。沉默的黑影，诡异的感觉，这真的是福尔摩斯的纪录片？

正当我暗暗纳闷之际，画面中的身影转了过来，面向镜头。我看到那个人影，登时背脊一直，吓了一大跳。

——是“猫”！

屏幕上的他定住身形，经由暗银的面具凝望我等。那个猫面具形状古拙，眼部的洞口很大，跟猫的样子非常吻合。然而，不知道是否打光的缘故，面具后方的眼珠眼色难以辨认。

会场渐渐变嘈杂了，只因“猫”开口说道：“大家好！亲爱的名侦探们，我就是——”

“猫”仿佛是有意追求效果，顿了一顿方始说道——

“猫。”

大厅内轰然大哗，犹如潮水决堤。盖尔德夫总探长只惊得呆若木鸡，抬着脑袋怔怔望着屏幕。如此看来，这果然不是大会的安排，更不是某人的恶作剧。

“猫”的嗓音被变音器处理得尖锐、刺耳，听不出是男是女。

只听“猫”继续说道：“欢迎大家莅临这千载难逢的‘侦探大师百年祭’晚宴，能跟来自各国的名侦探闲聊两句，我当真无上光荣——我很想这样说，但很遗憾，我最厌恶的就是侦探这种满地乱嗅的狗！”

大厅内的骚动加剧，地上趴着的克强对着画面一吠。

“致使我作出上述言论的缘由，我无意隐瞒——我就是被歇洛克·福尔摩斯捏造成大罪犯的天才教授莫里亚蒂之后！教授明明没有大的罪行，却当上了有史以来最恶毒的坏蛋，尤其是利物浦的猫木乃伊事件，完全是被福尔摩斯给陷害的！何况，后来又陆续出了好些别的事情，让我们一族彻底变成了讨厌狗类的猫——讨厌侦探的猫！

“我要拿猎狗祭旗，而且要扣合那首猎猫童谣——我想到这个主意，继而予以落实，全是拜我们这个威尔士家族的历史所赐，谁让我们一直和猫有缘呢？不仅如此，我又精选了给他们的祭品——合适的猫物件，所以说这确实是一次极尽猫之能事的犯罪。这是我长久以来的怨念！对了，你们是不是很想知道我的真面目呀？哼，慢慢猜吧！等我做完该做的事，等这极尽猫之能事的犯罪完满结束，我会摘下这面具的。啊哈哈哈，恐怕大家都很想知道我是谁吧？其实，你们眼下说不定就看着我的真身呢！你们但凡动动脑子就会明白，这影片是好几天前拍的，我目前很可能就在这大厅里面，在各位身边若无其事——对啊，就是这样，我现下就在这大厅里！糊涂的狗侦探们，你们知不知道我在哪里呀？哈哈哈……”

“猫”的挑衅让先前闹哄哄的大厅骤然安静下来，一时间疑云密布。侦探们不再对着影片说脏话了，而是闭上嘴巴纷纷偷窥着身边的人，仿佛当真看见了“猫”的身影……

“猫”的话犹未结束。

“本‘猫’很生气，后果很严重！我先后对十二名侦探伸出了猫爪……”

场内的紧张升至顶点，没有人再瞎闹了，每个人都注意听取屏幕上“猫”的言语，唯恐漏掉了只言片语。

“所以，在这个千载难逢的十二月十三日星期五的晚上，我决定提前向大家献上圣诞贺礼！但是，假如我们先来个小小的铺垫，会不会更对气氛有益？烦请各位随着我一同高唱——”

“猫”的举动大大出乎意料，他哼哼上了一首歌：

就剩下一个猎人呀，嘿哟嘿哟去猎猫。
第十三个雪崩活埋，
猫一忽儿就逃没影儿啦。

他唱的当然就是那首所有人都耳熟能详的童谣。这童谣的旋律本就带有英国古典抒情小曲的哀怨忧伤，此刻经变音器一番处理，竟仿佛是另一个遥远星球上的民歌。大厅内自然无人随唱——不，恐怕只有厅内一隅的“猫”之本尊才会默默哼哼此歌。

唱罢，屏幕上的“猫”接着说道：“我要送的第十三件礼物，顺理成章，就是童谣里那个被雪崩活埋的猎人。”

再度举厅哗然。

“哈哈哈，糊涂的狗侦探们，打开你们的那两个箱子看看！你们这些该死的名侦探，哈哈哈哈……”

带着来自喉咙深处的轻笑，屏幕上“猫”的身影渐渐消失不见。

“赶快打开箱子！”混乱的大厅里面，不知是谁匆匆喊道。

盖尔德夫总探长环视厅内，面色铁青，缓缓靠近了较大的那个箱子。

那个灰色的金属箱子就放在轱辘推车上，高近八英尺，宽近三英寸，正中央是一扇对开的门。盖尔德夫总探长猛然将门打开，那动作直似不要命了。

那一瞬间，箱中冒出了一团白雾。莫非这里面装的竟是干冰？

厅内半点动静都没有了。

那里面有一把椅子，上面坐着被白雾包裹、和真人一般大小的福尔摩斯冰淇淋，众所周知的猎鹿帽和无袖披风同样清晰可见。只见这位冰淇淋版本的福尔摩斯以手支颐，状若沉思，跟坐着的椅子一样都是一片浑白。

然而，不对劲的情况很快就出现了——本以为是冰淇淋的白色陆续从几个地方掉落下来，露出了正下方的其余色泽。看来，这尊福尔摩斯本不具有来自甜美香草冰淇淋的“白”，其内部定有着别的东西，身周的白霜是后来添补。

盖尔德夫总探长同样察觉了这个问题。只见他颤抖着走到了福尔摩斯身旁，摸了摸椅子扶手上的那只手，擦掉其表面的白霜。他细细凝望着那里，直到大家都等急了，这才缓缓转身，涩然说道：

“歇洛克·福尔摩斯二世来了……”

这简直就是个潘多拉魔盒。

从盒子里弹出来的，不是可爱的小丑，而是被冷冻的福尔摩斯二世。这位行踪无定的老侦探第一次准时赴约，想不到竟是死了之后。每个人都明白他此后再无法姗姗来迟。

出席者看清了形势不对，纷纷惊呼、怒吼，一时将大厅充满；而盖尔德夫总探长则仰头望着天花板，叫苦不迭。非相关者——恰好进来上菜的服务生们——更是吓得傻了，两眼直勾勾瞪着箱内遗体。然而，混乱不会就此结束。

“猫”确实说了，要打开“两个”箱子才行。

我从刚才就留意着不远处的另一个箱子。我似乎听到了那里面有某种类似呻吟的动静。

众人当时都紧盯着福尔摩斯二世的遗体，只有一个人想到了第二个箱子，那便是基德刑警。

基德匆匆绕到箱子前方，掀开上方的盖子扒头一看……

下一瞬间，厅内出现了某人无比嘹亮的惨呼。众人跟着望去，只见基德正不断挣扎着离开箱子上方，想要扯下脸上贴着的黑块。

细看之下，那黑块却是一只黑猫。活生生的黑猫从箱子里扑了出来，紧紧抓住基德的面庞，不肯松爪。

黑猫不止一只。好几个黑块相继从箱子里跳了出来，四处乱窜。

那只抓住基德的猫后来跳到了餐桌下方，又蹿上了服务生的手臂。服务生惊慌之余，不慎打翻了要端到福尔摩斯二世席位上的汤盘，兜头淋了基德一身，使他的鸡冠头得到了充裕的养分。

遭殃的不仅仅是基德。就拿那个火速赶去基德身旁的朋克同事来说吧，他千辛万苦揪着了一只猫尾，却被那只惊怒的猫用前爪将脑袋挠了一顿，又兼猫的后腿冲刺般不断狂踹，使他脸上落下了井井有条的血红爪痕。如此一来，他就省得再化那张扬的妆了。

别的猫同样大闹着厅内。被唤醒动物本能的克强疯狂咆哮着，四处扑击猎物。

惊怒的猫跳上了主桌，追着它的克强不甘示弱，跟着便跳了上去，结果前脚一下踩中了盖尔德夫总探长的汤盘。

盖尔德夫不暇躲闪弹出来的汤水，被浇了满满一身。

“这畜生！烫死我了！”

盖尔德夫总探长按着脑袋，西服上热雾腾腾。

此时此刻，厅内当真乱得无以复加。猫叫、狗吠、惨呼、怒骂、盘子摔碎、桌子翻身……各种响动交相辉映，似乎还有人忙中失手，按下了录像机的播放按钮，结果屏幕上再度出现了杀人魔“猫”的巨影，喉咙深处的低笑再度充斥室内。

光芒万丈的“侦探大师百年祭”庆典，就这样被凶狠的“猫”所带来的恐惧吞噬，堕落成了被诅咒的邪恶之祭。

“弄出去杀了！”黑衣女王的尖呼贯穿了乱哄哄的大厅。

一小时后，把大厅搅和得一塌糊涂的黑猫全部被缉拿归案，场面总算是得到了控制。

猫的数量不偏不倚，恰恰是十三只。

结果，这个自始至终都有“猫”作祟的晚宴被立刻中止，来自各国的名侦探们三五成群地回到了下榻的酒店。其中有些人表达了承办“猫”系列事件的意愿，但大家后来达成共识，决定由英国的侦探大师协会出面解决。所以他们尽管不太舍得，亦唯有告辞离去。

福尔摩斯二世的遗体同样被送走了，杳无人迹的大厅里极度安静。只有我和我所拜托的侦探大师留了下来，向盖尔德夫总探长询问事件的前后始末。

盖尔德夫总探长的证言

真他妈点儿背，百年庆典被弄得一塌糊涂就算了，想不到竟被热汤淋了一头，险些就烫伤了啊……

嗯，你问我晚宴的安排？那简直就是我跟布朗宁勋爵的独创构思。勋爵死去的十二月十日那天，刚好是我们最后一次开会确认。那天可是真忙啊。勋爵绝对是个喜欢安排事情的人，总想让一切事情都进行得顺顺当当，恨不得三天前就把晚宴的准备工作做完。

那天，我们说好了两点时去福尔摩斯纪念馆碰面，但勋爵不等碰面便打来电话，作了一大堆很细微的指示，比如桌布的颜色一定要注意才行、福尔摩斯二世的餐点一定要是他喜欢的才行、大胖子尼禄·伍尔夫先生的椅子一定要特别准备才行、克强的牛排一定要三分熟才行、英国侦探大师的桌位要靠右一些才行……

他这个人就是如此的精细和唠叨，啊，算了，说死人坏话可不大好。

总之，勋爵尚未来到这里，他叮嘱的事情就几乎都安排完了。所以我们后来只是反复确认，没有再作新的布置。

再说说那两个箱子的情况吧。

其中一个是由厨房的大冷藏库保管的，里面真的是冰淇淋版的福尔摩斯；而另一个箱子的内容同样曾经确认，确实是半身铜像，不知为何竟然变了……

对了，那卷“猫”的录像带嘛——录像机架子上的本该是福尔摩斯纪录片才对，我们确实做了检查。一定是有谁后来又悄悄给换掉了！

十二月十日和十一日那两天，是纪念馆的特别假日。依着我的猜想，杀人和掉包一定都是这两天的事情。这里毕竟是名侦探们的地头，没有设立岗哨般的警卫，只要弄把备用钥匙，随便谁都可以顺利进来……当然，我和勋爵是很放心的，觉得万事俱备,晚宴当天再检查一下就成。我那天有别的事情，就撇下勋爵先走了。想不到勋爵后来就出事了，而我一直事务不断，轻忽了今天的检查工作，结果就出了这样大的乱子，可真是倒霉透顶。

福尔摩斯纪念馆昨天对外开放，整个馆里都是工作人员，而今天从一大早就来了大批宾客，要换掉箱子里的大型东西，我觉得几无可能。当然，未必是全无可能。

福尔摩斯二世出席的事情，我们事前曾有信件联系，拟定十日碰面的当晚由勋爵向他致电确认。哪知勋爵当天竟不幸身亡，所以我昨天亲自向福尔摩斯二世家中致电，被其家人告知他十日一早就离开了塞克斯地区，前往伦敦。听说是他临时和出版社约定要去讨论撰述回忆录的事情……

这个人性格怪异，不招人待见却又喜欢满处乱跑，甚至没有把去伦敦之后的住所告诉家人，搞得我根本联系不上他。

他的家人和别的人都说这家伙一贯如此，但时间一到就肯定会突然出现……虽然变成了遗体，但就算是出席了吧……哎呀，如果这都算是“出席”的话，刚才晚宴上缺席的就只有一个日本侦探了，不知道他有没有事。唉，全都是些怪事，让人摸不着头脑……

德克·伯兰刑警（基德同事）的报告

我想结合盖尔德夫总探长的证言作两三点调查报告。

首先是福尔摩斯纪念馆的箱子被掉包的时间，我觉得比较稳妥的做法是从十日下午和十一日全天来着手调查，那两天里，纪念馆只由一个工作人员管理，除了定时的巡查，几乎没有看守。站在凶杀的角度来看，和十二日及今天相比，那两天自然更容易进去。

其次是福尔摩斯二世的死亡时间。遗体被发现时是冷冻状态，无从推算正确的时间，我们估计他是十日下午至次日上午之间遇害的。遗体分析表明，死者很可能是遇害后立刻就被放进了冷藏库的箱子里面。

综合以上两点看来，凶手掉换冰淇淋和福尔摩斯二世遗体一事，想必便出在十日下午至十一日早晨。

而另一个箱子，就是有讨厌的猫跑出来的那个箱子，是由厨房隔壁的仓库所存放的。那里同样只有一把简易的锁，身上有点功夫的人三两下就可以自由来去。那个箱子里面有大量的猫粮和粪便，估计那些猫都被关上了两三天吧。他娘的，怪不得会那样扑出来啊！简直是欲求不满！

唔，不好意思，我失言了。总之，那些猫的来路都查明了，是从伦敦一个由日本人经营的黑猫店——“大和”宠物店——买的，一周前被一次买下。然而，那位买主是用电话下的订单，包括费用都是邮寄，指定送货的地方更是只用假名租了一周的公寓。根本无法查出来到底是谁买的。

被换掉的冰淇淋和铜像刚刚搜寻到了下落，都被放在了冷藏库最里侧烟熏鲱鱼箱的旁边，上面盖着塑料布。

而录像带的掉包嘛……跟别的东西情况相近，估计都是十日至十一日间的事情。和这东西有关的线索，目前不太充足，暂时不清楚是哪里拍的。录像带本身当然是普普通通，随便哪里都能买到的那种。

最后，报告一下福尔摩斯二世的死因——他不是冻死的，而是被细铁丝一类物事给勒死的！死亡时间诚如方才所说。结合布朗宁勋爵的行程表来分析，我推测勋爵是十日下午四点后遇害的，福尔摩斯二世跟着被杀，被放进冷藏库。

我对侦探大师圣经《血字的研究》宣誓，上述报告全部属实，绝无半句虚言。

帮我查案的那位侦探大师自从和另两位侦探大师闹了情绪之后，便有些郁郁寡欢，似乎是有事情拿不准主意，不时喃喃自语，且总是答非所问。侦探大师特批的侦办权只有七十二小时，明天中午就结束了……这样下去真能破案？我当初是不是该选择别的侦探大师才对？我蓦然惊觉自己也开始六神无主。

须臾，那位值得我信赖的稍稍恢复了状态，把后续的调查方针告诉了我——该侦探大师要留下收集现场证据，而我则跟嫔克刑警去一趟塞克斯地区的福尔摩斯二世住处，向其家人问话。

我不禁有些犹豫，偷偷瞄了一眼嫔克，哪知她竟然板着脸将头一扭。我真不想和这种没教养的朋克女青年同行，遂决定留在现场。

我决定留在现场，帮忙进行搜查和取证工作。

我们首先去了冷藏库所处的地下室厨房。刚一打开冷藏库那巨大坚实的大门，冰寒的白烟雾便犹如上身的幽魂，朝我们站着的地方拥抱而来。我略一踌躇，坚定了信念往里面走去。

侦探大师孤身走至深处，掀开了烟熏鲱鱼箱旁边的塑料布。福尔摩斯冰淇淋的脑袋滚了出来，带着说不尽的怨愤望向我们。

“辛苦你们啦。”

身后有人如此说道。我一回头，看到了冷藏库门口的盖尔德夫总探长。

总探长将嗓门放低，有意避开正潜心调查的侦探大师的耳朵：“我听基德他们说了你的事情。似乎你正跟着三流的侦探大师当没头苍蝇呢，劝你小心为上。”

“啊？”

“我总觉得侦探大师协会的布尔、巴洛和路易丝这三人不太对劲，而且他们都有动机。”

“动机？”

“不用说，就是‘侦探皇帝’的位子嘛。你想想看，被杀的优秀侦探都有十三个了，其中好几人的分数都比他们高；而前几天，几乎会再度当选的现任‘侦探皇帝’布朗宁勋爵又被杀了——如此一来，本来都不太具备‘侦探皇帝’竞选资格的布尔、巴洛和路易丝就得势了。凶手只要设法让另两人之一来背黑锅，就会获得破案分数，同时又一脚踢开了竞争对手，岂非一箭双雕？换言之，不管他们是不是莫里亚蒂的后人，杀害布朗宁勋爵的动机总是绰绰有余。”

我心下登时乱了。倘若盖尔德夫言之成理，那我就不得不怀疑我仰仗的侦探大师。我信赖着而且一同办案的侦探大师，难道便是那邪恶的“猫”？

——突然间，我清醒了。

所坐的车正急急奔驰，身畔的嫔克正抓着方向盘，猛踩油门。

这……这到底……我不是在福尔摩斯纪念馆地下的冷藏库跟盖尔德夫总探长说话吗？所以嫔克是单独行动……莫非我又做白日梦了？我思来想去，总觉得是同时经历了两个不同的选择所带来的体验。

这究竟是……

我的大脑沟回彻底紊乱了？

我偷偷瞅了一眼身旁的嫔克。幸好她正全神开车，没察觉我如芒刺背的情况。我不想再度遭人白眼，决定保持沉默，暂且不把这些奇异的感觉说给她听。

伦敦北方塞克斯地区的田园之间，有着福尔摩斯二世的家。我和嫔克乘着那辆不太干净的小车，超速几十英里向北方冲去。嫔克控制着方向盘，咕咚咕咚牛饮着小瓶装的朗姆酒，似乎心情大好。她这样开车当然让我胆战心惊，根本无暇高兴。

“喂，你真的把一切都忘掉啦？”

嫔克百无聊赖，开始跟我说话。

“嗯，全都想不起来了。”

“嗯……协会里的侦探大师倒真慷慨，竟敢承办你这种人的委托——基德可是认准你杀人了哦！”

“不、不是我吧，我觉得不是……何况，布朗宁勋爵被杀之后，我根本没离开那密室，后来身边又一直有人，哪里有可能去杀害福尔摩斯二世？”

“哈哈，谁知道呢。一听就知道你没有说服力，基德十有八九不会相信你的。他的鼻子被你狠狠一撞，大冷天又被害得淋了一身凉汤，一直念叨着会不会感冒呢。哼，你这家伙根本就是个瘟神嘛。”

我无话可说，只得看着窗外的夜景向后退去。我们来到田园地带，上方臃肿的伊丽莎白时期建筑、宏伟的中世纪教堂和茅草屋顶的民宅相继出现。若是白天来看，想来当会美不胜收。

嫔克不理会我的感受，继续说道：“但是，我倒觉得侦探大师协会的那三个人比你可疑——布尔、巴洛和路易丝。”

“此话怎说？”我吃了一惊。

“他们有动机。不管‘猫’是不是莫里亚蒂的后人，那群侦探大师都有杀害布朗宁勋爵的动机，毕竟他们都想当‘侦探皇帝’嘛。高分的侦探大师陆续遇害，布朗宁勋爵再一死去，他们就是最有望当选‘侦探皇帝’的人啦。如果别的侦探大师不死，哪里轮得到他们？”

我忍不住讥刺道：“你的意思是说，那三个侦探大师里的某人杀了布朗宁勋爵之后，只要指证另一个侦探大师是凶手，就可以一举三得？既可以解决一个对手，又可以破获‘猫’的系列案件，更可以当选‘侦探皇帝’？”

“哈哈，脑筋挺好使嘛，不如去当个刑警好啦！”

嫔克大笑着猛然一踩油门。

“危险——快减速！否则会被警察抓走的！”

嫔克看了我一眼，满脸鄙夷：“蠢货！老娘我就是警察！”

福尔摩斯二世的家完全是田园小屋的风格，茅草屋顶采用了切妻造[①]的样式。

门口站着的人，是福尔摩斯二世的孙女——艾琳·福尔摩斯，她的双亲两年前都辞世了，所以她来到了祖父身边，一老一幼相依为命。

“真是太悲惨了，结果又剩下我一个人了……”

艾琳哭成了泪人，曾祖父遗传下来的鹰钩鼻都哭红了。这样说虽然很抱歉，但冲这副尊容，她确实活该当老处女。想到她孤苦的未来，我忍不住非常同情。

我们很快便被领进了舒适的屋内。生着火的壁炉的台子上摆着许多照片，包括村内宴会的照片和这个家族的照片。一条巨大的阿富汗猎犬趴在火炉前方，样子极其惬意。大花骨朵的壁纸有些粗糙，却很有意境。

艾琳的情绪稍稍平复之后，给我们端来雪利酒和黄瓜三明治，放到了小桌子上。我们的提问这就开始——嫔克一仰脖子将雪利酒喝了个干净，身子倾向艾琳。

---

① 一般建筑中最常见的两面坡顶形式，屋顶的檩伸出墙外。该样式常见于东亚地区，源头是中国的“悬山顶”，后传进日本、韩国和朝鲜。这种样式的级别很低，只用于民间建筑，凡是较重要的建筑都不会使用。

“哎，福尔摩斯小姐，我们想问一下你爷爷去伦敦那天的事情。”

“嗯，你说的是十日那天吧？爷爷是为了撰写回忆录的事情去伦敦的，对方是莫里森和亨德里克出版社，大概是一周前联系上的。他们本来约了十一日那天见面,但临时变卦……”

“理由呢？”

“跟以前一样，爷爷突然变卦了。十日那天早晨，那家出版社打了个电话过来，结果爷爷突然说当天就去伦敦，希望下午就跟对方碰面。虽然都八十高龄了，但他总是这样任性胡闹……那天早晨的爷爷似乎比平时更难对付，恐怕是长了口疮情绪不好。那天早晨，他嫌红茶太烫不能喝，竟然打翻茶具，结果割破了手指。我当时就觉得这事情不太吉利，如果硬把爷爷留下来就好了，肯定不会出那种事情……”

艾琳擤了擤鼻涕。

“福尔摩斯二世临走前没说明住处？”我问道。

“完全没有，他总是这样，去哪里见出版社的人、住在哪里，根本就没告诉我，只说十三日星期五‘侦探大师百年祭’结束后的当晚就回来……”

“就是说，直到盖尔德夫总探长打电话询问之前……”

“对，盖尔德夫先生昨晚打来电话之后，我非常担心，就查了电话簿，联系莫里森和亨德里克出版社，但他们竟然说根本就没有编辑请我爷爷写回忆录！他们自称是只出版小猫小狗这种宠物杂志的出版社，所以绝对不会萌生这样的念头。我这才怀疑这没准是个陷阱，哪知竟然真的……”

“盖尔德夫总探长曾进行暗中调查，却无法阻止此事，我表示非常遗憾。”嫔克罕见地肃然说道，“如果有我帮得上忙的事情，请尽管打电话到伦敦联系我。对了，心灰意懒的时候，不妨听听音乐，一定会变精神的，请听听这个吧！”

只见嫔克从夹克口袋里摸出一盘录音带，放到了小桌子上，继而站起身来。只问了简简单单的几句，她似乎就觉得足矣；而满腹问题的我却只得跟着她走向门口，告辞离去。

我们背后的艾琳独自望着小桌上的录音带，惊疑不定。

那上面赫然印着——

急需唾弃的朋克金曲选

中场旁白

“侦探大师百年祭”惨案之后，世界将再度分歧。不管读者先前选择了哪位侦探大师，都已然接触到了所有破案时要用到的线索。所以，接下来就该破案了！请您追随此前选择的侦探大师，阅读其表演推理的解决篇吧。

请续看——

歧路一：亨利·布尔博士的解决（P221）

歧路二：迈克·D. 巴洛的解决（P247）

歧路三：贝芙利·路易丝的解决（P257）

歧路一

亨利·布尔博士的解决

侦探大师会馆。夜。

布尔博士从嫔克那里听完福尔摩斯二世孙女的证言，开始喝咖啡了，神态闲适自得，大胡子随着嘴角不断颤动。

“布鲁，就快要大完结了呢！”布尔博士说话时不紧不慢，跟“大完结”的感觉极不搭调。

此时的我对博士已不再像先前那般信任，忍不住想将他挖苦两句。

“大完结？对啊，明天中午就到时候了！”

“哎呀，别这样——我的推理几乎都完备了，剩下的就是寻觅证据啦。”

“证据？”

“是呀，要不要跟我一同去搜搜看？”安乐椅上的布尔博士将上半身微微前倾，双目瞪得滚圆，“此夜，此时，此刻——我要溜到隔壁房间去搜查证据！”

布尔博士说完便站了起来，根本不管我是否回答。我只得随着他走向路易丝的房间。

眼下是午夜的两点一刻，警卫要到三点时才会再来巡逻，那之前这里都不会有人出现。布尔博士贴上了路易丝的房门，将别针插进了钥匙孔，动作犹如一名身经百战的怪盗。

“嘿嘿，让我这等密室大王来开喇叭锁，根本就是易如反掌嘛。”

望着目光闪烁、兴奋异常的布尔博士，我一时真难分清他的身份是侦探是罪犯——他到底是个怎样的人呢？

“芝麻开门！”

布尔博士以尖锐的嗓音低低一呼，门便敞了开来。

我们偷偷摸进了路易丝的房间……

这里的会客室跟别的事务所如出一辙，布尔博士对此全无兴趣，直接带着我冲进了路易丝的办公室。

这房间跟布尔博士的房间大小相似，但没有博士那架势凌人的藏书，所以显得大些。

大抵是主人非常年轻的缘故，这里的桌椅都给人一种时尚和现代的感觉。

布尔博士埋头翻查着办公桌的抽屉。手电筒的光亮照到他脸上，形成奇特的影子，使得他那张胖得脱离“健康”的容貌沾染了些许妖异之感。

“嘿，布鲁，虽然我不想刺探淑女的个人生活，但是——你看看这个！”

布尔博士说着一抬脑袋，递给我一个小小的皮革面笔记本。我打开一看，里面是路易丝的日记。

我有些内疚，但还是读了。日记的内容基本跟案件无关，唯一让人介意的是有关她和男子“C”交往的部分。他们的交往似乎是从半年前开始的，但对方近两周突然变冷淡了。十二月九日那天，双方决裂。

12月9日

我跟C分手了。我很爱他，但他竟然狠心背叛我！我真是……

然而，我没有退路了。我彻底变了个人。放他离开不如让他死掉，从世界上永远消失……

我居然又跑到走廊上大吼大闹，唉，贝芙，你要淡定些才行啊！到了明天，我一定会冷静下来的吧。不，我一定要冷静下来！

潦草的字迹诉说着路易丝苦闷的情境。结合日记内的相关叙述来看，男子“C”肯定就是克里斯朵夫·布朗宁勋爵。所以，路易丝和布朗宁勋爵果然有男女关系。

“看完这个小女孩的日记，感想如何呀？”

我抬头让目光离开日记，只见布尔博士正微笑着站在档案柜前。他适才便一直调查着档案柜，而且似有所获。

他以不凡的姿势递给我一个四方形的东西。

“拿去，这同样是证据——是我们期待很久的东西哦。”

他递来的是一个用白色硬纸板制作的东西，像是小型的光盘封套。虽然近年来不太常见，但我可以猜到这是二十世纪五十年代非常流行的迷你黑胶唱片——十英寸唱片——的封套。然而，那封套完全是硬纸板的，没有文字说明，看上去极其简易，显然不是正规出版的光盘，而是自行灌录。

“把里面的东西拿出来吧，小心别沾上指纹——而且，小心别被伤到哦。”

我遵照布尔博士说的，轻轻摇了摇唱片封套，里面的东西果然从一端滑了出来，但不是怡人的唱片。

黑暗中被手电筒照得金光闪闪的东西，货真价实，赫然竟是外缘刀刃上留有干涸血迹的骇人凶器——铁轮！

布尔博士伸手拿住这奇特兵刃，带着满脸的爱怜神情说道："满月照耀——哈哈哈，我们这可真是沾了光了。话说回来，这案子的破绽岂非正是出现于满月的照耀之下？倘若我没搞错的话，古埃及那位猫神贝斯特同时又是月亮女神——嗯，这真的充满暗示。贝斯特的脑袋是猫，身体则是……"

"是女人……"我不禁喃喃说道。

布尔博士向我挤了挤眼睛，说道："是啊，充满暗示——大大地充满暗示。"

“接下来，我要开始密室教程啦！”

十二月十四日星期六的正午，布尔博士稳坐事务所的安乐椅上如是说道，那双失眠的公牛眼眨个不停。不仅是我，基德和嫔克这对搭档亦被喊来了这个房间。许是工作繁忙的缘故，他们都是面带倦容，疲劳得像是彻夜登台的歌星。

布尔博士接着说道：“‘爱德华法’规定的时间到了，这意味着我该破案了。但是，解开布朗宁勋爵的命案之前，我想先就‘密室’的问题略作说明，毕竟——”

布尔博士虔诚望向壁炉架上方，那里挂着一位身披黑色斗篷的绅士肖像。

“我希望继承先师菲尔博士的志向！眼下，本格派侦探眼看着便要消亡，甚至有了‘推理界空棘鱼’这种讽刺。所以，我要完美展现一下本格派的密室推理水准！”

布尔博士自我陶醉着，话音都变颤抖了。对此完全不感兴趣的朋克刑警们则听着日本制造的耳机，随音乐摇摆身体。

目光炯炯的布尔博士完全没有察觉大家的态度，自顾自开始了话题。

布尔博士的密室教程

要彻底解开克里斯朵夫·布朗宁勋爵被杀一案，我觉得有必要对“密室杀人”这种不可能犯罪进行一些基础的介绍。

一八四一年，奥古斯都·杜邦这位天才侦探解决了“莫格街谋杀案”，这是侦探史上的第一个重要案件。自那之后，密室杀人这种最具魅力的问题就征服了所有侦探。布朗神甫、赫尔克里·波洛、菲洛·万斯、埃勒里·奎因、法兰奇……几乎每一位名垂青史的侦探都跟“密室”有缘。而其中最著名的，当然便是我那位痴迷不可能犯罪的恩师——基甸·菲尔博士。他杰出的贡献确实值得大大介绍一番！

对密室的优秀研究，很早很早以前就出现了，譬如菲尔博士一九三五年借《三口棺材》提出的密室讲义。后来，日本的作家兼学者江户川乱步亦以理论著作《幻影城》讨论了密室的分类问题。

鄙人自知才学有限，不敢高谈阔论，惹得各位反感。但若结合我个人的体悟来讲述前贤的成果，对密室分类予以简单介绍，想来总不会败了各位的兴致。

首先，如果只对“密室杀人”进行狭义的理解，则其组成要素便大致有这样三项：死者、凶手、无法进出的空间。

如果硬要再加一项的话，凶器亦是重要的备选项。

这些要素里面，通常来说，空间是静态的——几乎所有的密室案件，都可由“死者”、“凶手”和相对不重要的“凶器”这三要素在案发时和“密闭空间”的关系来进行分类。换言之，只要搞清了这三要素各自的情况和整体搭配，基本上所有的密室案件都会随手解开。我说，你们跟得上不?

刚才，我使用的前提是“静态空间”，但现实中可不是没有那种该死的、邪恶的“动态空间”案例！然而，我们权当那是意外好了。虽然我很欣赏那种异想天开的诡计，但这次毕竟只是个基础教程，如果逐一讨论那些特例，肯定会变得混乱不堪。

确立了这样的基础概念之后，我们就可以谈到分类的问题啦。

首先是 A 类——出事时，凶手在屋子里面。

这看似顺理成章，其实却有着各种情况。无论如何，最常见的就是那些玩弄门窗的伎俩。行凶之后，凶手一般都会从房间里出来，设法从外面操控门锁甚至内侧的插销，使用老虎钳和绳子让房间变成密闭状态。这种办法简直麻烦死了，我一点都不喜欢，根本就是小流氓抢金库的风格嘛，哈哈哈。总之，这是营造密室的最简单办法之一，凶手和侦探都会一下子想到。

比这个稍微高明些的手法是利用时间——凶手作案时同样要进房间，但会让人对“作案时间”有所误会，继而构成密室杀人。

这种情况的第一种手法，是让案件的时间显得比实际晚，比如利用唱片、音响之类，让别人觉得被害者在实际遇害时间还活得好好的。

第二种手法则反之,让案件的时间显得比实际早。比如说，凶手以第一发现者的身份冲进密室，进去后才动手杀人。

以上两种情况里面,密室杀人都是凶手获取“不在场证明”的伎俩——这样一讲，是不是就好理解了？和门窗上的机关相比，这种手法具有一定的心理成分，水准较高，但实际案例比较罕见。

然后，我们来看看B类——出事时，凶手不在屋子里面。

该分类主要有两种思路:(一)利用房间内的机关装置；(二)从房间外隔空杀人。每一种都有大量案例。

先说第一种吧，这需要将自动手枪等定时杀人装置悄悄安装到房内的家具摆设上。这样做的必然结果是凶手杀人会很轻松，但由此又出现一个问题:事后如何处理掉密室内的装置?

再说第二种，这指的是将刀射进屋子那种情况。这样的密室既然存有缝隙，那就肯定不是完全封闭，所以其诀窍就是查明缝隙。

就这两种手法而言，除了“死者”和“凶手”的情况，适才说到的备选项“凶器”的情况同样是很重要的。

话说回来，这个B分类有些案例是跟“自杀”有关的。说得清楚些，就是“伪装成他杀的自杀”和“伪装成自杀的他杀”这两种。一旦这种伪装的效果显著，承办者就会按照表象来进行处理，很难再有水落石出的机会。酷似这种案例但更高明的，是“死者自行送命，却不算自杀”这种情况——比如说，凶手设法让密室里的死者受到惊吓，心脏停跳而亡。这种情况的“密室杀人”很难证实，算是很讨厌了。

接下来是C类——出事时，死者不在屋子里面。

就我个人的观点来说，这种思路最懂得利用盲点。既然死者是在密闭的房间里被发现的，人们当然会觉得密室就是杀人现场。然而，这一类别的情况完全推翻了这种想当然的看法，包括“死者是受伤后进房间上好锁才死去”、“凶手设法将死者送进密室”等等。这是一种颠覆性的理论，或许该冠以“反密室”之名称才好？

如何，你们是不是都明白啦？几乎所有的密室杀人都不出这三大类别。当然，例外总是有的，譬如难以分类的混合情况。

啊，对了，处理密室杀人时，可别忘了另一个重要问题——密室的合理性。凶手为何要千方百计弄出密室？绝大部分理由都是要让谋杀看上去像是自杀。但若刚好不是这样的话，就一定会有一个理由。就算凶手是个疯子，但疯子亦会有疯子的道理。只要扣住了这一点，往往便可以顺藤摸瓜，直切密室杀人的玄机。这一点至关重要，你们万万要牢记心头。

总而言之，你们听完我这个密室教程，不妨再回顾一下布朗宁勋爵的命案，肯定会将之归进某个类别，进而省悟真相。

如何，想出来这个密室的机关没有？哈哈哈，听了如此长的教程，各位想必都累了吧——但是，这总比学校里面的几何课更有趣吧？

哈哈哈……

“本人密室教程的基础卷到此结束，接下来是实际的运用——让我们来解析一下布朗宁勋爵的命案吧。”

事务所内的布尔博士踌躇满志，讲授着密室理论，到了这时总算兴致高涨，开始谈破案的事情了。两个朋克刑警只得摘下耳机，看着博士等他说明。

“博士，麻烦你快一点啊，苏活区晚上有个演唱会呢。”基德开口说道，架子十足。

“哦？哈哈，真的啊？好吧，年轻人难免忙一些嘛，我知道啦。”布尔博士欣然将眼睛一眯，展开了话题，“我打算坚持密室流名侦探的身份，从密室的角度来破解这个案件。到底‘猫’是如何实现这次密室杀人的呢？各位，让我们回顾一下刚才的密室教程……”

嫔克开始吹泡泡糖了，动静很大。

布尔博士对学生们的态度全不介意，继续说道：“那好，我们首先对照‘A类——出事时，凶手在屋子里面’这种情况。虽说这一上来就被我排除掉了，但讨论一下总没坏处。我们假设本案是这种情况，如此一来，凶手就是割破布朗宁勋爵的喉咙之后，以某种手法构建了密室。换言之，那两扇门和那一排窗子肯定被做了手脚。但是，我们仔细检查了这三个地方，结论是别针和绳子一类的小伎俩完全派不上用处——窗户的新月形锁扣好久没使用了，根本就打不开；而通往会客室那扇门上的把手锁和通往走廊那扇门上的插销都是不大灵活，无法从外面用细线等东西操控。这两扇门上没有细线可以穿过的钥匙孔，甚至都没有一点缝隙。同样，窗玻璃没有缝隙，完全吻合窗框。门窗内侧都没有插针的痕迹，干干净净……所以，我把这个思路排除掉了。这凶手本来就不会做出类似抢银行破坏保险箱这种幼稚行径的嘛。”

我忍不住插口问道：“但这分类不是另……”

“没错，布鲁，这分类另有一招是时间诡计，就是让行凶时间比实际时间显得早些（晚些）的办法，可惜跟这次的状况不搭。这件凶案里面没有任何响动的机关，无法让人错觉行凶时间比实际时间晚。虽然有唱片，但唱片里灌录的不是勋爵的讲话，而是勋爵乐。然后，我们再说说行凶时间会不会比实际时间早——凶手进了密室才下手，譬如基德冲进去割断勋爵的喉咙……”

只听“啪”的一响，嫔克吹的泡泡破了。而基德则怒目瞪着博士。

“哎呀，我随便开玩笑啦。根据检查结果，勋爵的死亡时间比被发现的时间远远要早。总之，这两种情况的密室都是要制造不在场证明，但本案中没有人因此获得不在场证明，所以这两个手法就跟着被排除了。”

布尔博士歇了一歇，往海泡石烟斗里面填了些烟叶。

“接着该说‘B 类——出事时，凶手不在屋子里面’这种情况了。该分类有两种截然不同的做法，一是房外的凶手利用房内的装置杀人，一是隔空杀人。根据调查，房内没有可以杀人的装置——推测中的锐利刀刃。对吧，基德？”

基德微微一哼，聊表赞同。

“所以，该讨论隔空杀人了。诚如我适才所言，这密室是彻彻底底的密室，没有一丝缝隙，所以是不会有刀刃一类凶器从外部射进来的。当然，本案的这个方向是需要深究一下的，但我们暂且按下不谈，继续排除该分类中的剩余情况——伪装自杀。既然现场搜寻不到凶器，我们便很难相信凶手是要布置出一个自杀的场景。而且，要想等勋爵自杀后再设法带出凶器，同样是办不到的——没有足够大的缝隙。何况，我们根本查不到勋爵有自杀的理由。”

布尔博士说了半天，至此方始缓缓嘬了口烟。刹那间，烟斗中的烟草一红，燃烧了。

倘若所料不错，密室教程的关键处就要来了。

布尔博士的密室实验

“讨论下一种情况之前，我想先说说我的一个发现。布朗宁勋爵明明持有手枪，为何竟被人用利刃割破喉咙，甚至杀死？一般说来，拿刀和拿枪相比，肯定是拿枪更有优势才对……”

“哇，但我上次跟基德去苏活区看午夜场，黑泽明拍的片子里面，拿刀的武士就赢了拿枪的呀。”

嫔克仿佛一名莽撞的武士，猛然砍断了博士话头。

“嗯……唉……小姐，别相信那种鬼扯的东洋片，我们谈的是现实问题。总之呢，我觉得这一点非常奇怪。但是，某种情况之下，刀确实会击败枪。”

“突然射出来时？”我问道。

“正是如此，布鲁说得半点不错，只有会飞的才能赢得了会飞的。所以，我分析了凶器的轨迹，估计是一把利刃脱手而出，割破了布朗宁勋爵的喉咙。好了，我们再看看密室的分类吧。截至目前，我们只推敲了凶手的情况，但这样根本无法求得真相。所以呢，我们就要换换脑子，开始后续的‘C类——出事时，死者不在屋子里面’这一情况。这意味着死者是在别处遇害的，死亡后才被挪到密室里面；要不然就是重伤后进房间上锁毙命。两相比较，后者无疑更有可能。勋爵的伤势不像是当场毙命，而那密室的两扇门若非由内部的人转动把手、弄好插销，怕是很难形成匪夷所思的密室杀人。所以说，杀人后将死者挪到密室里面的观点很难成立。根据那里的出血量来看，勋爵肯定是进了那个房间后失血致死，这一点不会有错。”

我不禁再次插嘴：“就是说，勋爵受伤的地点不会是别处？”

“嗯，你别急嘛，我会一点点讲明白的。话说回来，我觉得这是个有些微妙的密室，不如说是‘临界密室’好了。”

“临界密室？”

“嗯，我们先假设密室是布朗宁勋爵亲自上锁形成的，而他此举其实是要避免被凶手继续加害，是一种防御对策。只要这样一想，屋内上锁的问题就解开了。而且，勋爵似乎就是在那个房间通往走廊的门一带受伤的，结合门上和地毯上的血迹情况来看，这推测合情合理。”

“如此说来……啊，我懂了！”

“对，布朗宁勋爵是处于房间的内外临界状态时受伤的——从走廊那扇门进了房间，正要关门之际。他惊骇莫名，赶紧关上了门，上好插销。颈动脉被那样割伤，临死前大概只能走一小段路。紧跟着，勋爵撞上沙发，摔倒后试图在地毯上留下‘猫’的身份，但没写完就一命呜呼了。”

“当真？”基德打了个哈欠，泼了盆冷水。

“嗯？基德小鬼似乎不相信老夫的话嘛。那好，我就来做个小实验吧。”

布尔博士说完便吩咐大家离开事务所，来到了走廊上。

他将布朗宁勋爵房间和通往走廊的那扇门打开近四十五度，让基德去那里站好，继而带着我们去往走廊深处，至路易丝的门前站定。

“能看见基德吧？”

诚如博士所说，从这里可以将门后（布尔博士所谓密室的内外临界）的基德看得一清二楚。门是朝着走廊的右开门，所以换了正对面的布尔博士门前和斜对面的巴洛门前，都会被布朗宁勋爵的房门挡住，看不见基德的身影。

只见布尔博士春风满面，伸手往带来的纸袋里摸了一阵，仿佛是圣诞老人取出美好的礼物一般，掏出了让人胆寒的凶器——我们从伦敦塔带回来的赝品铁轮。

博士将铁轮套到了手指上，以魔术师般的灵活指法令其开始旋转，霎时间金光闪闪。

只见铁轮的速度逐渐加剧，后来竟快得甚至让人觉得博士将会扭伤手腕。

突然——

铁轮脱手而出，挟着惊人的劲风冲破了基德的鸡冠头，跟着便重重撞到门上，滚落走廊。

博士龙颜大悦，看着基德被吓得有些苍白的脸，欣然问道：“怎样，没有刀刃的赝品都这样猛，要是真正的铁轮，基德该付给我理发费用了吧？哈哈哈。”

基德默然不语，凝望着地板上那个形如金黄满月的兵器。

布尔博士接着说道：“这件妙趣横生的凶器来自印度的锡克教，名唤铁轮。具体情况我都跟布鲁解释完了——我怀疑那首鹅妈妈数数歌童谣里面第十二个猎人的‘满月辉映’是象征着现场消失的凶器，结果真的就查到了这个。这虽然是赝品，但我们确定了实物是伦敦塔兵刃博物馆的藏品，而且被路易丝小姐偷了出来！哎，不说这个了。总之‘猫’这次又是扣着童谣来作案的。布朗宁勋爵是被金光闪闪的铁轮所杀，换言之——”

只听嫔克接着说道：“就是喉咙被满月辉映着死去。”

我们回到了布尔博士的事务所。

博士续上话头："所以，我打算把这次的密室杀人冠以'临界密室'之名。第一，犯案的地方是密室的内外临界之地；第二，死者毙命于亲自构建的密室里面，这符合'出事时，死者不在屋子里面'一项，但从凶器的去向来看，这又同时符合'出事时，凶手不在屋子里面'中的'隔空杀人'情况。因之，本案中的密室，就归类来说是临界状态的。"

基德突然说道："一派胡言。"

"啊？"

这句话大大弄糟了布尔博士的情绪。

只听基德叹道："那我问你——凶器呢？凶器跑到哪里去啦？根据你说的情况，密室里该会找到凶器才对。"

"这个嘛，我跟布鲁昨晚就查获了。你看——"布尔博士从办公桌抽屉里拿出我们昨晚自路易丝事务所带回的日记本，以及唱片封套里装着的真铁轮，"这些证物都来自路易丝小姐的事务所，你们可要善待一些呀。话说回来，这凶器会从密室里跑到路易丝小姐手中，基德你同样是要担干系的，懂不懂——那好，我们言归正传，继续密室的话题。我之前的教程说凶手制造密室一定是有用意的，实际上未必皆然。"

基德问道:“比如说碰巧变成了密室?”

“太对了!基德,表现得很好嘛——那个密室其实不是凶手设计的。路易丝小姐对准布朗宁勋爵丢出铁轮,不料勋爵竟从内侧把房门给锁上了。她事后当然想进去一趟,没准曾打算使用会客室的那扇门,可惜那里亦被从内侧锁住。这使得她无法立刻回收凶器。路易丝小姐又惊又怕,大概一整夜都没睡吧——她知道跟死者一同被锁到密室里面的凶器非常特别,只要稍微查查就会真相大白,所以次日一早……”

“哎呀,她竟然是那个时候给拿走的!”嫔克不禁大呼。

“不错,直到次日一早,路易丝小姐才抓住机会——冲进密室的基德跟布鲁大打出手,你们后来是不是追着布鲁跑远了?当时,没有任何人留下来呢!路易丝小姐当然不会错失良机,她走进房间,把铁轮塞进音响附近的十英寸唱片封套,带了出来。万幸,这一切全被我那位可靠的助手看个正着。布朗宁勋爵死前曾用左手将铁轮从喉部拔出,然后直直扑倒,所以铁轮才会被他身体的左胸一带压住——想想看,死者胸前是不是有一片没染上血的半圆形?我想就是那个地方。那天早晨,布鲁和基德都没有翻动死者吧,所以没看见凶器。”

嫔克索然问道:“就是说,你觉得凶手是侦探大师路易丝小姐?”

“是啊,路易丝小姐和布朗宁勋爵有点不清不楚,那本日记和我的助手都可以证明此事。我怀疑就是感情危机使她动了杀死布朗宁勋爵的念头。你们都知道勋爵当天的安排里有一项是跟‘B’晚餐吧?那不就是贝芙莉的‘B’嘛。所以说,她是想把勋爵喊到她的办公室里，晚餐之前就结果了他，哪知却不欢而散，布朗宁勋爵离开路易丝的事务所，来到走廊，正打开他事务所的门要进去时，路易丝就动用了那件邪恶的凶器！”

“嗯……这可不太像是‘猫’做的事情啊……”嫔克茫然说道。

基德对之深表赞同：“确实不像‘猫’啊。别的不说，如果路易丝是‘猫’的话，她的行动就是有矛盾的。”

“矛盾？”布尔博士只惊得表情都变了，慌忙问道。

“是啊。你推理的基础，就是‘猫’赖以布置命案现场的那首鹅妈妈数数歌吧？那同样是‘猫’选择象征‘满月’的铁轮来当凶器的理由吧？但若路易丝小姐就是‘猫’的话，她为何要将呈现童谣内容的凶器带走？好不容易想到的凶器，如果不留下来被我们看见，童谣杀人不就没了意义？要不然就是‘猫’这次破例放弃了对理想的追求？”

布尔博士首次表现得有些惊慌失措。

“这……这个……但是，布朗宁勋爵的口袋里面确实有‘猫’玩偶啊！那种小东西，布朗宁勋爵去路易丝小姐的事务所时，她随手就能塞进去啦……”

“我问的不是那个。我是说，如果路易丝就是‘猫’的话，她把凶器从现场拿走，是不是太奇怪了？”

“啊……那个嘛……对了！”布尔博士紧张的神情突然一舒，“那个铁轮是路易丝小姐从伦敦塔的兵刃博士馆里亲手弄出来的，一旦留了下来，就会被查到身上，所以……”

“所以这就矛盾了嘛。我要说的就是，既然那东西从一开始就不能留下，那又如何用来模拟童谣？”

布尔博士如坠深渊，惶然答道：“那是……哎呀……我哪知道路易丝小姐到底是不是‘猫’啊……咦，有了！就算她不是‘猫’吧，但她要解决和布朗宁勋爵的孽债，兴许就会想到借用‘猫’的罪行来搞伪装……我想想，这样是不是就不矛盾了……靠！”

布尔博士说至此处，突然灵光一闪。

“那种事根本就无所谓啊！我要做的只是破解密室对吧……”

“且慢。”基德打断了布尔博士，“我没问完呢。”

只见他将手一抬，枪一般指向了我，嘿然笑道：“然则这位密室里的小哥又是谁呢？当时的动向如何？”

这问题大出布尔博士的意料，登时将他惊得嘴巴都合不拢了，只怔怔盯着我看。

“有道理……我一直盘算着密室的事情，一个不留神竟然把这家伙给忘掉了。”

你大爷的，开玩笑总要有个限度才行吧——我忍不住想。

“假如是这位小哥杀了密室里的布朗宁勋爵，那就完全用不上你那些乱七八糟的密室理论了嘛。”

基德的话带给我无限恐慌。

我仅存的救命稻草布尔博士尽管左支右绌，兀自奋力迎战：“这……这我当然知道……嗯，对，我确实设想了这个可能。但是，假如布鲁是‘猫’的话，福尔摩斯二世的命案又该怎样解释？杀了布朗宁勋爵之后，布鲁离开密室，跑去福尔摩斯纪念馆杀死第十三个牺牲者——福尔摩斯二世，由此完成连环杀人，随后冷冻好遗体，跑回布朗宁勋爵的事务所，小心弄好密室，再去撞脑袋直到撞昏，故意把自己弄成最有嫌疑的人，等着你们一早赶来？而且，他后来一直跟着我，你随随便便就说他是‘猫’，这让我无法接受。”

基德穷追不舍：“那你说——他是谁？”

“啊？这个……我想想……有了，我知道了！布鲁的真正身份……”布尔博士重拾了些许自信，略一凝思，冒出一句神来之笔，“就是路易丝小姐的丈夫嘛。”

这下子，惊得嘴巴都合不拢的人变成了我。

我是路易丝小姐的丈夫？这到底……

布尔博士继续解释着：“这个布鲁，就是正跟路易丝小姐协议离婚的埃德蒙·齐塔维克。布朗宁勋爵的行程表上不是说得很清楚嘛，四点时要跟‘C’碰面，这肯定是勋爵要跟‘C’——齐塔维克——谈谈路易丝小姐的事，所以约他来事务所碰面。这时，路易丝小姐打电话喊勋爵去她那边一下，他就过去了，后来的事情就跟我之前说的一模一样啦！而同时呢，独自等待着勋爵回来的齐塔维克先生肯定是骤然一惊，想不到从走廊上回来的勋爵竟然浑身浴血。齐塔维克先生大惊之余不慎被某物绊倒，结果脑袋磕上办公桌直接晕了，是不是很悲剧呀！再然后，磕到脑袋的布鲁——不，齐塔维克先生——就忘掉了一切……”

这时，门铃响了。

博士的助理今天没来，所以访客似乎是直接来到了这个房间门口。布尔博士喊了一句“请进”，门便跟着开了。来者是一位驼着背的重度近视眼男子。

“打扰了，这里是不是路易丝小姐的事务所？”

“你走错门了，路易丝小姐是隔壁。”布尔博士冷冷答道。

男子道了句谢，正待离开之际，基德上前喊住了他，说道：“哎呀，这不是齐塔维克先生嘛！昨天麻烦您啦。”

那位“齐塔维克”见是基德，登时露出一脸苦笑，说道：“嗯，基德先生，你好啊。”

布尔博士大吃一惊，看着他俩。

“齐塔维克……难不成竟是我们刚刚说到的路易丝的前夫……齐塔维克？”

基德微微耸了耸肩，仿佛是以此向博士致歉。

“说来真是不好意思，但他的确——来得正是时候呢。好了，布尔博士，就由我来介绍一下吧，这位就是货真价实的爱德华·齐塔维克先生。”

“但是……这……”布尔博士没话说了。

“实际上呢，我们擅自做了一些调查——说白了就是跟踪你们。你觉得我们不知道铁轮这回事，其实我们早就去伦敦塔的兵刃博物馆调查完了，而且从博士的助理——格林伍德大妈——处获得了和路易丝有关的证言。”

这时，我忍不住将一直挂虑的事情问了基德：“不知道是不是我记错了，但我总觉得‘猫’曾经在伦敦塔的城墙上袭击过我……那就是你吧？虽然我的记忆很模糊……”

基德露出狡猾的笑容，故作神秘道："是啊，大概是吧。作了某个选择之后……兴许确实是有一个朋克族拿你寻开心来着。"

"某个选择？"

"好了，这些都不重要，别问啦。重要的是路易丝的事情。我们询问了路易丝小姐和这位齐塔维克先生，前者承认将凶器带离了现场。据她说，那天早上她偶然看见那房间里的情况，只觉得惨不忍睹，大感震惊之余，想要上前唤醒地板上的布朗宁勋爵，却瞧见他身下压着她从伦敦塔弄回来的铁轮。她唯恐惹祸上身，决定先把凶器藏好。但是，布朗宁勋爵遇害的十日下午直至晚间，她都有确切的不在场证明，而且得到了证实——是不是呀，齐塔维克先生。"

齐塔维克先生犹未搞明情况，只得眨着眼道："对，正如我昨天对基德先生说的那样，我跟贝芙当天下午在谈离婚的事情，就在我位于国王十字路的公寓里面，一直谈到晚上。此事千真万确。我今天来这里就是冲着离婚的相关文件……"

布尔博士对这些完全是置若罔闻了。穷这位密室流侦探大师的一生，只怕都未曾如此现眼——才刚刚提出假设，都没有余裕站稳，真正的齐塔维克先生就出现了。

一时间，但见安乐椅上的他浑身松懈，瑟缩着喃喃不休。

只可惜他遭受的打击尚未结束。

一旁的嫔克进行了天真却又冷酷的落井下石："布尔大叔，你先别忙着消沉，更震惊的总是留到后面的嘛——有一个侦探大师检举了你，说博士你才是杀害布朗宁勋爵的凶手！"

我彻底混乱了。如此一来，一切都要从头开始才行。我的不安达到临界状态。我眼看着就要崩溃了。

“猫”的真面目、我是谁、布朗宁勋爵被杀疑团……这一切再度被迷雾笼罩。

这些丧心病狂的侦探大师到底是不是相互陷害？我委托的布尔博士竟然就是凶手？我是不是选错了侦探大师？啊……如果一切可以倒退重来的话……

我无法继续待下去了，伸出手一把推开愣愣站着的齐塔维克先生，就这样离开房间。

我只觉得胸口中翻江倒海，而且头痛欲裂……

请续看——

开端·沉睡的猫（P273）

OR

歧路二：迈克·D. 巴洛的解决（P247）

歧路三：贝芙利·路易丝的解决（P257）

歧路二

迈克·D.巴洛的解决

事务所里的巴洛听完嫔克复述的福尔摩斯二世孙女的话，悠然饮了一口咖啡，说道：“总算要迎来结果了嘛。对了，你要不要再跟我去做点事情？”

“跟你去做什么啊？”

“夜探布尔博士的房间。”

“啊？”

我吃了一惊。

“我怀疑布尔博士就是杀害布朗宁勋爵的凶手。这种事情，除了他再没人做得出来，更何况他有动机。所以，我打算去拿证据了。”

巴洛不等我表态便一下子站了起来。我们就这样去了布尔博士的房间。

凌晨两点十五分，巴洛和我学那些惯犯弄坏了锁，冲进布尔博士那杳无人影的事务所内。说实话，我真的不想做这种事情，但巴洛表现得太有把握，搞得我只好跟来。

架子上塞满了像装饰品一样的精装硬皮书，国际象棋的棋盘前立着一尊神情呆板的自动人偶，玻璃瓶里的福尔马林溶液中则浸泡着生物标本……这位侦探大师布尔博士的房间可真不让人舒坦。

巴洛带着我彻查了那个玩具箱一样的房间，但是一无所获。正当我们打算收兵之际，巴洛想到了有个地方尚未察看。

这位冷硬派侦探大师来到了孩童大小的人偶前方。瞪大眼睛、状若疯狂的人偶拿着“相”的棋子，虽不知其运作的机关如何，却觉得完全可以跟人类对弈。巴洛伸手将棋盘上的棋子一扫，用指甲缓缓刮着棋盘边缘，突然将棋盘的表面狠狠往上一撕。

我跟着就明白了，棋盘上的黑白格子纸是Paper Acid——浸透着LSD的纸。

“我真的不喜欢讲解破案过程。”

巴洛随意将两条腿搭到了办公桌上，嘴里如此说道。然而，从他的表情来看，似乎口是心非。

十二月十四日上午，距离“爱德华法”的特别时间只剩下几小时了。基德和嫔克两位刑警被从巴洛警署喊来了事务所，眼下正等着他剖析结案。

巴洛喝了一口咖啡，这才开口说道：“凡是扯上毒品案件，都会有一条铁则——凶手肯定是想要嗑药的穷鬼。这句话是我的经验总结，准保没错，基德你可别忘了告诉毒品课的梅瑟哦。总之呢，从偶然得知唱片那件事竟然牵扯到哥伦比亚贩毒团伙时，我就料定布朗宁勋爵是被穷疯了的瘾君子给干掉的。”

“怪不得你会对那本账簿倾注那样大的心血。”我说道。

“没错，我知道那账本同时肯定又是买毒人士的名单，所以玩命解开了那里面的密码。谁让我打定主意要查出那个欠了五万八千英镑的浑蛋是谁呢？我抱着那本《密码大全》摸索钻研，想不到很容易就搞明白了。现实中的事情往往就是这样简单，跟侦探小说完全不像。”

嫔克问道：“那个密码到底是怎样的呢？”

“哎呀，小妮子别着急嘛。你知不知道换字法，就是把句子里的某个字用别的字顶替，让别人看不懂内容。具体的替换方法当然有规律可循，比如这本账簿就是把一个英文字母换成另一个英文字母。好了，你去纸上把二十六个字母都写一遍——会写吧？”

嫔克做个鬼脸，按照巴洛说的写下二十六个字母。

“嗯，这个就是基本行，然后再弄出密码行就行了，两者中同位置的字母存有替换关系。当然，密码行的字母是另有规则的，不是普通顺序，这个顺序就是……唉，这个太麻烦了，我为何非要说明这种东西！”

基德插口问道：“就是关键词吧？”

“嘿，想不到基德竟然知道？对的，密码行要用关键词来开头，然后只要把剩下的字母按顺序排列就成了。要不要来试试看？”说着，巴洛望向嫔克，“乖乖，你来帮个忙，按照我说的，先把关键词写到第二行，然后补上关键词里面没出现的字母，好不好？”

“关键词是？”

“Cat Bones——就是‘猫骨’俱乐部的名字，我折腾了好久才想出来。话说回来，这‘猫’真是随处可见呢。”

ABCDEFGHIJKLMNOPQRSTUVWXYZ
CATBONESDFGHIJKLMPQRUVWXYZ

嫔克按照巴洛的意思，补齐了第二行字母。

“只要有了这个，我们就基本赢了，只要把这账簿上那位 SOJPYAUHH 挨个掉换字母……你们看，名字就出来了吧！”

“S 是 H……O 是 E……哎呀！ Henry Bull——布尔博士！”

“虽说我这位硬汉侦探本来不该烦这种事，但知道那位瘾君子就是我隔壁那位貌似无辜的布尔博士时，可当真大大吃了一惊。话说回来，布朗宁勋爵都可以是蛇头，那布尔博士从他手里拿可卡因和 LSD 就不是很难想象了。然后，我利用眼线等各种渠道，打探了布尔博士的情报，果然大有收获。将近二十年前的二十世纪六十年代，布尔博士曾加盟美国的一个 LSD 重大项目，那是大学里的正规研究，内容跟幻觉有关。他因此对毒品有了兴趣，最初似乎只是学术上的好奇，后来渐渐就迷失了。听说他一度戒掉了毒品，但最近几年又开始死灰复燃。他那种不健康的肥胖，就是所谓的吸毒肥，看德行怕是来日无多了吧。后来，我又派人去调查了布尔博士的资金情况，这家伙根本就是个穷光蛋，没有存款，只剩下‘猫骨’的五万八千债务。这些先不说了吧，反正从他房间里查获的 Paper Acid 就是决定性的证据——”

巴洛取出昨晚从布尔博士房内带回的棋盘贴纸，放到了办公桌上。

我忍不住问道：“这样说来……布尔博士是想要赖掉毒品的债务，所以才去杀人？”

“这个算是主要的缘由吧。但是，只把布朗宁勋爵弄死，根本不解决问题。所以，我觉得肯定是他们两个争执不下，才导致了这种事情。这案件简直就是个名副其实的帽子戏法嘛。”

“帽子戏法？”

“对，这是用来形容一场比赛中一个人连获三分的情况。第一，布尔博士杀了蛇头布朗宁勋爵，暂时躲开了贩毒组织的催债；第二，杀了勋爵这位侦探大师，可以使他获得‘猫’的满足感；第三，他可以把罪名栽到你头上，只要宣布破案，你说接下来会怎样呢？”

“他会以最高的分数坐上‘侦探皇帝’的位子，获得难以想象的年俸和大权……”

“是啊，这样一来，他就有资金摆脱贩毒团伙的债务了。这家伙简直聪明得有如魔鬼，杀个人竟然一箭三雕。”

“所以布尔博士就是‘猫’了？”

“嗯，除掉布朗宁勋爵之后，他放下心来，又把福尔摩斯二世骗到福尔摩斯纪念馆，将之杀死。他就这样结合童谣杀死了十三个人，圆满完成一切。”

“但是……路易丝的举动又该如何看待？”

“这方面就由我们来说明吧。”基德说道，“我们调查了路易丝在案发次日的行动，也从布尔博士的助手那里听到了事情经过。我们对她进行了询问，得知把凶器从现场带走的正是她本人。凶器很特殊，是一种名唤铁轮的东西，听说是锡克教徒的兵器，形状接近十英寸唱片，边缘处布满利刃。死者遗体下方不是有一块半圆形、没染上血的地方嘛，那估计就是压住了铁轮所致。这个就是铁轮的仿制品，你们拿去看看。”

基德递给我们一个夺目的金属盘子，上面带有出众的装饰工艺。那形状当真酷似十英寸的唱片，同时又像是比较大的 CD，但中间的洞的比例可比 CD 要大，实际上更像是一个薄薄的铁环。

“这个铁轮就是路易丝被其情人布朗宁勋爵唆使之后，从伦敦塔的兵刃博物馆偷回来的东西。勋爵出事后的第二天早晨，她偶然发现这东西竟被勋爵的遗体压着——就是我们追着那位小哥跑到电梯附近时。”

“但是，路易丝的话是否可信？”我问道。

基德答道：“可以。她是怕被凶器带来嫌疑，所以才将凶器带走。而且，布朗宁勋爵遇害时，她有不在场证明。昨天晚上，伦敦塔报称有一位齐塔维克夫人将铁轮给偷走了，我们追查之下，得知路易丝在考古学研究所工作时曾经结婚，丈夫的姓氏正是齐塔维克。他们目前正协议离婚，但是尚未谈定——换言之，路易丝的真名就是齐塔维克。我们立刻去向他们两人取证，问明了案件当天的下午和晚上，他们夫妇都在男方家里谈离婚的事情。”

巴洛欣然说道：“那就对了。所以路易丝只是把那个铁轮给带走了嘛……听你一说，我好像是从她那里看见过那个东西。布尔博士肯定是知道路易丝有那种凶器，故意以此杀人，以便嫁祸给她。这种卑劣行径一看就是谙熟兵刃的布尔博士做得出来的嘛。”

基德看着巴洛，笑了，笑得很是鄙夷。

“接下来，我想问问……”

“你要问的是？”

“首先，如何解释密室？”

巴洛双目圆睁，仿佛突然间被人踩住了痛脚，说话都变结巴了。

“这个嘛……这个……我根本就没想啊！密室这种东西本来就不归硬汉的脑袋管。但是……等等……啊，我明白了，布尔博士不是会催眠嘛，他肯定是对当时同样身处屋内的迪克使用了催眠术，让他随后上锁。对，肯定是这样的啦。”

基德几近爆笑：“那好吧——上了锁之后，那个人开始打自己脑袋，直到被打昏过去？催眠术可真无敌啊。可是，这种事未免太荒诞了吧，为何一定要这样做呢？”

“那大概……那是博士喜欢密室到了变态的境界所导致的！对，肯定就是这样！凡是‘猫’的案子都具备周密构思，这只有诡计狂人才能做得出来！”

巴洛急得满头大汗，但基德兀自不肯松口。

“那好，这个荒诞诡计的关键，就是这个——你管他喊迪克？此人到底是谁，去现场有何目的？”

“啊？哎呀……这个嘛，迪克就是个无辜的管道工人吧，不幸被卷了进来……咦，好像不太对劲……”

天啊，说得更离谱了！

巴洛这家伙忙着调查毒品，竟然根本没有思索密室和我的身份问题，这太让人难以接受了。

此时，基德用上了撒手锏：“附带一说，布朗宁勋爵的死亡推测时间之内，布尔博士正给伦敦大学的三百名学生搞讲座呢。好了，你的特批时间结束了，要不要再去推翻博士的不在场证明？唉，但我看你是没空去了——另一个侦探大师检举了你，说巴洛先生你就是杀害布朗宁勋爵的凶手！”

我忍无可忍了。这杀人事件到底有完没完？我信赖的侦探大师巴洛不但功败垂成，反而被别人给举报了？我顿时心乱如麻。

哎呀，头好痛啊……我要赶紧离开这里！

我踉踉跄跄走向门口。

请续看——

开端·沉睡的猫（P273）

OR

歧路一：亨利·布尔博士的解决（P221）

歧路三：贝芙利·路易丝的解决（P257）

歧路三

路易丝的解决

深夜，事务所内。

路易丝喝着浓浓的红茶，跟我一同听取嫔克复述福尔摩斯二世孙女的话。

她抬头看了看钟，似乎颇有些心事，继而下定了决心般开口说道：“我要去搜一搜巴洛的事务所！”

“巴洛的事务所？”我不觉一惊。

“嗯，我做了各个方面的调查，确信了凶手就是巴洛。所以，我该去拿证据了。”

“你的根据是？”

“这个嘛，你看看这东西好了。”

路易丝说完便将一个奇怪的金盘放到了小桌子上，那是她刚才从档案柜里拿出来的。那盘子跟十英寸的黑胶唱片——尺寸介于密纹唱片和 CD 之间，一度被大量制造——大小接近，但中央的洞要明显一些，形状像个薄薄的环。

“这是……”

“铁轮——印度锡克教徒的兵器，四周都有刀刃，一般是抛掷使用。”

我打量着那件素未谋面的兵器。做有镶嵌工艺的表面上似乎沾着些黑糊糊的东西。

“这就是消失的凶器，被我从现场给拿走了……”

路易丝语出惊人，让椅子上的我猛然一弹。

“瞒了你很长时间，真是非常抱歉。我曾经说侦探跟委托人之间的信赖关系是最重要的，但我好像没有做到——有两个理由促使我只得如此。”

“两个理由？”

“是啊。我先解释一下当时的情况吧。勋爵被杀的第二天早上，你被基德刑警追着跑，现场空无一人。我那时恰好经过，就进去看了一下，结果竟然发现了这个。”

“那它当时的位置是……”

“被布朗宁勋爵的遗体压着。”

对啊——那天早上，我没有察看勋爵的遗体下方。

“这铁轮本来是我房间里的东西，但不是我的，是我从别的地方拿回来的……我担心这东西留下来的话会让人怀疑我，所以就带走了。这是第一个理由。第二个理由是……接受你的委托之后，我觉得现场没有凶器会对你有利一些。”

我默然不语，等着她继续说话。

“总之，希望你不要怀疑我。案发当天，我从下午直到晚上都在跟我丈夫商量离婚的事，所以我有不在场证明。这件事情，我已经对基德刑警说过了。”

“你……丈夫？”

“对，从法律角度来说，我不是路易丝小姐，而是齐塔维克夫人。我以前在考古学研究所工作时就结婚了。”

这出人意料的谈话内容让我倒吸了一口冷气。

只听路易丝黯然续道——

“我很想跟死去的布朗宁勋爵结婚。虽然难以启齿，但我跟他确实有了男女关系。最近的一些事情让我们不断争执……总之，我就是跟勋爵有了关系之后，才打算跟丈夫离婚的。”

“可是，这些事情哪里跟巴洛有关？”

“关系很大。若我猜得不错，那个杀害布朗宁勋爵的凶手就是要嫁祸给我，才特意使用了铁轮。而知道我有这个铁轮的，除了布朗宁勋爵，就只剩下巴洛一人。那个人对我有非分之想，大概一周前竟然闯进房间对我胡说八道，这东西当时刚好被我放在办公桌上……所以，我怀疑凶手就是他。”

“怪不得你要去察看巴洛的事务所。”

路易丝默默颔首，显然是打定了主意。

半小时后，我们弄开巴洛事务所的门锁，走了进去。会客室跟办公室之间的门没有锁，所以我们很容易就来到了办公室里。

办公室内部的装潢直接体现了那位现实主义侦探大师的性格，冷漠且缺乏点缀。铁桌子、亚麻油地板、政府机关最常用的那种大灰柜子……这些东西里面唯一算是有点性情的，只怕就要数房间一角随意丢着的汽车保险杠了，尽管说不清为何会有这种东西，也说不清这东西体现出了怎样的性情。

我和路易丝兵分两路，搜索着这个房间。我的良心谴责着我，觉得这才是罪犯做的事情。而路易丝则是沉着冷静，搜查得干脆利落。

“约翰，快来看看这个。”

她搜索着档案柜，短短片刻之后便开始喊我。

我依言走去，探头向柜子最下方被拉出来的抽屉一看。那里面完全没有文件的影子,反倒有几瓶横放着的波本威士忌。

酒瓶后面似乎塞着一团黑黑的东西。

“看来，能解释案件机关的东西出现了呢。”

路易丝说着将那团东西拿到了手中，却是一个乌黑的头套。而且，柜子里居然有高度数的眼镜和另几个头套。

我拿着这些东西细看，不禁说道:“里奇兄弟那显眼的大下巴……简直跟巴洛一样。如果巴洛去掉头发，戴上眼镜，只怕就是另一个里奇兄弟了吧……”

路易丝点了点头:“命案那天晚上六点时离开侦探大师会馆的两个人里，肯定有一个是巴洛——这就是那个凭空出现的人。而他正是里奇三兄弟中的第三个人——乔治！”

“我怀疑巴洛就是里奇家的三弟乔治，遂进行了大量调查，甚至打越洋长途询问了美国朋友，结果真的得到了巴洛就是里奇三兄弟之一的证据！”

十二月十四日的清晨，路易丝的事务所内，基德和嫔克这两名刑警倾听着路易丝对命案的解答。

只见她拿着那个头套，缓缓说明巴洛为何是乔治·里奇。

“据我观察，巴洛特别喜欢眨眼，这肯定是戴了隐形眼镜的缘故。可能是觉得硬汉侦探不适合谢顶跟眼镜的形象，所以才做了一番打扮。”

嫔克一时失笑：“就是那个近视的大秃子硬汉杀害了布朗宁勋爵？”

“嗯，我刚刚不是说了嘛，知道我有铁轮的就只有巴洛。而且，我另有其他证据。巴洛杀死布朗宁勋爵不仅仅是要帮助他的兄弟，更是要兑现其‘猫’之身份的邪恶蓝图。他抓住时机，伸出魔爪，把勋爵变成了第十二名逝去的侦探。诚如布朗宁勋爵临死前的暗示……哎呀，说到这里，不如由我来做一份濒死留言的讲义好了。”

路易丝的濒死留言讲义

所谓命案中的“濒死留言”，大抵都是这种情况：弥留之际的死者想要挑明凶手身份，遂用文字、图画、语言甚至某种动作来暗示，却无法被调查者理解，变成一个悬而未决的难题。这种命案就是“濒死留言”类型的案件。

濒死留言会变成谜题，主要有以下三种缘由：

A：死者尚未完成留言便力竭而死，导致留言不全。

B：死者觉得这留言一目了然，但解读者的知识体系不足以看懂。

C：死者留言时，凶手尚未离开现场，所以该留言既要不被凶手认出，又要保证调查者迟早总会领悟。

你们放心，跟某位密室流侦探宗匠不同，我的讲义追求简洁，所以炫学的部分至此就结束了。知道了以上三点之后，我们再回头看看布朗宁勋爵临死之际的留言……

这时，嫔克打断道:“那个留言‘CAT IS’不是明摆着的嘛——刚写到‘猫是’就中断了。所以这就是 A 类情况，死者尚未完成留言便力竭而死，对吧？”

“一般人难免会这样想，包括我最初都是这样想的。这个留言没有任何难以索解的地方，就是死者想要留下‘猫’的身份，却半途力竭。然而，我后来又仔细观察了那些血字，结果竟觉得跟以往所熟知的类别大不相同。”路易丝仿佛是面对着一个小孩子，循循善诱，“这是血字的照片。你们看，全部都是大写字母，看上去确实像是‘CAT IS’——但若仔细再看的话，就有点奇怪了吧，是不是？”

我说道:“嗯，‘I’的末端似乎带了个钩，而且前几个字母似乎太挤了些……”

“没错，跟我的看法一致。由此，我开始猜想这会不会其实是一个单词。”

“一个单词——CATIS？简直莫名其妙，听都没听说过。”嫔克讥刺道。

“那好，假如是这样，又如何呢？”

路易丝说着便拿来红笔，往照片上添了个弯弯的线条。

“CATUS……搞什么啊，完全看不懂呀！”

嫔克说道。而路易丝则环视着众人，神态得意扬扬。

“这是拉丁文哦。英文的‘cat’变成德文就是‘katze’，而法文则是‘chat’——欧洲用来表示‘猫’的单词，其实都是由‘catus’变化而来。布朗宁勋爵是用血弄出这个濒死留言的，对吧？而且是临死时勉强留的，结果血液凝固，导致了这种半成品状态的出现，将解读者带上歧途。”

“哎呀，拉丁文啊，那不就是Live House那个黑人歌手上次表演时讲的哪种俚语嘛。真没劲，兜了半天圈子，结果就是这样。”嫔克径自做了一番总结陈述。

“麻烦你不要跟着瞎搅和了，行不行啊？总之，我把这次的濒死留言算到了第四类里——死者觉得是完成了，却因故被误认为没有完成。”

“可是，如果他这是要说‘CATUS’就是‘猫’的话，那不是跟没说一样嘛。他根本没有对那个杀人魔的真面目作任何解释呀。”

不愧是基德，没有无的放矢。

“这正是本次濒死留言最深奥的地方。目前，该留言同时满足适才所说B类和C类的情况——它采用了不会被凶手察觉的表达，同时又碰到了解读者缺乏相关知识的情况。拉丁文的‘猫’其实有两个单词，分别是表示‘野猫’（wildcat）的‘FELIS’和表示‘家猫’（domestic cat）的‘CATUS’——布朗宁勋爵正是借助这两种‘猫’的不同，故意选择‘CATUS’来暗示我们！”

“这到底是怎样的暗示呢？”我的身体忍不住微微前倾。

“布朗宁勋爵留下‘CATUS’其实是要强调‘家猫’中‘家’(domestic)这部分。”

突然间，我想到了“侦探大师百年祭”的晚宴……

路易丝志得意满，小鼻子微微皱着。

“迈克·D.巴洛的性格不像硬汉，时不时就会打扫和下厨，所以被周围人取笑说他的教名‘D’其实是‘家事’的缩写。”

嫔克忍住了一个哈欠，说道:“你们上流人士烦不烦啊，到死都忘不掉这种事情。”

“闭嘴！你简直太闹腾了！”路易丝动怒了。

“好啦,好啦,先别着急,路易丝小姐。”基德冒出来和稀泥，“话说回来，如果巴洛就是‘猫’的话，他又是如何离开那密室的呢？”

路易丝的密室实验

“我对密室的说明同样是很简洁的，我可不像某位密室流侦探宗匠那样喜欢喋喋不休。”

我们来到了布朗宁勋爵的房门之前。路易丝继续着她的讲解。

“既然是密室，当然就不会从外面上锁，而是从内侧使用锁和插销来搞定门窗——所有出口都是经由内部操作而关闭的。据此，我相信凶手是杀了布朗宁勋爵之后，设好机关才离开房间，从而让门自内侧封闭。启动插销一定要有动力，所以命案现场肯定具有这种动力——你们不妨猜猜看？”

“现场内有动静的东西……留声机？”

“正确。那个留声机的转盘一直转到了次日早晨，关好门的肯定就是转盘的动力。而且，墙角附近不是有个阿弥陀佛嘛，恐怕那东西亦是重要的臂助。”

路易丝说着这些云遮雾罩的话，来到了通往走廊的门前，从口袋里取出疑似钓鱼线的东西，以魔术师般的手法将其一端绑到了插销的鼻儿上。

“这个阿呆结嘛，虽然是绑住了，但只要从另一端使劲拉，就会松开了哦。”

而后，路易丝拉着那根钓鱼线，穿过那尊面壁佛像用右手食指和拇指构成的 OK 手势的洞，转了个大直角再度拉长。

我们看着路易丝行动。只见她站到了留声机的前方，用胶带把钓鱼线的另一端粘到了转盘的侧面。

“大功告成！然后只要打开机器让转盘转动，钓鱼线就会被拉动啦。被拉动的钓鱼线经由佛像的手印，转个直角带动插销，如此一来，当插销被拉动、卡好之后，转盘依旧会继续转动，导致阿呆结被解开。最后，钓鱼线被卷到了转盘上，我们就看不见了——密室由此登场！当然，凶手肯定是钓鱼线没拉紧时就从那扇门脱身了。听明白没有？好了，我们来实际看一看吧。”

路易丝打开了留声机，兴致勃勃。

转盘开始转动，将松垮垮的钓鱼线渐渐绷紧。我们的神经随着钓鱼线绷紧，屋子里流动着不同寻常的空气。

绷紧的钓鱼线开始抖动。当所有人的紧张感臻至顶点之际，阿呆结松开了，但插销根本没动。是转盘的劲道太弱？是插销太紧？此事殊难定论，怕是两者兼具。

插销最终未被弄妥，密室诡计的探索只得宣告失败。

嫔克故意惊呼道：“哇噻！被厄米脱给耍啦！”

我们重返路易丝的事务所。

“这真是让人遗憾的失败，名侦探为何都喜欢旁门左道，总是想这种蠢到不行的事？倒不如来个摇滚，痛快痛快算了。”

基德讪笑着说完这些，看了一眼嫔克，似是征求同意。

嫔克附和道：“就是说啊，一点意思都没有，所以我最讨厌物理课和语文课了。”

房间中央的路易丝咬着嘴唇，忍受着四周的屈辱。

基德再度落井下石：“就算你说的阿呆结密室是对的，那个傻瓜凶手的钓鱼线肯定会留在转盘上吧？但是，你在现场看到那种傻货了没？”

“这个……这……对，肯定是凶手给带走了！”

“时间呢？”

“嗯？啊，我知道了，就是你们跑去追约翰，现场没人……”

基德当然不会错失她的语病。

“如此说来，跟你去拿走那个满月形状的奇门兵刃是同时的嘛，该不会是你又顺手把钓鱼线给弄走了吧？”

路易丝登时怒道：“放肆！你这是向我挑衅！”

基德一笑，劝住了路易丝，接着说道：“那我就别问福尔摩斯二世被杀的事情了吧？否则难免又听到一番鬼扯。难为你想得如此复杂，却把最重要的事情忘了。”

“啊？”

“想想看嘛，你那个跟班当时穿着管道工人的衣服晕倒在现场，到底是要去做什么呢？而且，他到底是谁呢？”

这突如其来的问题让路易丝张大了嘴巴。

“嗯……这个嘛，他是管道工人，所以才会被巴洛拿来当替死鬼……咦，不对！我满脑子都是濒死留言的事情，竟然忘了这个……”

基德乘势追击：“用这种错漏百出的推理和不知所云的解答，哪能把罪名栽到巴洛头上？说到这里，我顺便告诉你一件趣事如何——有一位侦探大师扬言说你才是杀害布朗宁勋爵的凶手！”

听了这些，我的紧张感骤然达到顶峰，整个人都被恐慌攫住。如此一来，这一切不都变成了镜花水月，根本没得到任何解决？而且，我一直信赖的侦探大师竟然被指证是凶手，这到底怎么回事……

我不想再继续这闹剧了！

我大喊着冲了出去。

请续看——

开端・沉睡的猫（P273）

OR

歧路一：亨利・布尔博士的解决（P221）

歧路二：迈克・D. 巴洛的解决（P247）

开端·沉睡的猫

一片黑暗之中，下弦月若隐若现。红色的液体自月亮的上缘处汩汩渗出，覆盖住月亮那苍白的表面。

黑暗中浮现着红色的月亮。

细看之下，那红月亮竟然正微微颤动！月亮的颤动渐渐加剧，到后来更犹如新生的婴儿一般，开始蠢蠢蠕动。

颤动之余，那月亮亦缓缓弄出了动静。乍听之下，那仿佛是沉闷的雷鸣，却又随着月亮的颤动而渐渐变响。

我突然惊觉那根本不是雷鸣，而是令人厌恶的笑。那来自咽喉深处的笑，恰如是猫咪所特有的咕噜咕噜。

没错，那分明就是猫的笑啊！而那黑暗中若隐若现的红月则是猫的嘴巴。那嘴巴噙着鲜血，微微颤动，充满讥讽之意。

我望着黑暗中那张令人毛骨悚然的猫嘴，不知为何竟隐隐觉得那就是我在镜子里的影子！

黑暗中，镜子里……“它”是不是看出了我的心思？否则怎么会那个样子一直地笑？那笑容状若疯狂……啊，猫的那个笑容，渐渐将黑暗给撕裂了……

从黑暗的裂缝之中，溢出了雪白的世界。须臾，那世界占满了整个画面。直到眨了好几次眼睛之后，我才恍然大悟——那白得像雪一样的一大片颜色，其实就是天花板。

如此说来，我已经从梦的世界里醒过来了。

但是……这里……这里究竟是哪里……

印象里，曾几何时，我一度如此醒来。对了，那时的我同样是望着白花花的天花板，然后……

布朗宁勋爵的房间里，我苏醒了。

我再度来到了布朗宁勋爵的房间里面，来到了这个可怕的地方，再度躺下——这样看来，恐怕我是又昏倒了。

这一切让人几疑是梦。距离我冲出只隔着一条走廊的那位侦探大师的事务所，到底有多久了？

我缓缓抬起身子，看了一眼手表——目前是下午四点有余。我上次苏醒的时间是早晨，而眼下却看见了窗外的夕阳。西方的天际一片嫣红，恰如是饮饱了这房间里遇害男子的血。

遇害男子——

我心头一惊，慌忙看向前方的地毯，只觉得喉咙被割断的布朗宁勋爵的遗体兀自继续存留……

然而，遗体消失了。地毯上只剩下黑色的斑斑点缀，上面纵横交错着正对夕阳的窗户的影子。

不知道死者的留言是否尚存……

我把地毯仔细看了一看。

的确是有的。

淡淡的血字尚未被清理掉，依旧留存地毯之上。

正当我要念出那血字的瞬间，一个影子倏然扑来，盖住了血字。那影子形状甚奇，酷似棕榈树叶——我当然认得。

我忐忑着缓缓抬头，报出了对方的姓名："基德……基德·皮斯托……"

只见那位朋克刑警背对着如血的残阳，凝立窗前，根根倒竖的朋克头一如既往，面上带着和三天前一模一样的冷酷笑容，直勾勾盯着我看。

我回头一看——不出所料，总是如影随形、犹如他孪生妹妹般的伙伴嫔克刑警挡住了通往会客室的门，而且依旧大嚼着泡泡糖。

"醒了？"基德问道。

"啊，我好像又晕倒了吧……"

"目前感觉可好？"

我不禁深深一叹，说道："一点都不好！侦探大师彻底失败，爱德华法的七十二小时都结束了……完了，全完了，你们一定会抓着我去警署上刑逼供……"

基德和嫔克相继露出坏笑，没有只言片语的回答。

"咦？竟然不来捉我？唉，我不会再逃了，来吧，拿手铐来！"

基德微微"哼"了一下，说道："美死你了——你要我抓，我就抓啊？更何况你根本不是'猫'呀……"

我猛然一惊，赶紧问道："你说我不是'猫'？那……你知道'猫'是谁了？"

基德点了点头，棕榈树叶般的头发晃动不休。

"对，我知道了。跟那些饭桶大师不同，我是当真动脑子的。"

"那你就快点告诉我呀——到底谁才是'猫'啊？"

对我的问题，基德先是一笑置之，继而装模作样道："好吧，那就让本人从头道来——有些时候，我确实挺想学那些侦探大师摆个架子。但是，我赖以破案的线索，跟那些侦探大师可是完全不同哦。"

"你依据的线索是……"

"哎呀，都让你先别急啦！要说我使用的线索嘛，其实就藏在我们初次在这里跟你相遇时，我和嫔克的对话里面。是不是呀，嫔克？"

基德说着向嫔克望去，后者笑嘻嘻点了点头。

"布朗宁勋爵之死其实有两个要点值得深思，但那位侦探大师竟完全没当回事——其中一个是布朗宁勋爵的遗体为何挪动了位置，另一个则是'猫'为何只有这次杀害布朗宁勋爵时留下了两件象征物。而且，这第二个问题不但是对第一个问题的提示，更是对歇洛克·福尔摩斯二世被杀一事的提示。"

我只觉大脑里一片混乱，茫然说道："你说的那些，我根本就听不懂啊……你是不是说布朗宁勋爵的遗体被挪动了？"

"这个嘛，实际上倒不是那样。对了，你有没有忘掉我当时跟嫔克的对话？嫔克说血字明明是朝着走廊，遗体的头和脚尖却是朝着窗户，这是完全相反的姿势，很不自然，所以遗体的位置肯定是被谁给挪动了。我觉得她说得很有道理。这事情虽然不太明显，但着实奇怪。如果真的有人挪动了遗体，那想必是有意图的……"

"意图？"

闻言，基德肩头一耸，答道："具体的就不知道啦。"

我惑然道："你不知道？"

基德皱着眉头，那样子就像个挂科的学生："没办法，不知道就是不知道嘛。但是，我弘扬了朋克族的精神，没有被表面现象误导，决定换方向重新推敲，所以选了个跟一般人截然不同的角度。"

"你的意思是……"

"这样说好了——我假设布朗宁勋爵本来就是以别扭的姿势留下了那些血字。遗体下方的血迹没有摩擦痕迹，这说明布朗宁勋爵倒下时是面朝窗户。勋爵的确是以这种姿势留下血字的，换言之，文字就是他用那样的姿势反写而成！而且，布朗宁勋爵真的有理由不得不这样去做……"

我更加茫然："有理由不得不这样去做？"

"嗯。我是思索另一个问题时想到这一点的——'猫'这次为何留下了两件象征物？你肯定知道，除了那个猫木乃伊蜡像，另一件东西同样被留了下来，却完全没得到那位愚蠢透顶的侦探大师的重视。"

"啊？确实如此，你说的是死者上衣口袋里的大英博物馆明信片！"

"嗯，那张明信片上面画的是兼任月亮女神和狩猎女神的猫女神贝斯特。暗夜中闪闪亮光的猫眼是月光，而月光其实就是太阳光的反射。所以说，贝斯特其实就是太阳神拉的夜间使者。随着我对这件事的思索逐渐展开，我的脑海里顿时灵光一闪。那美好的光亮，一定就是太阳神的启示！"

基德似乎挺兴奋的，一对眸子里精芒闪闪，恰如猫眼一般。

“布朗宁勋爵临死前面朝窗户，简直就是要祈求窗外的太阳神拉再赐予一些亮光。光——没错，就是太阳的光！总之呢，且让我们再去看看地上的血字。”

基德说罢便轻轻跃离了窗畔。如血的残阳再度自窗口洒至我的脚边，将一切照亮。我遵照基德所说，又看了看地毯上的血字。这一看不打紧，眼前的景物竟足以让我凝固结冰，动弹不得。

“猫”的真相，赫然就写在了那里——

CAT IS

克里斯朵夫·布朗宁勋爵

侦探大师

夕阳自窗口射进，投下的不仅仅是窗户本身的影子。虽然从屋里看去是难以识别的镜像文字，但玻璃上本来就用颜料涂着这房间故主的名字，此刻被如血的残阳一衬，当然就落下影子。那影子显示得清清楚楚，从位置上来看，就像是有意要贴近地毯上的血字一样。

“所以说，濒死留言其实早就完成了。这命案从一开始就告破了。”基德如是说道。

“真想不到……布朗宁勋爵竟然就是‘猫’啊……”

我喃喃自语，身体似乎不听使唤了，只好怔怔站立着一动不动。基德走近，和我一同看着地毯上的留言，说道：“之前我意识到这个问题的时候，跟你一样大大吃了一惊呢。我是前天傍晚重返这里时看到的。”

“嗯……而我当初醒来时却没看见。”

“那时候毕竟阴天嘛，何况清晨的光线本就不强。这个窗户朝西，纵然是出事那天，都只有日落时分——窗外的血红落日一如眼前——才会看见这早早竣工的留言。伦敦的冬日难得有太阳露面，能看破此事当真非常偶然，甚至可说奇迹。恐怕‘猫’本人都未曾料到，童谣里‘满月辉映’那句话竟跟他留下的明信片里面的猫女神贝斯特眼中的太阳神拉的光芒一同帮我们映照出部分真相！总之，这留言其实从一开始就完成了。布朗宁勋爵弥留之际，意识渐渐模糊，突然看到地毯上的落日余晖竟照出了他的名字，遂在影子上方用血留下‘猫是’（CAT IS）二字，点破了‘猫’的真实身份。当时那种情况下，地板上的名字是固定的，无法变动位置，所以勋爵只好迁就影子，留下血字，甚至不惜采取别扭的姿势。这便解答了第一个疑问——遗体和血字的位置问题。这是闻所未闻的濒死留言，虽然某些侦探大师最喜欢对往昔的各种案件分门别类，但他们委实太刻板了，因而总是走上歧途。就拿这次的事件来说，根本没办法算到哪一类濒死留言里面——留言明明都完成了，最重要的部分却受到自然现象控制而时隐时现。这种情况从根本上摧毁了濒死留言的归类理论。”

我开始回想跟那位侦探大师共同出去调查的第一天晚上的事情。当时，我躺在沙发上望着事务所窗外的雾，隐隐有一种若有所得的奇异感觉，想来便是潜意识要我注意窗玻璃。

从布朗宁勋爵房间里醒来之际，我确实看到勋爵的名字被反着涂到了窗玻璃上，哪知却是“猫”的真面目从一开始就摆到了我的面前。如此贵重的线索，始终被封印在我潜意识的最深之处。

但是，倘若真是这样的话……

我向基德提出了由此衍生的一个新疑问:“布朗宁勋爵为何要道明他的身份？”

基德似乎早就盼着我出此一问。

“是啊，这一点跟那些濒死留言的理论简直是彻底矛盾。说到濒死留言，只怕任何人都会觉得被留下的是凶手方面的信息，这未免太主观了。就拿这次来说吧，死者的留言其实是要向所有人公开其另一身份，具体缘由则是其强大的表现欲望。布朗宁勋爵利用‘猫’之面具，不断重复着充满表现欲望的罪行，这导致他模仿童谣杀人时总会留下和‘猫’有关的东西来署名,而当他看到世人对这种‘模仿’茫然无觉时，更特意把童谣的内容寄给媒体！再后来，‘侦探大师百年祭’上，他甚至打算利用录像带来做一次登场……那一系列的命案都是由‘猫’的表现欲望引出来的。所以,自知离死不远之际，他难免要拼尽全力，留下真实的身份。这不是挺合理的嘛。”

基德顿了一顿，继续说道:“虽然不太赶趟，但办案权毕竟归我了嘛，所以我立刻去调查了布朗宁勋爵的公寓，果然搜出了类似手札的东西。克里斯朵夫·布朗宁勋爵——不，这位勋爵的本名是克里斯朵夫·莫里亚蒂——本打算杀了福尔摩斯二世便将其秘密告知各大媒体，继而远赴南美洲的内陆藏身，所以‘侦探大师百年祭’的录像带里，‘猫’才会说不妨就摘下这面具云云。他房间抽屉里就放着准备寄出的媒体稿，其内容是：‘你们这些被疯狂追捧得不知道能吃几碗干饭的笨侦探狗所抓不到的杀人魔王“猫”竟然就是英国的头牌神探——“侦探皇帝”克里斯朵夫·布朗宁！这是何等荒唐又何等讽刺之事！’这个克里斯朵夫·布朗宁勋爵十余岁时从瑞士来到我国，利用各种手段，摇身变成了名门贵族布朗宁氏的继承者。他公寓里那本半自传性质的手札上将这一切都解释得清清楚楚。”

这突如其来的震撼让我张口结舌。紧接着，一个疑问自我脑海里浮现而来。

“倘若布朗宁勋爵的确是‘猫’的话，他死了后又如何犯下第十三件命案，杀害福尔摩斯二世？”

基德微微颔首，一副“英雄所见略同”的派头。

“没错，这正是本案的症结！且容我按顺次予以说明。虽然我从濒死留言得出了‘猫’就是布朗宁勋爵这一思路，但我当时的确很难认同‘布朗宁勋爵＝猫’这件事情。我后来接受这个事实，完全是……”

只听基德身后的嫔克嘻嘻笑道：“是我告诉你的嘛。”

“是啊，幸好有她呢。昨晚那场变态的晚宴结束之后，你跟嫔克一同拜访了福尔摩斯二世的住处，对吧？”

嫔克抢着说道：“喂，你有没有忘了福尔摩斯二世孙女当时说的话呀？她说福尔摩斯二世去伦敦的那天早晨，情绪不太好呢。”

“嗯，而且她说福尔摩斯二世长了口疮，抱怨红茶太烫不能喝，因而大闹了一番……”我说道。

“对啊，就是这件事！福尔摩斯二世那天早晨被口疮搞得喝不下热饮料，然后就去伦敦被假冒出版社员工的‘猫’给杀掉了，之前甚至没将此行的地址告诉别人。换言之，如果福尔摩斯二世跟‘猫’碰面前没见到别人，那除了她的孙女，就只有‘猫’才会知道他长口疮。所谓口疮就是嘴巴里有个破洞，喝热东西时会觉得刺痛。别人要想知道这种事情，恐怕只有一同喝茶、吃饭时吧。据我猜测，福尔摩斯二世被杀之前，肯定不知道‘猫’就是眼前的人，所以他们才会喝茶闲谈。福尔摩斯二世当时一定是带着糟糕的情绪，向‘猫’抱怨长了口疮的事……”

“然而，案件的相关者里竟有人知道他长口疮！”基德突然插口说道。

“讨厌，基德，不要抢话嘛，这是人家的台词！”嫔克说得兴高采烈，“我当时就想到了另一件事情——那个变态晚宴上不是有一群黑猫打翻了汤嘛，盖尔德夫总探长险些因此烫伤。”

我开始回想盖尔德夫总探长恼羞成怒，衣服上冒着阵阵白雾的样子。

“可是我的男朋友基德同样被汤泼到，说的却是太冷了，搞不好会感冒。”

的确，去福尔摩斯二世住处的路上，嫔克曾幽幽念叨此事。

“如此一来，我当然会觉得奇怪。淋到基德的汤就是端给福尔摩斯二世的汤，这就说明那天晚上给福尔摩斯二世准备的是凉汤！”

嫔克微微一顿，似乎是要看看这句话的效果如何。

“你知道上菜的讲究吧？那天晚上端给别人的都是热清汤，唯独福尔摩斯二世那里是洋芋冷汤，这指示到底是谁给的呢？”

“布朗宁勋爵！”我脱口而出。

“是啊，盖尔德夫总探长说十日午后接到了布朗宁勋爵的电话，要他调整上给福尔摩斯二世的菜。这足以说明布朗宁勋爵是知情人。他当天中午跟福尔摩斯二世共进午餐，听他说了口疮的事情，所以打电话时才会随口指示盖尔德夫将汤换成凉的。对那位聪明绝顶的勋爵来说，这无疑是一个重大失误——他之前可是跟盖尔德夫说当天晚上才会跟福尔摩斯二世联系。而且福尔摩斯二世的孙女亦没说接到了勋爵的来电。总之，福尔摩斯二世长了口疮的十日那天，布朗宁勋爵没到中午就跟他联系上了——这是不是很有可能？我由此想到这两人肯定是一同吃了午餐，搞不好勋爵就是‘猫’呢，所以就跟基德说……”

“她是不是挺聪明的？要我说，干脆别再来警署上班，弄个侦探大师执照去开事务所好了，肯定有的挣呢。”基德笑道。

“不要！人家都打定主意去搞摇滚乐团了呢！”

基德笑着点了点头，言归正传——

“听了嫔克那番话，再结合我刚刚说的那些濒死留言的推论，我最终确信了‘布朗宁勋爵＝猫’这异想天开之事。话说回来，当我由那个濒死留言而怀疑布朗宁勋爵就是‘猫’的同时，我亦开始从另一个角度重新思索密室里的事情。结果，我想出了一个可以成立的假说——倘若那位被‘猫’杀害的第十二位名侦探布朗宁勋爵其实是'猫'本人，而被怀疑是'猫'的你反而不是'猫'的话，那当然就会出现一个问题：你到底是谁？而且，那房间里留有拼死搏斗的痕迹，倘若布朗宁勋爵是'猫'的话，和他搏斗的又是谁呢？"

我茫然问道："是侦探？"

"没错——被'猫'选中的牺牲者，全部都是名侦探！那个变态猫晚宴上的录像带其实说得很清楚了，继承莫里亚蒂血脉的'猫'对名侦探怀有刻骨仇恨，念念不忘寻机报复，所以才搞出了那种连环杀人事件。因之，我开始推测跟'猫'搏斗的你会不会又是一位侦探。换句话说，名侦探布朗宁勋爵是杀人魔'猫'，而被误以为是'猫'的你反而才是侦探——这假说委实反常之至。但若当真如此的话，岂不意味着被杀的布朗宁勋爵其实是想要杀人的一方，而你这个活下来的侦探其实本该是被杀的一方？如此一来，你们的位置就完全颠倒了嘛。随着这种想法的成形，我渐渐领悟了密室里的事情。布朗宁勋爵想以'猫'的身份将你这个侦探杀死，他就是怕你跑掉，所以才关门上锁。然后，勋爵出手了，你们开始搏斗。结果他死掉了，而你磕到了头，就此晕去……"

我不禁喊道："那不就是正当防卫了？"

"对啊，虽然没有目击证人，不好说得太绝对，但基本就是那样。而且，提出这个假说后，又有一个问题获得了解答。"

嫔克插嘴问道："是不是那两件凶器呀？"

"嗯，我之前就很纳闷了，为何持枪的布朗宁勋爵竟会被用刀杀死，但他既然是'猫'就解释得通了。此前'猫'杀人时，对童谣的模仿几近偏执，对凶器和杀人方法更是很有讲究。如果他死活都要用那个酷似满月、遍布利刃的铁轮来杀人，以兑现《十三个猎人之歌》那句‘满月辉映’的话，他会怎样做呢？一般说来，用刀会比用枪更容易受到对方反击，更何况普通人根本就玩不转铁轮这东西呢，万一弄砸就更麻烦了。所以，他决定一手持枪指住对方，另一手拿着铁轮，就这样缓缓靠近——我做了这样的设想。布朗宁勋爵明明拿着手枪，却被持刀的‘猫’给杀了，这未免太不合理;但若是具有‘猫’之身份的布朗宁勋爵同时拿着两件凶器，以绝对优势迫近着下一个猎物，不料竟突遭反抗，落得那般下场……”

基德嘿嘿一笑，接着说道:“虽然我讲得有些前言不搭后语，但是对这个铁轮嘛，我们可真的是像布尔博士那样从‘满月辉映’的角度思索，查了个水落石出。我以前去伦敦塔的兵刃博物馆时就很喜欢那东西，印象很深，后来更从海斯曼馆长口中得知这东西被一位齐塔维克夫人给带走了；而我又知道命案次日的早晨，路易丝从现场拿走了某个东西——这是从布尔博士的助理那里听来的。总之，上述情况促使我们调查了路易丝，获悉她就是那位齐塔维克夫人，跟着当然就喊来她跟她丈夫齐塔维克先生，进行了一番紧急盘问。这位侦探大师路易丝按说是不会同意被盘问的，但她当时满脑子都是空想出来的巴洛凶手论，结果竟对我和盘托出——她不想背负杀害布朗宁勋爵的嫌疑，所以就把铁轮装到十英寸唱片的封套里给带走了。”

“路易丝真是布朗宁勋爵的情人？”

“嗯，是真的，而且似乎就是布朗宁勋爵唆使她去伦敦塔偷铁轮的。按说，现场既然出现了铁轮，她首先就该怀疑勋爵才对，而她却完全不知道那只恐怖的‘猫’就是勋爵，真让人无话可说。盲目的恋爱固然无可厚非，但我们那位骄傲的女侦探大师尚有一点不足——缺乏对现实的认知，根本没看出所爱的男子很可能就是骇人的‘猫’，反而打定主意要把罪名安到另一个知道她持有铁轮的家伙头上——讨厌的巴洛。”

“你说布朗宁勋爵利用了路易丝？”

“恐怕是的。如果布朗宁勋爵没死，搞不好会将她灭口，以免她说出凶器来路。当然，如果他准备杀了福尔摩斯二世之后就隐居遁世的话，大概会直接将她抛弃，让她饱受耻笑……反正女人就是蠢啊。”

嫔克眉头一皱：“哼！”

基德没有理她，继续说道：“总之，凶器的问题至此就算解决了吧——既然要用那种不顺手的奇门兵刃，不难理解一贯谨慎的‘猫’会同时持枪。这样想来，密室内的布朗宁勋爵双手分持枪和铁轮这种画面不就呼之欲出了嘛。”

这话题虽好，但我有件比凶器更着急知道的事。

“你说我大概是个侦探，这一点我理解了。然而，我始终想不出我的名字……”

“啊，我正要说这个。我假设你是失忆的侦探，让部下拿着你的照片四处打听伦敦市内的失踪人口，尤其是消失的侦探。而且，我注意到了一个跟你身份有关的情况——你昨天去福尔摩斯纪念馆的晚宴时，是不是按错了电梯的楼层？”

的确，我昨晚走错了地方，乘电梯直接上到三楼，跟基德碰个正着。

"我那时非常奇怪你为何会搞错电梯的二楼和三楼，答案是习惯不同——英国和别的国家对楼层的算法是不一样的。"

我登时省悟。

"咦，你好像一下子就明白了嘛。英国的楼层跟别的国家有着'一'的数字差距，美国的一楼是英国的 ground floor，而美国的二楼才是我们口中的 first floor——一楼，美国的三楼则是我们口中的 second floor——二楼。电梯上标着的数字当然亦是如此，这就导致……"

"导致我想去二楼，却按下了标着'二'实则去往三楼的按钮，由此可知……我不是英国人。"

"是呀，虽然你的英语特别流利，似乎是被英国学校教育出来的，但我当时估计你其实是个外国人，所以重点查询了有没有前来英国的外国侦探失踪。"

"那……那结果呢？有没有查清楚我是谁？"

我猛然站直，抓住基德的衣襟一阵摇晃。

"喂，你先别激动，再搞坏我的脑袋就不好啦！我早晨才接获报告，不出所料，你果然是个侦探。你是日本的 Chikamatsu Rintarou——近松林太郎，报上都有你的介绍呢。对了，昨晚的宴会上不是有个日本侦探缺席嘛，那人就是你。"

近松林太郎！听到这名字的刹那，我脑袋里登时有了种令人眷恋的甜美之感，险险便要醒来，只可惜这感觉没有凝固成形。近松林太郎……这就是我的名字？

基德不容我说话，径直说道："你的眼睛是蓝灰色的，又讲英语，所以我完全没想到你是个日本人。你父亲是日本驻英国使节，你母亲则是英国人——你的发色和眼睛正是遗传自她。你幼年时不断往来英、日两国，说英语当然易如反掌，哪知却在用电梯时露了破绽！近松先生，你几个月前就来到了英国，置身伦敦城东的小旅馆内，暗中调查'猫'之连续事件。具体的缘由嘛，似乎是第四宗命案'颠倒房间'中被杀的艾瑞克·詹森勋爵的夫人跟你父亲认识，求你着手调查，所以你才会持续追踪'猫'的案件。我们去了一趟你的住处，看到了你查获的一部分证据。那些证据表明詹森勋爵的命案和另两三宗命案都是布朗宁勋爵下手做的——你真是个高人！话说回来，布朗宁勋爵的行程表上标明四点时'和C碰面'，我一开始理解成了'猫'（Cat）的'C'，想不到却是'近松'（Chikamatsu）的'C'呢。你之前是不是打算当天会面时一举抓住布朗宁勋爵的'猫'尾巴呀？唉，始终记不得了？"

基德肃容凝望着我，仿佛要将我看穿。我的记忆兀自深藏着不肯出来，虽被基德刺激得有了些恢复迹象，但跟全盘复原毕竟仍差着一段距离。

我双手抱头，苦思了许久许久，结果只得一叹，对基德说道："不行……我的脑袋到底是有问题了……但我依然要谢谢你，基德，谢谢你给了我寻回记忆的线索，甚至是帮我解答了这个难题……"

说着，我伸出手来，想要和他握手示意。哪知他却不肯握我的手，反倒冒出一句话来："嘿，我竟然忘了一件事呢……"

话音未落——

基德挥出一个右直拳，狠狠问候了我的下巴。

我的脖子登时“咔吧”一响，紧跟着腿就软了。正面受到拳势袭击的我摇晃着向后退去，后脑勺结结实实撞上了背后的窗框，一时间只觉得脑浆就像布丁一样晃悠不休。

基德嘿然长笑，俯视着颓然倒下的我。朦朦胧胧之中，我好像看到了基德背后的嫔克正高兴得手舞足蹈……这群该死的朋克刑警！

我的意识渐渐模糊，依稀听得基德说道：“握手之前，不平了旧账哪行？”

紧接着，黑幕落了下来，我失去意识……

再度醒来之后，我意识到基德不但消平了我们间的旧账，更送了一份惊喜的礼物给我。

我恢复了所有记忆——我是谁、那一天出的事情，这一切记忆都回来了！

我擦着嘴角的血丝缓缓站起，就在这暮霭深沉的命案房间内向基德他们讲述了那天的事情。

十二月十日下午两点，我换上工作人员的那种白大褂，前往侦探大师会馆。我跟布朗宁勋爵约的是下午四点碰面，但我想早点抵达他的办公室，以取证一些情况。自接受艾瑞克·詹森勋爵遗孀的委托以来，我进行了好几个月的调查，足以断定布朗宁勋爵就是杀人魔‘猫’，但我不想留下哪怕一点遗憾。所以，将他扭送警署之前，我要再搜搜他的事务所。而且，我有几件事要当面向他确认。

两点一刻前后，我来到侦探大师会馆，乘电梯抵达三楼。我知道管理员看见我上电梯了，但他肯定觉得我只是个维修人员，否则就不会那样干脆放我进来了。唉，谁让我不是英国侦探协会的侦探大师呢，只好用这种滑稽的行头来搞调查了。我听说那天的会馆里几乎没人，这情况无疑非常有利。

乘电梯时，我偶然将双手插进了工作服的口袋里，结果——该死，我把手枪放住处了！想想等下要空手跟“猫”对决，我不禁有些忐忑，但转念一想，到时候只要我谨慎留意就行了吧，所以就不再想这件事了，反正又没时间回去一趟。

用别针打开走廊上通往会客室的门之前，我戴好了手套，以免留下指纹。据我事先调查，布朗宁勋爵的助理本日休假。接下来的一小时内，我埋头搜查会客室和办公室的文件。

三点四十五分，通往会客室的门突然开了，当时我正要去调查办公室内的办公桌。我早就料到房间的主人会提早出现，果然，眼下门口处站着的正是那位布朗宁勋爵——“猫”。

“哎呀，到得蛮早的。虽然是这副装扮，但你肯定就是日本那位新秀侦探近松林太郎吧？”布朗宁勋爵反手将门一关，扭动门把上锁，“我印象里咱们约的是四点。你这家伙来得如此之早，又像老鼠一样偷偷摸摸乱翻东西，到底有何企图！”

我控制着情绪，以免话音变调：“我要拿到你就是‘猫’的确证！”

只见布朗宁勋爵缓缓走至房间一隅，冷笑着打开了留声机，接着便在会客用的沙发上坐了下来。

“好了，别杵着了，坐吧。咱们一同听听唱片，随意聊聊——你讨厌爵士乐？我同样不常听，但偶尔听听倒蛮不错的。对了，这首曲子的名字呀，是‘Cat Walk’呢……”

我面对着他坐了下来，抢着说道：“竟然是‘Cat Walk’啊，看来你很喜欢猫——话说回来，您实际上就是那只可怕的‘猫’嘛，怪不得会喜欢猫呀。”

布朗宁勋爵的嗓音登时变尖锐了："难不成你打算跟我来硬的？"

"我跟你的见面无疑是揭穿你的重要一环。不错，你的的确确就是'猫'那家伙！"

布朗宁爵士默然不语，一对狡猾的眼珠来回扫视着我。

我下定决心，朗然说道："你——就是凶手吧？"

解　决

“你——就是凶手吧？”

侦探似是有意看看这句话的作用如何，注视着对方的脸。

“嘿,你说我就是凶手？这倒是挺有意思的嘛——证据呢？”

“猫”对侦探报以闪烁不定的目光，那嗓音听不出男女老幼，只一味撩拨着侦探的心弦。

“证据可有的是哦。”侦探舔了舔干透的嘴唇，说道，“六月份的‘颠倒房间’事件中，死者艾瑞克·詹森勋爵身旁有一顶礼帽，上面涂着鲜奶油霜——这恰恰就说明了凶手是你！你必须设法遮住礼帽顶上沾到的番茄酱，所以就把餐桌上的鲜奶油一股脑儿抹了上去。

“接下来呢，八月份‘狂躁《圣经》’事件的死者所留下的遗言‘约翰头朝东’同样指的是你。当时,你再度使用了印章，留下比亚兹莱给埃德加·爱伦·坡《莎乐美》初版所绘制的插画片段，却盖错了内容——莎乐美捧着的施洗者约翰的头颅，竟然是朝向东方！弥留之际，死者点破了这个问题……

“九月份的‘粉色幽灵’事件无须赘言,自然又是你的杰作。你那个电话诡计当真了得，仅仅是动了一下开关，居然就把死者给唤醒了。

“但若要评出你最高明的一招，那恐怕要数十月份的‘四面钟表’事件了。那个案子里，第二面表的指针被你……”

“行了！”

“猫”猛然大喝，止住了侦探的言语。四下里一时寂然，只听到侦探的喉头微微一响，吞下了一口唾液。

然而，“猫”很快便恢复了先前的态度，笑眯眯道：“你这家伙可真聪明，不愧是超一流的大侦探呀。从没有哪个侦探能把我逼到这般田地，连半个都不曾有过。和那个老废物相比，你确实算是很聪明了——我说的是歇洛克·福尔摩斯二世。”

“歇洛克·福尔摩斯二世？”侦探喃喃重复着“猫”所说的最后几个字，情绪不觉有些激动，“果然……你的黑名单上果然有福尔摩斯二世！先杀死十一个名侦探，再用继承了顶级侦探血脉的上一任‘侦探皇帝’祭旗，以此宣告落幕，这就是你邪恶的目标！”

“嘿嘿嘿，这种事嘛，委实难说得很呢……”

“猫”冷笑着抬起头来，假惺惺望向了天花板。侦探看准这个机会，甩出一记王牌——

“我知道你的真名实姓。”

“猫”的身体不禁一僵。

“哼，可不要信口开河啊，像这种胡说八道……”

“我这可不是胡说八道——你真正的姓氏是莫里亚蒂！”

“猫”不再言语了，只以锋利的目光注视着侦探。

侦探对“猫”的反应直如不屑一顾，径自说道：“我前阵子去了趟瑞士，彻底调查了莱辛巴赫瀑布的附近一带。近百年前，那里正是福尔摩斯和夙敌莫里亚蒂教授决一死战之地。几星期的调查之后，我注意到了一个地方，距离瀑布那里大概两小时的车程——罗森劳伊。我拜访那里的相关部门，亲眼见到了一件东西……”

“我的出生证明。”“猫”似乎颇不耐烦，主动接口说道，“没错，我就是莫里亚蒂教授的后人。”

“莫里亚蒂教授当时没死？”

“不，他确实死了。就像福尔摩斯事后说的那样，教授输给了他的东方柔道，沿着瀑布掉了下去，死了——但是，他有个儿子。一周后，教授的儿子来到瑞士，认领了被发现的遗体并悄悄将之埋葬，而后便在罗森劳伊这小镇上住了下来。全是拜福尔摩斯和华生医生所赐，莫里亚蒂这名字由此变成了‘罪犯’的别称，使得这个英国的大家族处境狼狈，甚至难以立足！事实上，这家族根本就没有滔天大罪，可大家对那两人偏听偏信，纷纷认定莫里亚蒂教授就是犯罪领域的拿破仑，主宰伦敦黑道，操控生杀大权，几乎所有悬案和半数罪案都是他精彩的创作——这才是胡说八道！从我事后的调查结果来看，当时跟教授有关的案子简直屈指可数，只是那些人非要把他当成史无前例的大恶棍……”

“那，跟莫里亚蒂教授有关的那几个案子是？”

“比如那个连续杀害妓女的……”

“他——莫里亚蒂教授就是开膛手杰克？”

“对啊。”“猫”说道，一派皮笑肉不笑的神情。

“对啊？——光是这个案子，这种大犯罪就足以让他遗臭万年了！”

然而，“猫”似乎根本不拿这当回事，反倒得意扬扬地继续说道：“对了，利物浦港口的埃及猫木乃伊失踪案……”

“连那个都是莫里亚蒂教授干的好事？”

“不错。但是，那些木乃伊根本就不值钱啊！千辛万苦才搞到手的十八万具木乃伊，竟然就只能充当田地里的肥料！教授掉进了福尔摩斯的陷阱，那完全就是奸诈的福尔摩斯布下的圈套，是一次诱敌行动！”

“所以，你特别痛恨福尔摩斯，对吧？”

“特别？我们家族根本就是要报仇雪恨才一代代活下来的！每一对父母都会把这仇恨让子女牢记，我的双亲亦不例外，他们就是那样一边痛心疾首一边将我拉扯大的。我甚至去了莱辛巴赫瀑布，经受水流灌顶的洗礼，以这种东方的精神训练来唤醒快要消逝的复仇欲望。”

“经受水流灌顶的洗礼……”侦探茫然低语。

“你是不是觉得我们很有韧性？莱辛巴赫瀑布的事情堪称百年，我们讨债的对象福尔摩斯更是早就死了……所以，踏足英国之前，我真的不确定到底要不要去寻仇。”

“但那时偏偏出了那件事，促使你下定了决心。”

“嘿，到底是名侦探啊，查得挺清楚的嘛。不错，十年之前，我最爱的人被卷进一个小小的丑闻，她明明是无辜的，那个三流侦探却穷追不舍，硬把她逼上了自杀的绝路！”

“如此说来，那侦探就是歇洛克·福尔摩斯二世？”

“没错——命运真是讽刺死了，想不到他们父子两代竟都激怒了我们家族。总之，我复仇的意念因此坚定下来，而且我不想只报复那个福尔摩斯，我恨透了那些像猎犬一样只会没完没了欺辱无辜百姓的名侦探！”

“所以才有后来的十一人相继遇害，而且全部都是侦探……凶手仿照那个《鹅妈妈数数歌》的童谣，抱着戏谑的心态杀了他们。若我猜得不错，你仿照童谣来杀人的动机，一定是跟莫里亚蒂家族有关。”

“废话！既然你有了这种说法，那你肯定明白我不是疯子，不会做没有意义的事情。虽然都是四百年前的事了，但那首童谣确实跟莫里亚蒂家族有关。”

“都四百年了……为何竟又……”

“谁让今年刚好是‘侦探大师百年祭’呢？从世界各地赶来的名侦探们将会齐聚一堂，而这个国家的侦探大师同样会因此光荣。对侦探们来说，这可谓生命中最最璀璨的时刻。而我正是要把握住这精彩的刹那，让他们颜面尽失，对他们说上一句：‘怎样，本“猫”是不是远远比你们高明？’只有这样，我才会心满意足。等大家膜拜了第十三个牺牲者——福尔摩斯二世——的遗体之后，就算让我摘下‘猫’的面具，我都只会欣然从命。我只是想要向这世界高呼这一切都是我的杰作，我只是想要震惊这个世界！所以，那一刻来临之前……”

“第十三个牺牲者？童谣的最后一个牺牲者，就是歇洛克·福尔摩斯二世？”

“对啊。他在‘侦探皇帝’的位子上坐了那么多年，可谓侦探界实至名归的典范。倘若最后的高潮部分里没有最尊崇的名侦探，未免太无趣了。”

“这样的话……那之前必须再牺牲一个人才行啊……需要出现第十二个牺牲者才行……”

窗外残阳如血，室内黑暗将至。逐渐昏暗的小屋里面，唯有“猫”那满溢着奸笑的嘴角清晰可见，恰如《爱丽丝梦游仙境》里面的柴郡猫。一片熹微之中，只有那嘴角隐隐约约、若有若无，充盈着极度的恶意。

“嗯，你算得半点不错，我会按照童谣杀死十三个人，而且第十三具遗体注定将是福尔摩斯二世。所以，我必须再杀一个人来补足数目——嘿嘿，这光荣的第十二具遗体，干脆就麻烦你这位才华横溢的名侦探吧？啊哈哈哈……”

不知何时，“猫”的手中稳稳握住了凶器。

那凶器被淡淡的暮光一扫，顿时流动起不祥的光芒，仿佛是饮满了鲜血一样！

只听“猫”的喉间咕噜噜响着笑了几下，跟着便蓦然向侦探扑来——

布朗宁勋爵——“猫”——掏出了一件奇形怪状的兵器。

那东西表面上的镶嵌工艺华美异常，如同一个金属圆环。只见“猫”缓缓站起身来，用手帕裹住左手，拿着那个东西；右手则持着手枪。见状，我立刻起身拉开防备架势。

“这东西名曰铁轮，是印度锡克教教徒的兵刃。你看这是不是跟满月一样美好？所以我特别想以之杀人！谁让第十二个猎人一定要受到‘满月辉映’而死呢……”

话音未落，“猫”已向我扑来！

一霎间，尘埃落定——我使出得自空手道的腿功，一脚便踢去了“猫”的手枪，第二腿紧跟而来，正踢中对方左肋。

这一脚直将“猫”踢到了走廊的门上，而由此导致的重心失衡则让我的后脑重重磕到了办公桌的一角。

我软软倒下，意识渐趋模糊，隐隐约约看见同样倒地的“猫”正使劲拔着不慎刺进他喉咙里的邪恶凶器。

血液自“猫”的喉头汩汩流出，那色泽何其鲜艳！

我慨叹着全无干系的事，意识渐渐被封印到幽深的黑暗之中……

“然后，我就失忆了。”

听罢我的讲述，基德耸了耸肩：“是这样啊，跟我们设想得挺接近嘛。早知道这一下就能让你变正常，第一眼看见你时就该狠狠打你一拳。”

“靠，我又不是雪花屏的烂电视，没事别随便打我。”

“那倒确实——日本货一贯都质量不错！”

我跟基德对着笑了一阵，忽然想到有些事情他尚未解答，遂问他道：“话说回来，布朗宁勋爵房间里的事情我都知道了，但若‘猫’勋爵就此死去的话，又该如何解释第十三位牺牲者福尔摩斯二世的出现呢？肯定不是‘猫’死后复活，又去兑现理想了吧……”

“是呀，我刚刚就快说到这问题了呢。这正是本案中的惊人之处——既然‘猫’勋爵布朗宁先生猝然变成了第十二位牺牲者，那他当然无法再去杀死第十三位牺牲者福尔摩斯二世，只怕任谁都会觉得此事顺理成章吧？然而，近松先生您为何认定布朗宁勋爵就是第十二位牺牲者，福尔摩斯二世则是第十三位？”

“这……不管是遗体出现的顺序还是童谣里面的顺序，不都是这样的吗？”

“嗯，这确实是常规的情况。但你不妨再想一想，你刚刚所说的两点，其实跟两名死者的实际死亡时间没有任何关系。”

“所以……实际上的顺序是颠倒的？”

“正是！拜‘猫’之前那偏执狂一样循规蹈矩、务必紧扣童谣内容的谋杀所赐，所有人都不自觉默认了童谣跟杀人的关联，如此一来，当第十二位‘满月辉映’和第十三位‘雪崩活埋’的遗体相继出现之际，侦探大师们难免便会觉得命案的顺序跟这出现的顺序一致；而且‘侦探大师百年祭’那盘录像带中‘猫’所说‘我眼下就在这大厅里面’一语同样有着推波助澜的效果。录像带虽然是勋爵生前拍的，那样播出来后却让人觉得‘猫’正活得手舞足蹈。于是乎，侦探大师们掉进了童谣杀人的错觉陷阱，追寻着早已消失的‘猫’之尾巴。这群笨蛋对‘猫’的犯罪习惯简直无知到了极点，但凡精明一些，便不难察觉这一系列命案的头绪。”

“你的言下之意是……”

“这次的布朗宁勋爵命案之中，‘猫’的犯罪行动有点不大对头，较以往略有区别，而这种事本该被那些侦探大师们察觉才对。喻示‘满月’的凶器没了，这是重中之重的问题——既然是‘猫’辛苦构思的犯罪，则铁轮无疑便是兑现童谣的关键，无论如何都该留下才是，哪知竟没了影子，这岂非奇怪得很？他们就算想不到‘猫’死掉了，总该想到是某种变故阻碍了‘猫’吧。布尔博士看到了这一点，可惜却走歪了。然后，为何只有布朗宁勋爵的这个案子里出现了两件猫物品——我们先前分析的这个问题，便是本案的第二个异常之处。让我们动点脑子想想：‘猫’是个完美主义者，不会行无聊之事，他每次留下的东西都跟命案有关。然而，这次的两件东西里，跟‘满月’较有关联的其实该是猫头女神贝斯特的明信片才对吧？毕竟，贝斯特的猫眼正是月光的象征。

反之，那个把路易丝搞得晕头转向的猫木乃伊则跟福尔摩斯二世的命案有直接关系——录像带里的‘猫’不是对其祖先在‘猫木乃伊失窃’一案中遭到的陷害耿耿于怀嘛。所以他若用猫木乃伊蜡像来署名，自是合情合理之事。会场的箱子里冒出大量黑猫,不免让人觉得那便是‘猫’所留下的东西，实际上却大大不然。我想，布朗宁勋爵之前肯定是打算没事人一样出席那个百年庆典，一面欣赏录像带一面悄悄留下那个猫木乃伊的蜡像。哪知他突然死掉，这事情就办不成了。

“结果呢，本该是‘猫’之标志的两件物品就这样失去了效用，留在了布朗宁勋爵的口袋里面——对‘猫’犯罪的常见要素所出现的些微联系和变化，我们必须加以留意。”

我消化着基德的说明，说道：“如此说来，勋爵真正的死亡时间是……”

“推测是四点半到六点之间，但结合你刚刚说的看来，估计就是四点半吧。福尔摩斯二世的死亡时间范围相对就比较大了，毕竟曾遭到冷冻——大致是十日下午至十一日清晨这段期间。所以，若说福尔摩斯二世是十日下午四点半之前被活着的布朗宁勋爵杀死，时间上完全没有矛盾。以上便是我推理出来的真相。你想想看，福尔摩斯二世本来跟冒充出版社人士的‘猫’约定去伦敦碰面的时间不是十一日嘛，却突发奇想改成了十日那天……”

我回想着福尔摩斯二世的孙女泣诉此事时的情景。

“倘若所料不错，‘猫’一定对此深感意外。而且，他之前选定的第十二个牺牲者不是别人，正是要求当天下午跟他碰面的你——日本名侦探近松林太郎先生！”

“难怪，想不到布朗宁勋爵跟我碰面前就先见了福尔摩斯二世。”

“是啊，这跟我们由汤所做的推测是吻合的。布朗宁勋爵肯定是临时决定当天就杀死福尔摩斯二世的。倘若福尔摩斯二世的动向一如预期，勋爵杀死他的时间将是十一日的清晨，哪知两人的碰面时间突然变成了十日下午，但勋爵当然不想失去这难得的独处。眼看着‘侦探大师百年祭’便要开幕，他就算铤而走险，亦不容坐失良机。”

“那……他杀人的时间呢？”

“大概是跟盖尔德夫总探长核对完庆典各项安排之后的下午三点半前后；要不然就是中午见面吃饭时当场动手，而后将遗体藏进了冷藏库中。无论如何，十日跟十一日都是福尔摩斯纪念馆的闭馆日，布朗宁勋爵要办点事情自然易如反掌。然而，行凶日期云云都是小事，真正的重点是杀人地点——你只要想想十三日晚宴时遗体登场的惊爆效果，就该明白了吧。”

“就是说，布朗宁勋爵是安排好那个变态猫晚宴上的杀人闹剧之后，才若无其事回来见我？”

基德掏出一根看上去像是大麻的烟卷，点上了火，眯缝着眼睛微微一嘬，这才说道：“正是如此！被冷冻的福尔摩斯二世很难被推测出具体的死亡时间，只要以‘雪崩活埋’的状态来呈现遗体，那些迷信童谣的人们就会如他所愿，相信福尔摩斯二世便是那位值得缅怀的最后一个牺牲之人。”

“而我们则被童谣蒙蔽，认定‘猫’犹活着，不断行凶杀人？”

基德不说话了。我心下大奇，仔细观察着他脸部的表情，哪知他却蓦地仰天大笑。嫔克同样惊得呆了，怔怔凝视着基德那不住抖动的朋克脑袋。

好一阵子之后，基德方始收住他的长笑，再度开口说话。

“哈哈哈，不好意思，但是这事情当真太有趣了。我刚刚突然觉得这案子简直好笑得要命！死者是侦探，嫌犯是侦探，凶手是侦探，追查案情的侦探当然更是侦探——换句话说，倘若贯穿始末的不是这一大堆侦探，只怕事件就不会变得这样云遮雾罩了吧！对了，要不要我给你讲讲这案子最吊诡、最恶俗的地方啊？那就是——只挑侦探下手的童谣杀人大师突然半途死亡，偏偏他本人又是个侦探，结果就被当成被害者，像拼图一样嵌进了童谣杀人的结构之中。既然‘凶手＝侦探’这一背景恰好满足了连续杀人事件的被害条件，所以童谣连续杀人事件虽然失去了凶手，却可以继续推进，直至最终完成。

“童谣杀人的形态吞噬了将之构思而出的作者，像活物一样自行其是——这是何等吊诡又何等恶俗的事件！简直笑死我了！对了，说到吊诡这两个字嘛，布朗宁勋爵本打算拿他最痛恨的王牌侦探大师福尔摩斯二世来当第十三个牺牲者，哪知实际上的第十三个死者却是……嘿，嫔克，如果我是个童话作家，一定会这样结束这可笑的童话——死去的第十三位名侦探就是凶手本人！”

听他如此一说，嫔克不禁笑道：“哎呀呀，假如换了是我操刀，一定会比你精彩百倍……嗯，只要套用那个鹅妈妈数数歌里面的句子就行了嘛！”

“嗯？愿闻其详！”

只见嫔克将嗓子微微一清，像无邪的女孩般欢然咏道——

“第十三个童谣活埋，凶手一忽儿就逃没影儿啦！”

重履开端

此时此刻，死者的房间竟呈现一种怪异的混合之色——落日余晖的紫色和薄雾蒙蒙的青灰夜空水乳交融，令暮色披上一片淡淡的暗。伫立其中的我的身上仿佛落满了鸽之翎羽。

鸽子灰的幽暗中摇动着朋克族亚当、夏娃的身影，回响着他们的笑。

我猛然萌动了怀疑之念——

这，当真便是现实？

是啊，有件事，我一直无法释怀。

“命案的真相、我的身份，这些事情我都懂了，但有件事我一直没搞明白——不,仅仅用‘没搞明白’是不足以形容的，根本就是百思不得其解。”

昏昏沉沉之中，基德的嘴角似乎现出了一丝狞笑。

“哦？说吧。”

“我向侦探大师求助，调查我所遭逢的事件，但不知我的大脑是否出了故障，回想之下，我似乎曾同时跟三位侦探大师共同行动，但又只是跟其中的某一个共同行动……这感觉就像是同时活在三个平行独立的世界之中。基德，话说回来，你的推理中先后提到了好几位侦探大师的想法，这到底……”

“咦？被你察觉了嘛。这个其实很好解释——你逃出现场之后，是不是进了电梯旁边的包间，用电脑选择侦探大师？”

我默然颔首。

只听基德说道：“虚拟现实——那个包间让你体验到了这个东西。”

“虚拟现实？”

“嗯，就是用电脑模拟出来的现实，不管视觉、听觉、触觉都跟现实中一模一样。换言之，只要进去了，便会亲身感知现象学著作《幻想现实随闻记》中所重点阐释的‘虚幻一如现实’。从你走进包间，套上头盔屏幕的那个时刻开始，你就陷进了幻想的世界。”

“这意味着我之前的感受……嗯，该如何表达才好……都只是一种模拟？”

“是啊，那个包间是侦探大师协会研制的模拟机器。我们虽然被你一时跑掉，但很快就回头急追，看见你进了那个包间。然后呢，我们就去显示器室来观看你的‘虚拟现实’体验，同时七手八脚辅助你玩调查。”

“是这样啊……确实，我跟每个侦探大师行动时都碰到了怪事。决定命运的重要关头，只要我选择了错误的行动，一切就会像录像带倒带一样从头再来。比如说我跟布尔博士去伦敦塔调查时，曾因追赶幽灵而浪费了时间，结果跟线索擦身而过，但立刻就又退回到登上白塔阶梯的时刻；又比如跟巴洛行动时，明明被朋克族用匕首杀了，却又瞬间复活……”

嫔克强忍着笑，插口道：“更比如你跟那位女强人路易丝喜结连理，眼看着就要被使唤一生，幸得我等救回……”

基德接道："这些同样都是模拟效果的一部分内容。每次你作了错误的抉择之后，显示器室里面的我们都会将机器重新启动，以便重新调查。你获得了好几次时光倒流，这是现实人生中绝对没有的体验，这样说来，你可真是大赚而特赚了嘛。"

"赚？"我一时大感困惑，"话说回来，三位侦探大师里面总有一个是真实的吧？既然案子告破，那肯定是进行了实际的调查——到底哪位侦探大师是真的，又有哪些是虚拟的呢？"

基德再度笑了："不知道啊——哪个才是现实？我们哪里知道！"

我登时急了："我说你们就别再愚弄我了行不行啊——你刚刚说的破案总是现实吧？而且，我明明都离开那个包间，来到这房间了，所以我肯定是拜托了某一位现实中的侦探大师，在现实的时间和空间里……"

说至此处，我心头顿觉不安，一时间骇然以手抚面——指尖的确感知到了柔软的肌肉和硬硬的胡楂。我又轻轻走了两三步，脚下的确有着地板和地毯的触感。

这肯定是现实……我寻思着。

然而，若"虚拟显示"犹未停止，继续模拟、提供着我的一切感觉，又当如何是好？倘若这一切都是虚拟，我依旧戴着那个怪怪的头盔屏幕，独自坐着……

这未必全无可能。

突然间，我想到了一件事情。开始调查的第一天晚上，我独自躺着会客室的沙发，望着窗玻璃上映出来的我的面庞，隐隐然仿佛有所领悟。刚刚听基德的说明之际，我只觉得那种感觉是潜意识要告知我：解开濒死留言的关键，全要看窗玻璃上。然而，那种怪异的感受是否真的就只有这样一重意义？

直到这个时候，我才惊觉了另一件事。开始调查的第一和第二个晚上，事务所的会客室内，准备睡觉的我确实看到了窗玻璃。但是——

白天的时候，那里根本就没有窗户！

从隔间的构造来看，三名侦探大师事务所的会客室里都不可能出现窗户。所以，那天晚上的感觉只怕便是潜意识的警告：眼见的窗户是非现实。无论选择跟哪位侦探大师行动，会客室夜晚的体验都如出一辙——不管是跟谁行动，我都确确实实看见了窗户！如此说来，这些感觉全部都不是现实？倘若三位侦探大师都是“虚拟的现实”，那就意味着现实中的一切都尚未开始，而我更是兀自处于命案的“开端”之处……

“基德，我眼下所处的这个空间和时间到底是不是现实？这一点你务必要告诉我呀！”

幽幽的阴暗之中，唯有基德的嘴唇鲜明浮现。那嘴唇依旧挂着笑意，说道：“我不是刚说了嘛，我们不知道呀。要不然，依着你的意思，到底这世界何谓现实，何谓虚幻？要知道，这世界本就是由事件（表象）组成,诚如量子力学所讲的那样,运动本身只是一种现象,不会以占据位置的点的姿态出现……”

“你说的这都是哪儿跟哪儿啊，我听不懂。”

“好吧，那就让我来举个例子。既然这故事由猫开始，那不妨就同样由猫结束，譬如——沉睡的猫。”

“沉睡的猫？”

“某个地方有一只沉睡的猫，但实际上那里根本就没有沉睡的猫——‘沉睡’和‘存在’都是运动的概念，不会瞬间止歇。这世界正是因之而得以成立。一旦想明白这个问题，就不会再有‘现实’和‘虚幻’这种无聊的问题了吧。”

基德说罢不禁大笑，嫔克亦跟着笑了。

黑暗中但听得长笑阵阵，鸽子灰的昏暗不知为何忽显得无比粗糙，感觉就像是雪花屏。

昏暗的雪花屏上，只留下两张笑得裂开了的嘴巴，让我忍不住联想到幼时所读的某个童话场景。

猫因黑暗消逝。

唯有笑貌，留驻空中……

——FADE　OUT——